武俠人生叢書序

全世界華人的共通語言——金庸武俠小說，世代不再只是文字想像，它早已幻爲千百個化身：漫畫、電玩、電視劇、電影、布袋戲……，不管是本尊抑或是分身，銷售率與收視率都相當可觀，儼然成爲一個新世紀的流行文化標記。

就出版的角度來看，從金庸武俠小說所延伸出來的各種議題，皆競相成爲出版的賣點，如金庸武俠小說世界中的愛情、武功、醫術、文化、藝術……等，都能受到讀者的歡迎，男女老少皆宜；當然，我們尚列了古龍、溫瑞安……等武林名家筆下的各知名小說人物供讀者玩賞、品味。

生智文化事業有限公司的相關企業「揚智文化事業股份有限公司」原有近三十本的「中國人生叢書」，擁有穩定的讀者群，在這樣的基礎上，生智文化特推出「武俠人生」系列叢書，爲求接續「中國人生叢書」的熱潮，一秉初衷，繼續爲讀者服務。

本系列叢書係以武俠小說主角人物爲主，一人一書；爲延續「中國人生叢書」的主題內容風格，「武俠人生叢書」乃以小說人物的「人生哲學」爲主軸，期能提供讀者不同的切入點，品評小說人物的恩怨情仇，惟寫法類似一般著名人物的評傳。同樣的小說，不一樣的閱讀方式，帶來的絕對是另一種新的樂趣。生智文化事業希望您可以在「武俠人生」裡盡情涵泳，在武俠小說與人生哲學之間來去自如，逐步打通任督二脈，使您的功力大增，屆時您將可盡情享受不那麼一般的人生況味！

誠所謂「快意任平生」！本系列叢書深論武俠人物的愛恨情仇等「人生哲學」，作者筆下可謂是感性、理性兼具，在這新世紀的流行文化出版潮流裡，爲男女老少消費群們，提供一個嚼之有味、回味再三的讀物。

生智編輯部　謹誌

自序

如果從捧著字典懵懵懂懂地將《唐詩三百首》和《紅樓夢》等經典著作當成識字讀本「糟蹋」的童年時代算起，我已經有近三十年的讀書史了。屈指算來，在這三十年中，我和金庸先生的武俠小說相伴的日子竟也至少有十五、六個春秋了！借金大俠的習慣用語來說就是——在迄今爲止的「我的一生」之中，金派武俠所浸潤的時間竟然占了二分之一以上，而且還是顯然更爲重要的後二分之一！這個比例也許僅次於那些在世界文學史上早已熠熠生輝的成百上千年的名家名作吧！況且，假如在我所深愛並賴以成長的這片廣袤的故鄉熱土，和金庸先生長期居住並構築其武俠大廈的那個被盛讚爲東方之珠的名城之間，並不曾有那已經成爲歷史事實的數十載的文化隔膜，那麼，這個比例必然還要有所提高。於是，當我在鍵盤上敲下這個數字的時候，自己也不禁微微地吃了一驚。

記得初識金大俠還是在中學時代，「開讀」的第一部金氏大作是《書劍恩仇錄》（書劍江山）。雖說該書無論情節還是人物均非金派武俠之上品，但卻已足以令我手不釋卷。那時還剛剛能夠獨立閱讀長篇小說的弟弟也迷上了紅花會的好漢們，和我比著、賽著，不幾天就將以陳家洛爲首的十二位當家的名號位列背了個滾瓜爛熟。緊接著，我倆自然是把「飛雪連天射白鹿，笑書神俠倚碧鴛」一一讀遍，其中有好幾部還曾一讀再讀，比如「射鵰」三部曲。

黃蓉是《射鵰英雄傳》和《神鵰俠侶》中的主要人物，相信每一個讀過原作甚或看過同名電視劇的人對她的印象都十分深刻，我自然也不例外。稍稍有些特別的是，我對她印象之深刻並非一蹴而就，而是逐漸積累深化形成的——剛開始是一份類似驚艷的感覺，驚其美、驚其慧，且艷羨煞她的玲瓏、她的俏皮；然後便是懷疑，懷疑小黃蓉是神、是仙、是精靈，而非人間尋常小女子；然後則由懷疑進而揣測，揣測蓉兒何以成其爲蓉兒，揣測金庸先生究竟是怎麼樣捏就了她的水晶心肝，塑成了她的玻璃七竅，還有，究竟又是什麼決定了黃蓉的芳名麗影在二十世紀文學長廊上的必然出現？……多年來，乍相逢時被年少的我不由自主地驚爲天人的小黃蓉在我的心目中慢慢塵埃落定，最後「還原」爲與芸芸衆生同樣是血肉之軀一般，有貪、嗔、痴、愛的眞眞實實、普普通通的「人」！誠然，黃蓉是美而慧的，美得令人眩目、慧得令人咋舌，然而在這份美慧的下面，其實還深深隱藏著面貌迥異的另一種美，那就是賢慧，是中華婦女代代相傳了數千年的傳統美德！換言之，小蓉兒所有的離經叛道、一切的驚世駭俗，其實只不過是金庸先生著意和讀者玩的障眼法，她在她的創造者的心目中，其實自始至終都完完全全地屬於現實的人間世，屬於雖然遠非完美但卻眞實的現實人生——可望，亦可及。

於是，當我有幸得到這個以小冊子的形式，與廣大「金迷」交流屬於黃蓉之話題的機會，我便自然而然地，如實記錄了自己對黃蓉的印象的逐步深化的過程與結果——一個十足肉骨凡胎、在二十世紀末的滾滾塵俗中討生活的小女子，對一個活躍於近八百年前之眞實的金戈鐵馬，與虛擬的江湖恩仇中的純粹「小說家言」的小女子的印象逐步深化的過程和結果。

值得一提的是，這項工作本身其實亦是進一步熟悉文本，並進一步走進黃蓉的內心世界的過程，它令我頗爲愉快，也令我收斂了初初撫觸武俠世界時的那痕輕鬆休閒的笑意，掩卷沉思，良久不已……。

郭梅

己卯深秋于西子湖畔

目錄

黃蕃的人生哲學

緒論

武俠小說作爲通俗文學的主將，若說它撐起了通俗小說世界的半壁江山，是一點也不過分的。在印刷術高度發達、新聞媒體席捲世界的現代社會，很少有中文讀者沒有看過或聽說過武俠小說。它的讀者一般以男性居多，換言之，武俠小說是以男性讀者爲接受主體的一種特殊的小說樣式。所以，在武俠小說中，我們往往可以看到一個男性青年的成長歷程，看到他以其崇高的理想爲奮鬥目標、以一腔熱血爲盾牌、以不斷得以突飛猛進的武功爲利器，在紙上的江湖裡、在虛構的武俠世界裡，恣意地建功立業、快意恩仇、保家衛國。

不過，正如沒有女性的現實世界是不完整的，同樣，武俠小說裡若沒有女性的形象也就不能稱之爲是完整的武俠世界，所以幾乎在每一本武俠小說中我們都會看到一些女性的形象。她們和男性人物一樣有悲歡離合，有窮通際遇。她們圍繞在男性人物周圍，與男性人物共同撐起了多姿多彩的武俠世界。但不能否認的是，同男性的叱咤風雲、快意恩仇相比，武俠小說裡的女性從來都是在一種從屬與點綴的地位上徘徊。她們在絕大多數武俠小說裡只是解語花、忘憂草，甚至只是充當花瓶的角色。

雖然隨著女性自我覺醒的提高，隨著社會的進步，以及讀者欣賞水準的提高和欣賞要求的多元化，武俠小說裡的女性形象在書中所占的比重日益增加，但從根本上來說，女性作爲武俠世界裡不可缺少的組成部分，她們和男性相比，其形象仍然是脆弱的、單薄的，長期以來總是處於一種可有可無的地位。在粗製濫造的僞武俠中，她們是刺激感官的調味品；即使在一些好評如潮的眞武俠中，女性形象還是逃不了在男主人翁對抗邪惡累了或受了傷時，默默提供一個休憩臂彎，或是供給感情激勵的這麼一種固定的模式。在閱讀武俠時我們發現，在武俠的世界裡很少有女主角眞正具有獨立的人格，也很少有作者把女主角的地位提升到與男性主人翁同等重要的高度，更不用說還嘗試作爲一種超越了。

「黃蓉」這個金庸金大俠在他著名的「射鵰」三部曲裡所塑造的女主人翁，卻是武俠世界的一個特例——即使是在金庸先生的所有武俠小說中，黃蓉這個形象也與他所營造的其他女性形象有較大的區別。自黃蓉「呱呱墜地」以來，她便成爲武俠園地裡一朵當之無愧、久開不敗的奇葩。而作者在黃蓉這個角色身上所投注的重視、所費的心力也倍逾於其他的作品。

與其它小說中其他的女性人物相比，黃蓉這個人物所占有的篇幅空前的巨大。在「射鵰」系列中黃蓉的實體形象跨越了兩部長篇小說，並且在其中擁有不可替代的地位和作用。在《射鵰英雄傳》中，黃蓉自第七回〈比武招親〉開始，就成了這部作品中不可缺少的一部分，在小說中占有舉足輕重的地位。而到了《神鵰俠侶》，黃蓉雖然不再是一號女主角，可她的所作所為依然推動著情節的發展，她的存在對一號男主角楊過性格的形成也有著不可或缺的作用，而且她的一言一行還無不影響著男女主人翁的命運。即使是到了《倚天屠龍記》，當時黃蓉雖然已經作古多年，可她在襄陽城失陷前鑄就的倚天劍與屠龍刀卻掀起了新一輪武林的動盪，引出了張翠山、張無忌父子的奇特經歷。而她的幼女郭襄則開創了一個武林新門派——峨嵋派，成為江湖不可缺少的一部分。

可以說，在「射鵰」系列小說中，作者第一次將女性形象提升到是由她造就了男主人翁形象的高度。從閱讀《射鵰英雄傳》中我們可以發現，是黃蓉以她的聰明智慧使郭靖得以從一個沒有背景、沒有地位、沒有大本領的普通學武之人，一步步地成長起來，最終成為天下人人敬仰的一代大俠。而黃蓉在楊過的身上雖然沒有像對郭靖那樣用盡心機，但同樣收到了無心插柳的效果，爲楊過最終成長爲和郭靖齊名並肩的英俠之士作出了不可忽視的貢獻。可以說，縱觀整個武俠世界，黃蓉是第一個能造就兩個男性主人翁的女性形象。而她對郭靖的影響是從武學一直到生活，幾乎可以說是無所不在的；而即使是小龍女，那個既教了楊過武功、又撫育楊過長大的另一女主人翁，她若和黃蓉相比，二人對楊過的影響也很難說是誰更多一些。

而黃蓉性格中幽默詼諧的一面，更使她做出了不少與她同時代的古古板板的南宋道學家們所不能想像的，諸如捉弄黃河四鬼之類的戲謔舉動，爲讀者在刀光劍影的緊張刺激中帶來了不少會心的微笑。在以男性爲尊的武俠世界裡，黃蓉異乎尋常地幾乎得到了身邊每一個人的喜愛和佩服，包括她的敵人們——即便奸猾如歐陽鋒者。

黃蓉不是花瓶，不是男性的玩物、生活的點綴，不是餐桌上的調味品，也並非是供奉在神壇之上的聖女，而是活生生的，讓人感到親切和熟悉的眞實人物！她會喜、會嗔，不高興時還會賭氣、會哭泣，甚至會無理取鬧，她的形象清新可愛得一如鄰家妹妹一般讓人憐惜。她也並非完美，她有弱點、有小小的瑕疵，甚至有時候還有些令人討厭的小心眼兒。但黃蓉卻是一個眞眞正正能和一個男人過日子的女人，她是能使自己和她身邊的人的每一天，都過得充滿了希望和快樂的、奇妙的、可愛的女人。

她是每一個男人眼裡完美的妻子人選。因爲她雖然聰明但絕不討人嫌，她懂得在該把聰明掛在嘴上的時候就把聰明掛在嘴上，而在該沉默的時候則一句話都不說。她一旦愛上一個男人，就跟定了他，即使他不那麼聰明、不那麼瀟灑、不那麼知情識趣。她十五、六歲以前從來沒想過自己在將來的某一天居然會伴著一座邊防城池生活，每天爲這座城池的安危攪盡腦汁，但她無怨無悔地竭盡全力地成全了丈夫的心願，造就了丈夫的事業，而且還把自己完全融入到了丈夫的世界中。於是，她不僅自己活得相當愉快，而且還讓丈夫郭靖也活得相當安心。黃蓉從未給丈夫有機會去懷疑自己到底是不是虧欠了妻子，妻子跟著自己是不是受委屈了。所以，即使生活中不可避免地會有不少小小的不如意，但他們無論如何都也稱得上是一對神仙眷屬！

還有，雖然黃蓉稱不上是一位成功的母親，她不但有點嬌縱自己的子女，在郭芙與楊過的恩怨中還頗爲護短，連帶著郭靖也在教育方面不得不遭遇敗績。但黃蓉這小小的瑕疵倒讓她更加顯出了人的眞實的一面，使讀者更容易接受她、喜歡她，甚至迷戀她，爲她手不釋卷，爲她痴迷、若醉、若狂。

同時黃蓉又是那樣的多才多藝，琴棋書畫醫藥武功幾乎是無所不通。其中她的烹飪手段更是達到了相當的藝術的高度，竟使得一代大俠洪七公願意以絕世的武功來換得她的一碟小菜，這可算得上是獨步天下，只此一家別無分號了。

當然，作爲武俠小說女主角必備的條件之一，黃蓉也具有非凡的美貌。只不過，與金庸先生筆下其他的女性人物相比，黃蓉的美與眾不同——她既不是如小龍女那樣的不食人間煙火的聖潔之美，也不是如王語嫣那樣的讓人爲之失魂落魄的人間絕色、天上仙女，更不是類似趙敏或何鐵手那樣的帶有異族風情的特別的美。黃蓉的美是屬於生活的，屬於可望而又可即的那一種，讓人油然而生親近之感，而絕對不會望而生畏，敬而遠之。

甚至，連黃蓉的名字也很普通——與「程靈素」（《飛狐外傳》）這個取自於中國兩大醫經《靈樞》、《素問》的名字相比，「黃蓉」二字顯得缺了出處，頗乏意蘊的厚度及雅意；還有小龍女，其芳名也許是受到了那個所處時代比她略早的善寫小詞的宋代女子「吳城小龍女」的啓發，作爲《神鵰俠侶》裡互相「比賽」的兩位主要的女性角色，黃蓉在名號上似乎也稍遜一籌；和「溫青青」、「任盈盈」、「木婉清」等人的名字相比，「黃蓉」之名輕喚起來又似乎缺乏一種溫婉細膩的美感，讓人覺得若有所失；和「王語嫣」、「周芷若」、「溫儀」、「閔柔」、「寧中則」等人物的名字相比，「黃蓉」這兩個字看起來亦顯得少了那麼一點典雅蘊藉的書卷氣和哲理的深度；另外，若與「小昭」、「阿朱」、「阿離」、「鍾靈」、「岳靈珊」等透著小家碧玉的婉約玲瓏的姓名相比，「黃蓉」的名字也還是太普通平常了！縱觀金庸所有的武俠小說，其中女主人翁的名字普通尋常如「黃蓉」的很少，大概只有「趙敏」和「藍鳳凰」等少數的幾個。但是，趙敏和藍鳳凰都並非漢族女子，趙敏甚至還並非眞正姓趙名敏，而是她的郡主封號「紹敏」的諧音，自然應該另當別論了。這是因爲金庸先生大俠才盡，取不出好的名字嗎？自然不是。其實，從某種角度來講，金大俠給「射鵰」三部曲的第一女主人翁這麼「隨隨便便」地安了個極普通的名字，本身就是在暗示讀者，這個女性形象將是多麼地貼近生活——現實的生活。

但是，只擁有一個極平常的名字的黃蓉，卻成為了金氏武俠中當之無愧的第一號女主角！在武俠世界中，對女性人物不過於強調美貌，而是將女性外貌之外的一些特質，比如智慧，放在重要的位置予以凸顯，這樣的嘗試，「黃蓉」也許是史無前例的。

人們也一定沒有忘記，若干年前，一部電視版的《射鵰英雄傳》捧紅了一個叫翁美玲的香港女星，幾乎是一夜之間那個有著兩顆小兔牙的電視俏黃蓉走進了千家萬戶，紅遍了整個中國。後來翁美玲不幸早逝，但黃蓉的魅力卻使得她雖死猶生。

於是，我們不禁要問，為什麼黃蓉會具有如許的魅力？黃蓉與武俠世界其他的女性人物相比，究竟擁有什麼別人所沒有的秘密武器呢？

本著這個疑問，我們仔細研讀了黃蓉這個人物，從頭自尾觀照她的一生，並試圖從性情特質、感情世界、處事智慧和人生觀等等各個方面，去體悟黃蓉——

這個武俠世界裡的女性翹楚，以求深入她的內心世界，並力圖解開這個美麗的武俠之謎。

黃蓉的人生哲學

生平篇

南宋末期的某一年，東海的桃花島上，一個美麗的少婦在丈夫痛徹心扉的注視中閉上了她的美眸，滿是血污的產床上，一個初出母體的小娃兒發出了來到這個世界的第一聲啼哭。那一天我們的小黃蓉迎來了她生命中的第一個白晝，從此開始了她精彩的一生。

張家口是南北的交通要道，塞外毛皮集散地，人煙稠密，市肆繁盛，是有名的繁榮之所。這天雖然朔風凜冽，可市集依然吸引了一大批本地的和外地的閒人。一個衣衫襤褸的小乞丐混跡其中，瘦小的身體靈活地在人群中竄來竄去，滿不在乎人們的抱怨。

這個一臉調皮淘氣的骯髒小乞丐正是和父親黃藥師爭執了幾句後就逃家在外的黃蓉。離開桃花島後，個性偏激的她自怨自艾，覺得全天下沒有一個人是在乎她、愛她的。自暴自棄之下就把自己打扮成了一個骯髒的乞丐，以討人嫌與招人白眼來自娛。

這天黃蓉遊戲人生來到了有名的張家口，只在一家大酒店門前稍稍停留了一會就挨了店中伙計的大聲斥喝。本就一肚不快的她正好要找人晦氣，當下笑嘻嘻地伸出沾滿泥灰的五指從蒸籠裡抓了一個雪白的饅頭，存心要尋這兩個不開眼的傢伙晦氣。不料就在伙計呵斥她這個一臉邋遢的小乞丐時，一隻手居然「正義」地攔住了他們……。

這是黃蓉第一次遇見郭靖！當時她可不感激這個突然冒出來替她強出頭的傻大個，相反倒是因爲他攪了她的好事反而興起了作弄他的興致。反正她是黃老邪的女兒，從來不曉得知恩圖報是個什麼東西，正人君子更是與她無緣。

誰想酒店裡這個傻大個爲招待她不惜傾其所有，臨行時又解千金裘、又贈小紅馬的。他的行爲讓自小喪母的她忽然有了一種溫暖的感覺，離家這許久黃蓉還是第一次覺得自己不是沒人疼的。

兩人分手後，不知怎麼黃蓉發現這個傻大個的身影居然時時自心頭泛起。離開了張家口那日，她任馬前行，不知不覺居然跟他來到了金國的中都北京。

在穆家父女比武招親的場子裡，她發現這個武功差勁外加愚蠢透頂的傻大個居然妄想替人打抱不平，當下也不知是好氣還是好笑。不知怎麼的居然沒顧上掂掂自己的分量就去幫他解圍，幸好他的對頭也算是武功稀鬆的草包，終於讓她把三頭蛟侯通海和他的四個師姪戲弄了個夠。

離開桃花島後她一直以扮成乞丐為樂，旁人越是嫌她、越是躲開她，她越是高興，可這次——當看見郭靖為那個美麗的穆家姑娘被完顏康打得鼻青臉腫時，一絲異樣的情愫在黃蓉心底泛起。這些日子裡她第一次厭惡起身上這套曾為她帶來了不少樂趣的乞丐裝束。

無名小湖的那次相見是她與她的靖哥哥真正的相識，黃蓉永遠記得自己那天是穿了一身白衣，全部的裝飾只是髮上束的一條金帶。可在郭靖眼裡，那天無名小湖邊白雪皚皚，她的肌膚卻比雪還白了幾分。而在郭靖心裡還牢牢地記著懷裡的那包要給「他」這個小兄弟嚐嚐的細點。當看到郭靖自懷中掏出的那包糕點糊了時，黃蓉哭了；雖然自小她要什麼就能有什麼，可在她的記憶裡從未有人像這個傻大個一樣時時把她記在心裡。

她的父親黃藥師是個絕頂聰明的人，她過世的母親同樣也是天底下最聰明的人之一，可她偏偏就是喜歡上了這個絕對與聰明扯不上關係的傻大個。因為她知道這世上有許多男人都比郭靖聰明，可這般全心全意對她的卻只有郭靖一個！她和他訂下了死生不渝的盟約。

黃蓉並不怎麼在意王處一的生死，全眞七子這七個老道即使全都死在她面前，她也不會動容。可因爲靖哥哥的意願，王處一的生死突然變得重要起來。救王處一要有血竭、田七、熊膽、沒藥這些藥材，可那個可惡的金國小王爺完顏康卻買光了全城所有的這些藥材。她便替她的靖哥哥出了個主意——明的不行來暗的，買的不行就來偷的，於是就有了趙王府的盜藥之行。

趙王府裡黃蓉與梁子翁、彭連虎等人鬥智鬥力，也第一次見到了後來對她糾纏不清的白駝山少主歐陽克——西毒歐陽鋒的姪兒。而郭靖則意外地得知了那爲女兒比武招親的穆易居然就是他的叔父楊鐵心，而楊鐵心的妻子包惜弱竟是金國的六王妃！而那個欺侮人家父女的小王爺完顏康就是郭靖指腹爲盟的結義兄弟——楊康。

趙王府盜藥之行最後以她使詭計騙得師姐梅超風的相助才得以逃脫。雖然經過了一番波折之後，解藥終於到手，王處一得救了，但不久之後楊鐵心、包惜弱夫婦就雙雙殉情而亡。而在黃蓉眼裡，楊鐵心的出現所帶來的另一種危機並沒有隨著他們夫婦的去世而告結束。

小客店裡，眼見江南六怪與那個牛鼻子老道丘處機要以什麼「指腹爲婚」來迫使她的靖哥哥娶那個什麼穆姑娘，黃蓉實在忍不住了。什麼父母遺命、什麼一諾千金，她才管不著呢，當下搶了郭靖就跑。雖然也因爲擔心有他的師父阻攔，而搞得一顆心七上八下的。可在燕京郊外，當這個木頭木腦的靖哥哥結結巴巴地講他要去對師父說：「她是很好很好的姑娘……很好很好的……」時，黃蓉忽然覺得這是她這輩子所聽到的最甜最甜的甜言蜜語了，覺得在這一刻即使是爲他死了也心甘情願。

離開了京城，雖然情路仍然渺茫，可一路行來黃蓉卻覺得這一刻是她這輩子最快樂的時候了。幾天後他們來到長江邊，一時興起兩人一馬橫渡長江。渡江後的那個黎明他們遇見了武林異人、號稱北丐的洪七公。

這位後來收了他們做弟子的七公很喜歡郭靖的忠厚，當然他更喜歡黃蓉做菜的手藝，在她的軟磨硬泡兼小施詭計之後，他終於答應教他們武功。其實她自己對武學並沒有什麼特別的嗜好，只是以她的聰明黃蓉知道，憑郭靖的資質和武藝要過她父親黃藥師那關很難，而七公不但武功與她父親齊名還爲人熱心，在她的一顆私心裡早已經打算好了以後的事，只是這個傻哥哥壓根兒就不明白罷了。

一個多月後，她的靖哥哥終於學會了「降龍十八掌」中的十五掌。而她也學會了「滿天花雨擲金針」，又蹊巧辦成了讓自己很得意的一件事：撮合了穆念慈與楊康。這下她終於不用擔心那個什麼穆姑娘會嫁給她的靖哥哥了。開心之下兩人沿著運河而下，一路遊山玩水，經過陶都宜興來到了太湖邊。

這天他們正泛舟湖上，不料邂逅了先前被她父親黃藥師打斷雙腿的師兄陸乘風。閒談之下居然大有默契，於是他們就跟著到了陸家的歸雲莊做客。在這裡黃蓉第一次遇見了假扮成裘千仞的裘千丈，爲日後被裘千仞所傷埋下了禍根。

是夜他們目睹了太湖群雄襲擊金國的欽使船隊。楊康的被擒引發了穆念慈救人、梅超風救徒尋仇，而父親黃藥師和江南六怪的出現更使他們的愛情遭受了第一次劫難。也許唯一讓黃蓉慶幸的是，她的傻哥哥雖然不聰明，卻是一個打定了主意就一往直前的人，情路雖然崎嶇，她的靖哥哥卻從未令她有獨行的恐懼。

這次的挫折使黃蓉更體會到了相聚之不易，因而更珍惜在一起的點點滴滴。

不久兩人相攜前往嘉興參加郭靖與楊康的比武之約。

寶應城裡歐陽公子劫色，他們在救護程家大小姐時再遇洪七公。這次黃蓉終於如願讓她的靖哥哥成了七公的門徒，學全了「降龍十八掌」；而她上次從七公那裡所學的「滿天花雨擲金針」的絕技也在鬥歐陽克的毒蛇陣中威風八面。七公與父親截然不同的人生觀也令黃蓉的生活開始煥發出不同的色彩。但在這歡樂的生活中也有著不和諧，穆念慈與楊康的決裂使她這個不知人間愁苦爲何物的小丫頭第一次體會到哀愁的滋味。

因爲父親與靖哥哥的桃花島之約已近，所以來到嘉興之後他們就決定取道桃花島。本來在她的想像裡她只要撒撒嬌，一向疼她、愛她的父親就一定會接受她的靖哥哥做桃花島的女婿。不料歐陽叔姪的求親使得她小小的如意算盤全部落了空，雖然有師父洪七公大老遠趕來做媒人，可形勢依然對她的靖哥哥大大不利。桃花島上的三場比試是黃蓉有生以來最難熬的時光，好不容易郭靖贏了比賽，可誰知老頑童幾句話就使她已經到了手的幸福倏忽間化成了夢幻泡影。靖哥哥他們被父親趕走之後，她有心去追隨，可是……。

現在的她已經長大了，她知道不是所有的事都可以毫無顧忌地去做的，她清清楚楚地看到，她離島的這幾個月來父親的鬢邊已斑白了……。

黃蓉生平第一次陷入到親情與愛情的掙扎裡。

當驚聞郭靖等人乘坐的原來是死亡之船時，一切都已經太晚了，只來得及救回身負重傷的師父洪七公。這天，從海上孤舟中醒來的黃蓉，第一次嘗到了萬念俱灰的滋味，十五歲的稚嫩肩膀上也是第一次壓上了沉甸甸的責任。

明霞島上，黃蓉與歐陽克鬥智、鬥力的結果是，終於讓這個惹她討厭的歐陽公子受到了應有的懲罰，不料大石壓下的一瞬間出現的居然是已經「死」了的郭靖和歐陽鋒。在這一刻，黃蓉嘗到了大喜、大懼這兩種人生最極端的感情：郭靖的出現令她至喜；西毒歐陽鋒的出現則威脅到他倆和洪七公的安全。而方才恰恰是她布下了陷阱用巨石壓斷了歐陽克的雙腿！

她以為這回一定是逃不過歐陽鋒的毒手了，可出乎她意料的是，被她設計壓斷雙腿的歐陽克並沒有把斷腿眞相告之乃叔。在這一瞬，黃蓉內心深處不由地泛起了一絲漣漪，她忽然覺得歐陽克不再那麼惹人討厭了。不過，在她的心裡這點漣漪就如大海裡的泡沫。

明霞島的這段日子是他們離死亡最近的時光。面對著一個武功絕頂又陰險狡詐的歐陽鋒，每天的日子都好像是在刀尖上跳舞一樣。經歷了先前的「死別」之後，黃蓉也份外珍惜能與靖哥哥相聚的這些珍貴日子。所以離開明霞島後，她還是會常常回想這段與危險挨得最近，卻又是非常甜蜜的日子。也是在這裡，黃蓉成了丐幫的第十九代幫主。

因爲性命垂危的師父洪七公想吃皇宮大內的鴛鴦五珍膾，海上脫險之後他們一行四人就直接取道臨安了。在一個暮靄蒼茫的黃昏，他們踏入了那個孕育了郭靖的江南小村落——牛家村。在一個殘破的農村小酒店裡黃蓉遇到了師兄曲靈風的女兒——傻姑，發現了那個密室和曲靈風用生命換回來的珠寶古玩——其中有一幅潑墨山水，上面題著岳飛的〈題池州翠微亭〉絕句，但畫的卻並非池州的翠微山。

西湖的風景如畫，攜手遊玩的黃蓉和郭靖偶遇完顏洪烈與認賊作父的楊康，同行的還有那個武功高出他們幾倍的歐陽鋒，和完顏父子招募的其他江湖敗類，當下他們二人就忍不住孩子氣地作弄了他們一番。誰知是夜他們陪師父去御廚房，竟然也遇到了這幫壞蛋。黃蓉和郭靖聞知原來他們是前來盜《武穆遺書》的，於是一場兇險的格鬥就在禁宮大內展開。也是從這時她知道了，原來她的靖哥哥是這樣一個心懷宋室的精忠愛國者。也許聰明如黃蓉在這一刻就意識到，她的一生就將要作爲一個大俠的妻子，在行俠仗義、保家衛國中度過，可是她卻——無悔呀！

那天夜裡，皇宮裡惡鬥兇險，當看到她的靖哥哥渾身是血，倒伏在她腳前時，黃蓉覺得自己的一顆心也快停止跳動了。她一向自詡聰明機智，可這次她卻無法決斷該怎麼做。如果不是傻姑拔出了靖哥哥身上的匕首，如果不是《九陰眞經》載了療傷之法，也許她就會從此見不到她的靖哥哥了吧？在得知《九陰眞經》能治他身上致命的傷時，黃蓉以爲她最快樂的時候就是這一瞬間了。

黃蓉知道該殺了傻姑，只有死人才不會洩密。在她自小受的薰陶裡，什麼仁義道德，什麼正邪是非，都是垃圾，可爲了他——她的傻大個，她生平第一次明知危險卻仍是放過了可能會洩露他們的秘密的傻姑。

牛家莊的密室裡，他們看到歐陽叔姪、完顏洪烈父子、程大小姐、陸冠英、尹志平、梅超風……紛紛出場，最後連他父親黃藥師和全眞七子、江南七怪，甚至是周伯通都出現了。也正是在這裡黃蓉第二次見到了「裘千仞」搬弄是非、出乖賣醜，由此也注定了她鐵掌峰上的劫數。

密室的七天是那樣的驚心動魄，即使後來她自己受傷也不曾覺得怎樣，因爲不知不覺中他已比她自己的性命更重要！也是在這牛家莊的密室裡，黃蓉第一次知道這世上原來還有個叫華箏的女人，才知道原來她這個全天下最愚笨的靖哥哥居然早就有了未婚妻！說她痴也好，說她傻也好，當聽見她的靖哥哥說「就算把我的身子燒成了飛灰，心裡也只有你」時，她知道無論他有多少個未婚妻，她都跟定他了。

知道了他決定不背棄舊盟後，有時她會忍不住在心裡淡淡地抱怨他的迂腐，可內心深處她更知道，她愛上的就是這樣一個正直得有點冒傻氣的靖哥哥。黃蓉不知道如果他爲她背棄舊盟她會不會更快活些，但她知道，她必須開始學會緊緊抓住眼前的快樂，而把不快暫時地丟在身後。還是先去處理丐幫打狗棒丟失的事吧！

走在江南西路界，一日山中遇雨，看著山中的大雨黃蓉忽然想起了華箏的事，一時不由感慨：前途既已注定了憂慮傷心，不論怎生走法，終究是避不了、躲不開的，便如在這長嶺上遇雨一般。她一直是執拗的性子，就在這長嶺上決定與老天爺槓上了——老天爺要他們不快活，她偏偏要活得更快活。那場大雨淋壞了題有岳飛元帥詩句的那幅畫，顯出了寫在夾層上的字，而不久以後他們才知道那些字裡隱藏著一個事關國家存亡的大秘密。

七月十五，岳陽樓上，黃蓉和郭靖認識了丐幫長老魯有腳，之後不久就被彭長老用攝心術所擒，等到醒來已經被五花大綁在丐幫大會的軒轅臺上。原來楊康試圖利用撿到的打狗棒冒充丐幫幫主，以便幫助金國犯南。

經過了一番曲折之後，黃蓉終於在郭靖的幫助下利用打狗棒法和《九陰眞經》裡的移魂大法戰勝了心術不正的楊康和彭長老。也是在丐幫的這次軒轅大會，他們見到了眞正的「鐵掌水上飄」——鐵掌幫的幫主裘千仞。雖然丐幫大會上裘千仞大大地顯露了高超的武藝，可在黃蓉心裡他仍是那個只會搞些欺騙人的玩意兒的「裘千仞」。

交代了丐幫的事後，他們又回到了岳陽樓。岳陽樓上黃蓉再一次對她的靖哥哥用言語許下了生死不渝的誓言。而稍後裘千丈的出現，導致了七日後的鐵掌峰之約，也正是在那裡黃蓉終於猜出，原來鐵掌峰才是藏《武穆遺書》的地方，而不是完顏洪烈所推測的大內皇宮。

鐵掌峰上他們意外地見到了楊康和穆念慈，隨即敗露了行跡。她被裘千仞打傷後，她的靖哥哥背著她誤打誤撞地逃上了畫中所說的「中峰第二節」，也因此得到了那本《武穆遺書》。

生死關頭，眞假裘千仞的秘密終於眞相大白了。

藉由兩隻白鵰，他們終於逃下了鐵掌峰。不料她的靖哥哥在慌不擇路中背她來到了瑛姑的黑沼，也因此介入了一燈大師段皇爺與瑛姑、周伯通的糾葛裡。

在黑沼隱女瑛姑的指點下，靖哥哥帶著她來到了桃源縣。在連番鬥智鬥勇後，他們終於見到了一燈大師並得到了治療。不料一燈大師卻是以自己五年內武功全失的代價來救她的，並因爲她的緣故中了瑛姑混在九花玉露丸裡的毒藥——

而眼下瑛姑正要上山尋仇。

深山古寺裡，黃蓉和她的靖哥哥聆聽了一個糾纏了幾十年的情愛故事，黃蓉這才知道原來兩情相悅也會是這樣痛苦的。不知不覺中她與郭靖執手相看，雖然他們的世界裡還有華箏的存在、還有雙方家長的反對，可比起段皇爺他們卻是幸福多了。因爲，在他們的眼裡唯有對方。

瑛姑的尋仇終於被黃蓉使個巧計，暫時化解了。不料他們才剛舒了口氣，就見到了前來示警的白鵰，心繫父親黃藥師安危的黃蓉匆匆地和郭靖下了山趕往桃花島。

在桃源縣城他們見到了前來示警的穆念慈，而沅江險灘上他們又與瑛姑難中相見，這次瑛姑終於找到了眞正的殺子仇人——鐵掌幫的幫主裘千仞。穆念慈與瑛姑的不幸遭遇，使黃蓉聯想到了自己與靖哥哥之間的重重阻隔，不由地悲從中來。東海之濱，當她的靖哥哥終於對她說出「再也不理什麼成吉思汗，什麼華箏公主，這一生一世只陪著你」的話時，她以爲老天終於放過他們了，決定給他們幸福了。

就在這夜他們邂逅了師父洪七公、老頑童周伯通，以及靖哥哥的大師父柯鎮惡。雖然黃蓉對柯鎮惡一心要殺她感到大惑不解，可因爲她的靖哥哥答應一輩子在桃花島上陪她，她開心得不願再想這些不愉快的事。只是在她敏感的心靈深處，黃蓉隱隱地感到生活裡似乎有她阻擋不了的危機重重襲來，要把她淹沒。只是，桃花島一直是她的樂園，她以爲到了桃花島一切都會好起來的。一生中她從未有這麼迫切地想要回到桃花島，她幾乎是立刻雇了船就揚帆出海。殊不知正是桃花島上的危機，把她打入了萬劫不復的地獄！如果她有預測未來的本領，如果她知道命運的魔鬼就在前面等著他們，她會毫不猶豫地命令海船永遠地不要靠岸！

在桃花島上他們看到了江南五怪的屍體，而且一切跡象似乎都表明是她父親黃藥師下的毒手，她的靖哥哥憤然與她決裂。島上的巨變令她心驚，而她的靖哥哥的離去——看著郭靖離去的風帆漸行漸遠，黃蓉覺得自己內心的空洞也越來越大。她呆呆地望著大海，忽然覺得自己已經被整個世界所拋棄了。

蓉兒，蓉兒，你可千萬別尋死呀！

她剩餘的唯一一絲意識在說，她不要她的靖哥哥恨她，所以在眞相未明之前她不能死！她沒有權利死！她沒有權利選擇容易的死，而放棄艱難的生！

嘉興煙雨樓外，各路人馬混戰成一團，黃蓉的心更是比這場混戰的現場更亂。眼見父親與她的靖哥哥生死相搏，在她心裡不知是自己爲誰擔心得更多些，她只想大喊：讓這一切停止吧！

她從心裡感謝煙雨樓的這一場大霧，甚至是完顏洪烈的圍襲。雖然完顏洪烈的襲擊令他們身處危險之中，但至少這樣她就不必擔心這世上她最在乎的兩個人再繼續互相廝殺。在面對了這世上她最在乎的兩個人生死相搏後，她忽然覺得她的世界已經成了灰燼，生與死她已不在乎，卻不料老天偏偏要把誤會她最深的柯鎭惡送到她的手裡。

鐵槍廟裡，聽到傻姑與楊康的對話，黃蓉本來已如死灰一樣的心再次燃起了希望。雖然知道出去必死無疑，可是在她心裡沒有任何東西比眞相更重要了——她不要她的靖哥哥恨她，即使爲此死了也不在乎。

意外的是，楊康一掌拍在她肩上卻中了她軟蝟甲尖刺上的蛇毒而死，而一部

《九陰眞經》居然讓她死裡逃生。以後的日子她一面胡解經文敷衍歐陽鋒，一面伺機逃脫，在陸師兄的歸雲莊她終於擺脫了歐陽鋒。丐幫傳來的消息讓她又憂又喜，喜的是她的傻哥哥居然爲了她拒絕與華箏公主成親，憂的卻是她若起「死」回生他就要眞的與那華箏公主成親了。在黃蓉的內心深處她知道自己不要她的靖哥哥娶公主，即使她得一直「死」下去她也願意。

蒙古大軍的營帳裡，黃蓉爲同時躲避她的靖哥哥與她的大對頭歐陽鋒而努力著，可她又不忍她的靖哥哥爲戰事操心，於是忍不住常常透過魯有腳從旁指點他學習《武穆遺書》，不但讓他立了不少戰功，還幫他二擒二縱了歐陽鋒。另外，她爲了安慰郭靖對她的相思之苦，給他送去了一幅自己的小像。誰想那一向愚笨的靖哥哥這次居然變得聰明起來，竟然猜出了她的行蹤，還聰明地「逼迫」魯有腳把她找出來。

撒麻爾罕城外，禿木峰上，冰寒地冷，可郭靖的心卻是沸騰的，在「羊梯」接引下他終於見到了朝思暮想的蓉兒。而她也終於能依偎在她的靖哥哥溫暖寬厚的懷裡了。第二天晚上，也是在禿木峰上他們終於設計引來了歐陽鋒，並把他困在了峰頂。雖然歐陽鋒最後仍然逃脫了，可也因此使她想到了以「傘兵」攻進撒麻爾罕城的妙計。

這次的大獲全勝終於為他們贏來了一次退婚的機會——也許這是他們這一輩子唯一的一次機會。她等著她的靖哥哥給她帶回好消息，等著能夠白頭偕老，不料等來的居然是他與華箏公主的卿卿我我！黃蓉知道這次真的該是她離開的時候了，於是她拿了自己的那幅小像決然地離開了這個讓她傷心的地方。

「他們是草原的大鵰，而我不過是江南楊柳樹下的小燕子罷了。」這句話一直在她腦海中浮現，她想桃花島了，畢竟無論怎樣父親的臂彎會是她永遠的避風港。不料在山東她居然大病一場，終於又落到歐陽鋒的手裡了。這個一心想做天下第一的狂人想著法子逼她說出《九陰眞經》的秘密，於是她一路教著他顛三倒四的經文，一路被他挾持著來到了華山。

看著歐陽鋒變得越來越瘋癲，黃蓉的心中不由湧起了一抹自傲——沒有人能欺負她卻不付出代價，唯獨那個讓她又恨又愛的男人啊！也許世界眞的太小了吧！在華山頂上黃蓉居然又遇到了那個負心人。她曾發誓不再理睬這個傻大個，誰知周伯通只打了他兩個耳光，她就心痛得恨不得替他打回來出氣。也許眞是她前世欠他的吧！雖然明知「往後我不知要生你多少氣」，她還是就這樣跟定他了。華山上黃蓉用計逼瘋了倒練《九陰眞經》的歐陽鋒，而她的婚事也終於在重重波折之後奏出了諧音，這次她終於眞正能和她的靖哥哥在一起了，人生至此夫復何求！

他們離開了華山回桃花島，不料途中接到華箏公主的飛鵰傳書，得知蒙古大軍將進襲襄陽，於是他們匆匆拜別父親黃藥師，轉而取道襄陽向朝廷示警。途經上饒時他們意外地救了穆念慈，這時的穆念慈已生下了楊康的遺腹子，她的靖哥哥爲之取名叫「過」，字「改之」。而她出於一種很微妙的心理，沒有對穆念慈說出楊康死亡的全部眞情。這時的黃蓉並不知道若干年後這個當時仍在襁褓裡的嬰兒，和那尚遠在千里之外的襄陽城竟然會改變了她的一生。

襄陽城裡，她與她的靖哥哥打退了蒙古人的進攻，爲了確保宋室的安全，他們終於決定去刺殺拖雷，不料卻目睹了一代梟雄成吉思汗的撒手西歸。襄陽城終於保住了，她靖哥哥的安答之情也終於保住了。不久她終於如願嫁給了她的靖哥哥，可是想到沿途的骷髏白骨，想到了被成吉思汗拋灑掉的珍珠，他們似乎長大了好多。

大約十年後他們再次回到了嘉興，這時她已經成爲一個女孩的母親。在這裡他們又遭遇了歐陽鋒，當然她和她的靖哥哥已今非昔比，歐陽鋒雖然厲害卻已傷不了他們。也是這次的嘉興之行使黃蓉的生命中又介入了三個小孩。那武氏兄弟倒還罷了，那個過分機靈、又帶著點邪氣的楊過總令她想起楊康，想起那晚嘉興城外鐵槍廟裡的事，想起了那夜的烏鴉……。她總擔心有一天這小楊過會得知他父親楊康正是死在她手裡，然後來找他們夫婦報仇。於是在靖哥哥決定收他爲徒時，她耍了個小小的心眼，單獨收了楊過做弟子，每日只教他些四書五經，一心要他離學武遠遠的。不料饒是這樣，這孩子仍是頑劣異常，終於在島上弄出了一場「打死人」的軒然大波。這場風波終於使靖哥哥下決心把這個問題少年送到了終南山，投入全眞教門下學藝，於是黃蓉的生活終於回復了平靜。她和她的靖哥哥安心養女教徒，時間一晃就過了許多年，她的芙兒也長成了一個會爲情煩惱的大姑娘。

在這許多年裡，她的生活就圍繞著靖哥哥、芙兒、徒弟以及幫務展開，黃蓉幾乎忘了那個當初曾為他們帶來許多麻煩的楊過。不料，一場英雄大宴使楊過再一次介入了他們的生活。他們這才知道原來楊過這小子已成了全眞教的棄徒。老實說那些個牛鼻子老道的喜怒，黃蓉並不怎麼放在心上，可楊過那小子居然騙他們夫婦說不識武功，那就令她大大的不喜了。而她的靖哥哥執意要把他們如花似玉的女兒嫁給這個落拓江湖的故人之子，也令她好生為難：欲要從了靖哥哥，又怕委曲了女兒；若要回絕了丈夫，又不願丈夫不快。當下只有把個拖字訣慢慢地使著。

英雄大宴上黃蓉終於完成了傳位給魯有腳的心願，誰想蒙古國師金輪法王居然來爭奪武林盟主之位。饒是黃蓉計謀過人，但在一再發生突變的情況下也是無力回天。眼見著中原武林盟主之位就要成為蒙古國師的囊中之物，不料楊過這小子居然連使詭計力克了金輪法王。這時她第一次見到了楊過的師父、古墓派的傳人小龍女。酒宴上她的靖哥哥再次當眾表示要把他們的寶貝女兒嫁給楊過，這次黃蓉沒有反對。誰想那個叛經離道的小子居然在天下英雄面前表示，不願娶她的芙兒，而要娶他的師父小龍女！給了他們夫婦一個大大的難堪，她心裡第一次下定了決心：這次無論靖哥哥怎麼說，她的芙兒絕不能嫁這個小子。

也許是老天要他們郭家與楊家牽牽扯扯吧！不久楊過居然一次又一次地救了她們母女，黃蓉在心裡終於漸漸地接受了這個從小不被她喜歡的小子。雖然芙兒是不可能嫁他了，可是隨著她對楊過的欣賞增加一分，期盼他脫離師徒相戀的歧途之心，也就更熾烈了一分。於是有一天黃蓉做了自己認爲對的事情：勸小龍女離開楊過。

誰想這一勸居然就勸出事來了，小龍女與楊過前後誤入絕情谷，而楊過更是身中情花之毒。而這時楊過終於知道了父親是死在她的手裡的，於是在報仇與解藥的雙重驅使下來到了襄陽城刺殺他們夫婦。

這是他們生命中第二次義守襄陽。從楊過顯得過於怪異的行爲中，她看出了一些端倪，可她那個梗直的靖哥哥呀！守襄陽是守得有板有眼的，自己卻像是一座不設防的城池。天可憐見，楊過終於懸崖勒馬，不但沒有殺他們夫婦，反而又成了他們的救命恩人。也是在這時黃蓉從小龍女口中得知，楊過原來是捨命救她的靖哥哥的，於是她決定用自己的一條命來換她的靖哥哥和過兒的命。

不久黃蓉十月懷胎一朝分娩，又產下了一雙兒女，不料是夜金輪法王入侵，可憐她才剛落地的女娃居然被李莫愁搶走了。更禍不單行的是，她那個不像爹又不像娘的草包女兒居然砍斷了楊過的一條胳膊，眼見她為人方正的靖哥哥要砍了女兒的一條胳膊賠給楊過，她只有護著女兒逃出了襄陽。

也許是老天在垂憐吧！她居然在路上遇見了搶走她女兒的李莫愁，當下用計騙得李莫愁將嬰兒放置在棘籐陣中，馬上就能母女團圓。不料世上事就有這麼多的意外，孩子居然又被楊過抱走了。於是黃蓉會同了武氏父子及耶律兄妹等人去古墓找楊過要回女兒，也是這次她那個鹵莽的大女兒終於找到了自己的夫婿。不過，因為一念之差她放過了李莫愁，並和她一起尋找楊過的蹤跡。她原意是利用李莫愁進入古墓，可誰想卻種下了日後的禍根。

因為產後體虛，她沒有隨同耶律齊他們一起潛水進入古墓，誰想李莫愁居然突然發難，而她鹵莽的大女兒用銀針打傷了小龍女，終於引發了以後的諸多事端。

絕情谷裡各路人馬爲替楊過奪取半枚靈丹而努力著，在大廳裡她裝瘋扮傻終於從裘千仞手裡奪回了小女兒。而之後爲半枚靈丹黃蓉更是寧願挨裘千尺的三枚棗核釘，歷盡了辛苦終於由小龍女從公孫止手中搶到了那半顆救命的靈藥，可誰知楊過這楞小子居然把奪得的解藥拋到了絕情谷底。幸好她從天竺僧的屍體上發現了一絲希望，於是就說服了小龍女去勸楊過服食斷腸草解毒。不料痴情的小龍女爲救夫婿居然跳了崖，而她這才知道她寶貝女兒的那支小小的銀針居然足以要了小龍女的命！

爲了阻止楊過殉情，黃蓉編造了關於南海神尼的謊言，一心只望十六年後他能忘了小龍女，也算是救了一條命。誰知十六年後，風陵渡口，她的襄兒又遭遇了楊過。在襄兒十六歲生日上，襄陽城在蒙古大軍與宋軍的對峙中，楊過送了她的襄兒——也是送了大宋三件大禮。也許是這十六年來南海神尼的秘密一直沉甸甸地壓在她心裡，她忽然害怕楊過的出現了。眼見她那天眞無邪的小襄兒爲楊過傾倒，不由她開始懷疑起楊過的動機，而且越想越是把自己嚇出一身冷汗。

爲了斷絕襄兒對楊過的痴念，黃蓉將十六年前的往事對她和盤托出，誰想她這個傻女兒居然爲了要勸慰楊過而私自離開了襄陽，不久就成了金輪法王的人質。襄陽城下，蒙古人爲了擾他們夫婦的心意、亂他們的陣腳，要火焚他們的襄兒。千鈞一髮之際又是楊過不顧自身安危救了她的小女兒。也許眞的是她天性枉然自負聰明，在推心置腹、忠厚待人上總是欠缺了一籌，故而這輩子她總是看錯楊過。只是老天垂憐，楊過與小龍女這對有情人終於成爲眷屬，而楊過的石子屠龍也爲襄陽城換來了又一段相對平靜的時間。

終於他們又來到了華山。數十年來天下高手三次華山論劍，但只有這次是未動一刀一劍，單憑她的一張嘴就品評了天下五大高手的座次。論劍完畢，入夜，黃蓉輕輕依偎在丈夫懷裡，感受那許久未曾有的寧靜與安適。她抬頭想告訴她的靖哥哥，今夜不必擔心有蒙古人趁夜來襲，可以好好說一說許久未曾說過的體己話了，但卻驀然發現他們的兩鬢在不知不覺中竟然都已經有些斑白了。

若干年之後，襄陽城終於被蒙古人的鐵蹄所破，歷史的車輪滾滾地碾過紅塵，大宋皇朝從此被一個叫做元的蒙古皇朝所取代。他們將《武穆遺書》和《九陰眞經》鑄進屠龍刀和倚天劍裡，希望這兩本寶書在後世還能爲民造福。襄陽城陷落的那日黃蓉隨著她的靖哥哥與城同殉。而郭襄是他們後代中唯一的倖存者。

郭襄是《倚天屠龍記》開篇時的中心人物。黃蓉授予她的武功和琴藝使她在浪跡天涯的人生旅途中熠熠閃光。之後她成了那個後來很有名的峨嵋派的開山祖師，在江湖上頗有聲望，成就並不亞於父母。

自郭襄以後，世間的人就再也見不到當年赫赫有名的郭大俠與黃女俠的後人了。

黃蓉的人生哲學

性情篇

說到黃蓉的性情，我們似乎馬上能夠聯想到一個活潑潑、水靈靈、鮮潤潤的詞語，那就是「性靈」！雖然將「性靈」這樣一個中國古代文學批評領域裡的專門術語安到黃蓉這個武俠小說中的虛構人物身上，似乎顯得有些不太合適。但是，小黃蓉的性情端的是十二萬分的靈動、靈敏、靈巧、又靈透，她渾身上下透著機靈、精靈和水靈，有的時候還有些空靈，確確實實滿溢著靈氣和靈性，簡直是即使把「靈」字兒用盡用完，也還不能完全勾畫出黃蓉這個可愛的小女子的精氣神兒——恰正是：怎一個「靈」字了得！

和郭靖十分平淡無奇的出場相比，黃蓉的出場是頗具戲劇性的——黃蓉出場的時候，郭靖已經在《射鵰英雄傳》裡「亮相」達六回之多了。從他在母親腹中的迭遭變故，到其母雪地產子，然後再到郭靖六歲時被江南七怪找到，童年郭靖開始習武，然後又經十餘年長成一個略通武藝的粗壯少年，作品花了萬餘字的篇幅帶給讀者一位男主人翁，人們讀到這兒，對少年郭靖的誠信和愚拙的印象應該說是十分深刻的，而作爲女主人翁的黃蓉卻姍姍來遲，一直到第七回〈比武招親〉才以一個「衣衫襤褸，身材瘦削的少年」的面貌首次出現在郭靖和諸位看官面前，而她的這第一次亮相居然還不是我們所想當然的第一女主人翁的「閃亮」登場，而竟然是不折不扣的「烏黑」登場！

《射鵰英雄傳》的寫法頗具傳統風韻，許多方面很巧妙地借鑑了古典小說的筆法，比如它的第一回〈風雪驚變〉一開篇就獨具匠心地安排了一個說話人張十五在給村民們講故事，這個細節彷彿就是暗示讀者，這部作品的風格頗似古時候的「說話」藝術，十分講究情節的波瀾起伏、有頭有尾，而且段落要求整齊，情節必須完整。正因爲如此，它非常重視人物的出場。

按照「說話」藝術的慣例，每一個人物，尤其是主要人物出場時都先要集中介紹一下他或她的外貌特徵，亦即所謂「開相」。金庸很善於隱括前人在創作上的長處，在「射鵰」三部曲裡他便駕輕就熟地借用了「開相」這種手法，比如他是這樣替他的女主人翁黃蓉「開相」的：

「那少年約莫十五六歲年紀，頭上歪戴著一頂黑黝黝的破皮帽，臉上手上全是黑煤，早已瞧不出本來面目，手裡拿著一個饅頭，嘻嘻而笑，露出兩排晶晶發亮的雪白細牙，卻與他全身極不相稱。眼珠漆黑，甚是靈動。」

這段對黃蓉的外貌描寫很短，還不足百字，但筆墨極其簡潔精要，唯妙唯肖地寫出了黃蓉假裝乞兒時的「扮相」，爲後文的展開敘述，既開闢了廣闊的道路，又留下了無限的餘地。尤其是「眼珠漆黑，甚是靈動」八個字，勾畫出了黃蓉的靈魂，堪稱文眼，尤其是那一個「靈」字極其準確、精練地抓住了黃蓉最大和最根本的特點，很好地起到了爲後文張本的作用！

緊接著，黃蓉的靈性一點一點地溢出來，不斷給人以驚奇、驚嘆和驚喜，也不斷給人以一份類似驚艷的感覺，例如和郭靖初會時的黃蓉是這樣的：

黃蓉見郭靖主動請吃請喝，又問清楚了無論自己吃多少，他都會做東，就口出大言：「別忙吃肉，咱們先吃果子。喂，伙計，先來四乾果、四鮮果、兩鹹酸、四蜜餞。」那滿心裡瞧不起「他」這個小要飯的店小二倒被此話猛然嚇了一跳，但心裡仍不信靠討要千家飯過活的臭叫化會懂得什麼好吃食，存心要讓黃蓉出醜，便冷笑著問：「大爺要些什麼果子蜜餞？」其實黃蓉本就是個高明的美食家，又極聰明，豈能聽不出來店小二的譏諷語氣！於是她不慌不忙，輕描淡寫地答道：「這種窮地方小酒店，好東西諒來也弄不出來，就這樣吧！乾果四樣是荔枝、桂圓、蒸棗、銀杏。鮮果你揀時新的。鹹酸要砌香櫻桃和薑絲梅兒，不知這兒買不買得到？蜜餞麼？就是玫瑰金橘、香藥葡萄、糖霜桃條、梨肉好郎君。」那店小二聽「他」說得十分在行，不由地收起了小覷之心。

這還遠遠沒完，黃蓉又繼續讓店小二大跌眼鏡，「他」又道：「下酒菜這裡沒有新鮮魚蝦，嗯，就來八個馬馬虎虎的酒菜吧！唉，不說清楚定是不成。八個酒菜是花炊鵪子、炒鴨掌、雞舌羹、鹿肚釀江瑤、鴛鴦煎牛筋、菊花兔絲、爆獐腿、薑醋金銀蹄子。」這還不算，「他」又追加了一句：「我只揀你們這兒做得出的來點，名貴點兒的菜餚嘛，咱們也就免了。」把話補充得嚴絲合縫，絕無灑湯漏水之虞，而且還居然是一副「大人不記小人過」的「大度」樣子！這下，那個店小二聽得更是張大了口合不攏來，心裡直恨爹娘沒有給自己多生一雙眼睛，跑了這麼多年的堂，居然今日還看走了眼了，在「小叫化」和其他顧客，以及掌櫃的面前大大失了顏面。故而雖然接下去黃蓉又點了十二樣下飯的菜和八樣點心，但他卻連名稱都不敢再問，只怕這個精靈古怪的小叫化報出名兒來店裡卻辦不到，不僅自己沒面子，說不得要挨掌櫃的責罵，而且連酒店的名聲也給墜了。於是就只得告訴廚房儘量揀最上等的原料選配，況且反正有郭靖這個冤大頭回鈔，即使他現銀不夠，看他身上那件貂裘頗爲名貴値錢，大不了要他以之抵帳也就是了。

吃到一半，黃蓉忽然把店小二叫了過來罵道：「你們這江瑤柱是五年前的宿貨，這也能賣錢？」驚得連一般不招呼客人的掌櫃也趕忙親自過來陪著笑臉幫小二解釋道：「客官的舌頭眞靈！實在對不起，小店沒江瑤柱，是去這裡最大的酒樓長慶樓讓來的。通張家口沒新鮮貨。」

於是，僅僅一頓飯功夫不到，黃蓉就讓這酒店裡從老板到廚子再到跑堂的，上上下下個個稱奇叫絕，當然另外還有一個郭靖也對「他」大爲傾倒，因爲黃蓉叫的吃食不僅名稱聽著新奇有趣，而且還竟然件件是郭靖從未得嚐的美味，比在蒙古時人們公認的最好吃的牛肉和羊肝還要好吃得多，於是他不由地對黃蓉刮目相看了。更何況黃蓉談吐雋雅，其他方面的見識也和「他」的飲食知識一樣淵博，即使比之郭靖印象中學識最淵博的二師父朱聰也似乎不相上下，郭靖不禁暗自讚嘆：「中土人物，果然與塞外大不相同。」

這就是黃蓉在「射鵰」三部曲中的第一次亮相，雖然時間很短，宛若驚鴻一瞥，但是卻給人留下了極其深刻的印象。從郭靖到與黃蓉有所接觸的當時所有在場的人，以及各位讀者，無不如是。而這份深刻印象的最主要的內涵恐怕就是「他」的口齒伶俐、學識豐厚，同時精靈古怪中又略略帶著點兒刁蠻，真是說不出的可愛。

黃蓉的第二次登場是在金國的京城中都北京，當時楊鐵心和穆念慈父女二人正在那兒擺比武招親的攤子，郭靖從好奇圍觀到抱打不平，開始了他與穆念慈父女的因緣際會。而黃蓉則婉若遊龍，在一旁著意捉弄郭靖的對頭「黃河四鬼」和他們的師叔三頭蛟侯通海。「他」時隱時現，每出現一次就表明「他」獲得了進一步的成功。在這一場景裡，黃蓉雖然只是側面亮相，但是其靈活的身影、高明的武功不僅引起了郭靖的注意和驚異，也同樣給讀者留下了頗深的印象——原來，這個小機靈鬼還身負和「他」的外表和年紀並不相稱的絕技呢！緊接著，黃蓉水到渠成地正式亮相——她將郭靖約到城外向西十里的湖邊，郭靖如約前往，卻是未見其人，先聞其聲：

突然身後有人輕輕一笑，郭靖轉過頭去，水聲響動，一葉扁舟從樹叢中飄了出來。只見船尾一個女子持漿蕩舟，長髮披肩，全身白衣，頭髮上束了條金帶，白雪一映，更是燦然生光，只見那女子方當少齡，不過十五六歲年紀，肌膚勝雪，嬌美無比，容色絕麗，不可逼視。

這是作者第二次替黃蓉「開相」，也是第一次展現了她的廬山眞面目。讀到這兒，人們很容易就聯想起了一部非常優秀的古典小說——《紅樓夢》，那是一本以細緻入微地描寫女性人物見長的偉大的作品，其中「金陵十二釵」之一的王熙鳳的出場別具匠心，人們早就耳熟能詳：曹公筆下的鳳姐兒，那位賈府的當家二奶奶人未到，聲先聞，先聲奪人，給一代又一代的讀者留下了極其深刻的印象。而金庸筆下的小蓉兒也同樣的先聲奪人。可愛的小蓉兒這一回是首次女裝出場，和先前的喬裝出場有很大的不同，她未現其身，先發其聲，驀然間巧笑倩兮，又隨即美目盼兮，不僅令郭靖覺得像是踫到了仙女，看得耀眼生花，簡直獃住了，而且眾看官也是大大地感到出乎意料之外。一個髒兮兮的小叫化竟突然變成了美艷不可方物的小仙女兒！讀者們雖然不能說是一點心理準備也沒有，但是心中還是驀然升騰起了匪夷所思之感！這戲劇性的變化又一次大大地透出了黃蓉那仿佛是與生俱來的靈性兒。或者更準確地說，是黃蓉妙目流盼，以她滿溢的靈氣兒揭開了自己的廬山眞面目！她在給了自己莫大樂趣的同時，還給了眾看官莫大的精神享受和莫大的興趣，讓人欲罷不能，非得手不釋卷，看看這個精靈古怪、可愛至極的小姑娘還將怎樣揮灑她的靈性兒？

這當兒，在讀者眼前呈現的是北國的冬日，白雪晶瑩，紅梅吐艷，連無名小湖的水面也變得剔透玲瓏起來。那好一派冰花雪蕊之中，只見小蓉兒白衣飄飄，衣袂勝雪，玉顏更勝雪，雪膚花貌，秋波顧盼生輝，笑靨怡然生春，她緩緩蕩槳，款款而近，恰便似那花仙子、玉精靈飄然降臨人間！端的是怎擋她乍現時秋波那一轉！

緊接著，黃蓉又輕啓朱唇，一縷清聲自舌底吐出：

雁霜寒透幙。正護月雲輕，嫩冰猶薄。溪奩照梳掠。想含香弄粉，靚妝難學。玉肌瘦弱。更重重龍綃襯著。倚東風，一笑嫣然，轉盼萬花羞落。

寂寞！家山何在？雪後園林，水邊樓閣。瑶池舊約。鱗鴻更仗誰託。粉蝶兒只解尋花覓柳，開遍南枝未覺。但傷心，冷淡黃昏，數聲畫角。

這是一闋描寫雪後梅花的宋詞，調寄「瑞鶴仙」。在冬日的北國，銀妝素裹、玉樹瓊花的梅林之畔，聽這個曲子確實是非常地對題應景，令人心曠神怡。更何況歌聲出自黃蓉這樣清麗絕倫的女孩子之口，那情形端的是讓人悠然神往，小黃蓉的性情之中的「靈」氣兒更是令人又是驚訝又是佩服，還外帶三分羡慕，留下了難以磨滅的印象。

那麼，人們不禁要問，黃蓉如許的靈氣是從哪兒來的呢？

毫無疑問，黃蓉的靈氣來自於她的父母，尤其是父親黃藥師。因爲，黃蓉身爲一個生活在古代中國的女子，她無可避免地要受到當時的時代氛圍的深刻影響。在相當長的歷史時期內，我國的婦女被「三從四德」的社會道德準則緊緊地捆綁著，沒有任何喘息的機會。「在家從父，出嫁從夫」是她們中絕大多數人既定的人生軌跡，她們中的每一個都沿著這條道路一點點地消耗著所有的青春和熱望，直到生命的盡頭。很少有人會想到要改變它，即使有人想到了，也幾乎沒有可能有機會獲得成功。黃蓉雖然是武俠小說中虛構的人物，但也不能完全超然於歷史的規律之外，換言之，我們也可以用「在家從父，出嫁從夫」這八個字來概括黃蓉的一生——包括她的性情、感情、思想觀念、處事方式，她對世界的看法、對生命的看法，以及她的婚姻觀、女性觀、家庭觀、親情觀、友情觀、子孫觀——黃蓉人生歷程中一切的一切，無不含概其中。

也就是說，黃蓉和古代絕大多數女子一樣，甫一出生，便已注定了要在一長一少兩個男人的圈子裡打轉，她的性情氣質，她的人格人品，也都將由這兩個男人來爲她塑造、定型和最終完成。在黃蓉遇到郭靖之前，父親黃藥師是她的性情的「建築師」，小蓉兒就像一張潔白無暇的畫布，任黃藥師隨意揮灑。而等到情竇初開、心有所屬，她這個黃藥師的「作品」上就多了另一個作者，染上了另一種風格。所以，若要談黃蓉的性情，首先得瞭解黃藥師的性情。

按照書中所述，黃藥師形相清癯，丰姿雋爽，蕭疏軒舉，湛然若神。這樣一個瀟灑優雅的人，性情自然與眾不同，書中眾口所傳，人們言之鑿鑿，就是一個「邪」字，武林公認他為「東邪」便是明證。「邪」的具體表現很豐富，大致上可以分為兩個層面。

第一個層面，恃才傲物，恣情縱性，飄逸蕭散如閑雲野鶴，不願亦不會為禮法所拘，換言之是奉行反當時主流社會之道而行之的人生哲學和行為準則。他的為人有些偏執，有時候行事頗超出常人所能夠想像的範圍，這是黃藥師最引人矚目的性格特點。比如煙雨樓比武之時，江南五怪慘死桃花島的血案剛剛發生不久，當時正邪雙方馬上要進行一場殊死的搏鬥，但郭靖卻敵我不分，見了黃藥師就上去拼命，說是要為他死去的五位師父報仇。黃蓉心裡肯定五怪絕對不是父親所殺，而郭靖牛脾氣一發硬是認定黃藥師是殺人凶手，便只得竭力勸說爹爹黃藥師為自己辯解。但是黃藥師被郭靖好一陣死纏爛打，心中惱怒，邪勁兒一發作，就偏偏不管也不顧地把殺人的罪名大包大攬到自己身上，而絕不加任何一個字自我辯護，一如當年陳玄風和梅超風濫殺無辜，連累師父黃藥師也背上了惡盡惡絕的惡名聲，黃藥師也絕不願意與他眼裡的俗人們一般見識，只是一笑置之，而未加一語進行自我辯解。爲了五怪血案而陷入絕境的黃蓉見狀心如火燎，焦急萬分，但黃藥師卻摟著女兒笑道：「黃老邪自行其是，早在數十年前，無知世人便已把天下罪孽都推在你爹頭上，再加幾樁，又豈嫌多了？」這幾句自然是他的眞心話，但後面他又竟然加了句假話，替自己沒有幹過的事情尋找了一條聽起來十分充足的理由：「江南五怪是你梅師姊的大仇人，當眞是我親手殺了。」簡直叫人覺得不可思議。這件事關係到黃蓉生活中最重要的兩個男人，關係到她一輩子的幸福與否，她委實不能就這樣罷休了，故而她雖然十分瞭解爹爹的脾氣，知道不可能勸轉他的，但還是哽咽著又問：「爹，你爲什麼硬要自承殺人？」黃藥師大聲地回答女兒：「世人都說你爹邪惡古怪，你難道不知？歹徒難道還會做好事？天下所有的壞事都是你爹幹的！江南六怪自以爲是仁人俠士，我見了這些自封的英雄好漢們就生氣。」黃藥師的「邪」氣於此可見一斑。

黃蓉和父親黃藥師一樣縱情使性，經常做出一些令普通人咋舌的事情，比如，郭靖、歐陽克兩人爭做黃府女婿之後，黃蓉出海去救郭靖，黃藥師誤信靈智上人捏造的黃蓉已葬身魚腹的消息，心中的傷痛難以言表，便漸漸想通了兒女婚姻之事父母不能勉強的道理。不料後來在牛家村驀然重見愛女，幾生隔世之感，驚喜之餘就允了女兒和郭靖的婚事，讓這對小情侶終於了卻了心願。但好事多磨，由於華箏的隨後出現，郭靖當眾表明態度，絕不背棄與華箏的婚約。黃蓉傷心欲絕，就斷然宣布既然靖哥哥要娶別人，那我也就嫁別人，但我的心裡卻永遠只有靖哥哥一個人！假如將來的丈夫膽敢反對，那就要父親以卓絕天下的武功幫助女兒壓制他！這樣的話聽在任何一個其他的爲人父母者的耳朵裡，都難免暴跳如雷，視爲大逆不道，嚴厲的責罵甚至責打也是免不了的，但黃藥師聽了，竟然不怒反笑，「赫然」讚曰這才像是桃花島的女兒做的事情！

黃氏父女倆「合作默契」，將這番驚世駭俗的話說得猶如閑話家常一般，江南六怪等一干江湖豪客縱然亦算豁達，在一旁也是聽得暗自搖頭嘆息不已。換言之，黃蓉雖無小「東邪」之名，倒有小「東邪」的風格，而這也就是當年她之所以稍受責備就離家出走，而且一離開家就頗令人匪夷所思地扮成一個小要飯的，漫無目的地到處流浪的原因所在；而遇到郭靖之後的種種調皮情狀和惡作劇的

「業績」自然也是拜其所賜。

不過，黃藥師在他「邪」氣十足的外表下面，還隱藏著旁人不易察覺的，似乎與其「邪」氣大相逕庭的另一面，那就是他性情的另一個層面——愛國！這依然可以以煙雨樓比武時黃藥師的言行爲證！

話說當時黃藥師對女兒講的那一番話驚世駭俗，令眾人瞠目結舌，似乎表明他是完全站到了洪七公師徒、全眞派和江南六怪的對立面上。那投靠完顏洪烈賣國求榮的西毒歐陽鋒乘機挑撥離間，他朗聲讚道：「藥兄這幾句話眞是痛快之極，佩服佩服！」「藥兄，兄弟送你一件禮物。」他的「禮物」是一個新割下的首級，頭戴方巾，頦下有鬚。歐陽鋒解釋道：「兄弟今晨西來，在一所書院歇足，聽得這腐儒在對學生講書，說什麼要做忠臣孝子，兄弟聽得厭煩，將這腐儒殺了。你我東邪西毒，可說是臭味相投了。」不料，黃藥師聞言不僅沒有大起惺惺相惜之感，反而驟然變色，怒道：「我平生最敬的就是忠臣孝子！」並且馬上俯身挖了一個土坑，將那人頭小心翼翼地埋下，又恭恭敬敬地作了三個揖。歐陽鋒偷雞不著蝕把米，沒有想到黃藥師居然敬重那個腐儒，自己此舉竟然討了個大大的沒趣，於是只得哈哈地笑著自我解嘲道：「黃老邪徒有虛名，原來也是個為禮法所拘之人。」黃藥師卻又凜然道：「忠孝乃大節所在，並非禮法！」

由此可見，黃藥師的「邪」並不是無節制、無限度的，在國家存亡和民族大義等大事大節上，他不僅一點也不「邪」，而且還非常的「正」，他是絕不會像裘千仞或楊康那樣「見機」和「從權」，認賊作父，為虎作倀的。當時的大宋金甌殘缺，水剩山殘，花愁蝶怨，朝廷又不奮發圖存，而是苟且偷安，滿足於做穩了金人的兒皇帝，故而國勢衰靡，版圖日蹙。黃藥師雖然僻居桃花島，憑其武藝學識過著一種當時絕大多數南宋百姓不可能過得上的自由舒適的生活，其為人行事在武林同道們的眼裡也是邪氣十足。但他並沒有「邪」得因此而沾沾自喜，滿足於一己之私利的不受侵擾，而是經常長吁短嘆，嗟傷不已。其平日所吟誦的詩詞也有相當一部分是岳飛和辛棄疾等愛國者的抒懷言志之作，像岳飛的〈滿江紅〉、〈小重山〉和著名詞人朱敦儒南渡以後的感懷文字〈水龍吟〉等現代人熟知的名作自不必說，還有岳飛在池州所作的一首七絕：「經年塵土滿征衣，特特尋芳上翠微。好山好水看不足，馬蹄催趁月明歸。」黃藥師也讀得滾瓜爛熟，連女兒亦被他教得與他一樣，故而後來黃蓉在杭州翠微亭一見此詩便能隨口替郭靖解釋其作者和本事。岳飛後來最終屈死風波亭，莫須有之罪所鑄成的慘案更是令黃藥師捶胸頓足，時常將這樁恨事、憾事掛在嘴上，連小小年紀的黃蓉都早早地聽得耳熟能詳了。他平時教女兒讀的也都是什麼愁啦、恨啦的詩詞；同時他還常常抱怨自己出生太晚，爲沒有得見岳飛這樣的大英雄的福緣而深感遺憾。

顯而易見，心存忠孝，熱愛祖國是黃藥師不易爲人所注意和熟知的另一面。於是，我們才恍然大悟，黃蓉在向郭靖袒露女兒心事的那一天，在雪後的梅林邊，她爲什麼要唱那一闋〈瑞鶴仙〉了？原來不僅僅是因爲這首作品恰恰結合了當時、當地的景和情，而且還因爲這首詞的作者以及詞作的含義非比尋常。這闋〈瑞鶴仙．賦梅〉出自南宋著名愛國詞人辛棄疾的手筆，上片以寫景爲主，描景摹色，十分細膩婉曲，猶如一幅栩栩如生的雪後梅花傲霜圖；下片則側重抒情，一句「家山何在？」道出了作者國破家亡的深仇大恨和刻骨痛楚。

作爲一個從淪陷的北方起義投軍過來的愛國將領，辛棄疾是岳飛冤死之後朝廷中最著名的主戰派大臣。只可嘆他英雄無用武之地，長期投閑置散，只得「忍將萬字平戎策，換得東家種樹書」，故而在吟詠梅花時情不自禁地感慨「家山何在？」，報國無門的傷心積鬱之情躍然紙上。也正因如此，雖然歷代以來詠梅的名篇佳作車載斗量，但最得黃藥師青睞的卻是這一首〈瑞鶴仙〉。在孤懸海上的桃花島，黃藥師時常臨風嗟嘆，為了時局日頹而憂心忡忡，唯有吟誦〈瑞鶴仙〉等愛國詩篇才能稍稍解他愁懷。黃蓉是他的獨生愛女，自然也深深地解得其中眞意。在中都北京的那個無名小湖邊，她見一派白雪紅梅，就自然而然地唱起了熟稔於胸的〈瑞鶴仙〉。

那當兒，絕妙好詞付之於黃蓉清新甜潤的歌喉，正是相輔相成，一時間只聞清音嬌柔，低迴婉轉，連從不知音樂為何物的郭靖在一旁也聽得情不自禁地心搖神馳，意酣魂醉，只是渾不解其中意旨罷了。

黃蓉酷肖其父，既冰雪聰明，又十分善解人意，一曲既終，便隨即告訴郭靖：「這是辛大人所作的〈瑞鶴仙〉，是形容雪後梅花的。」「辛大人就是辛棄疾。我爹爹說他是個愛國愛民的好官。北方淪陷在金人手中，岳爺爺他們都給奸臣害了，現下只有辛大人還在力圖恢復失地。」郭靖從小生長在蒙古，雖然經常聽母親和師父們說起金人殘暴，虐殺中國百姓，但是一來年紀尚小，二來終究沒有親身經歷，家國之痛在他並不深切。黃蓉唱這首曲兒雖然是即景而發，但也幫助郭靖萌發了他心中原有的憂國憂民的種子，悄悄導引他走上了俠義之路。當然，黃蓉的誦詞唱曲可以說是興之所至，跟著感覺走，並沒有十分清楚地意識到自己這樣做的結果會是怎樣，但是，事實上她正是從這個時候起開始把自己的命運和郭靖緊密相連，開始盡自己最大的努力去塑造郭靖、造就郭靖，最終使郭靖成為一代大俠。而促使她這樣做的內在根本原因就是黃藥師賦予女兒的根深蒂固的愛國忠孝思想。

一言以蔽之，黃蓉在巧遇郭靖之前，好比一箋素絹，是她的父親黃藥師按照自己的模式，時而隨意點，時而工筆細描，賦予了她滿溢的靈性；值得一提的是，這份靈性成為黃蓉最大的優點和特點，她將終身受益無窮。也正因如此，雖說流光容易將人拋，但是眾讀者卻異常欣喜地看到後來嫁為人妻的黃蓉並未曾像一位偉大的古代作家所預言的那樣，女孩子出嫁前是珍珠，出嫁後就變成魚眼睛了。聰明絕頂、至靈至性的小黃蓉雖然無法避免時光之劍無情的摧殘，結婚以後漸漸地青春不再，像所有的女人一樣，只得任皺紋減損玉顏，霜鬢透出滄桑，但卻始終靈光四射，魅力絲毫不減當年。遍閱「射鵰」三部曲，尤其是《神鵰俠侶》，婦人黃蓉靈光點點，例子眞是俯拾皆是，不勝枚舉。

黃蓉的小女兒郭襄性情頗肖外公黃藥師，縱情恣性，率眞直爽，頗具靈氣。她不僅繼承了母親的機敏聰慧，而且還有一點與母親黃蓉非常相似，那就是她像黃蓉在十五六歲時遇到郭靖且以心相許一樣，也在十五六歲時與楊過萍水相逢，從此一顆芳心牢牢繫縛於楊過身上，情根深種，難以自拔。當她聽說楊過在與小龍女十六年之約假如落空必定自殺時，就像當年的小蓉兒一樣不告而別，痴痴地欲去勸慰楊過，阻止他自戕。黃蓉得到柯鎭惡傳來的消息，以爲郭襄被擄入蒙古軍中，大吃一驚，遂與師妹程英潛入蒙古軍營打探女兒下落，還與四十餘名蒙古武士惡鬥一場，若非她二人武功了得，黃蓉又連使詭計，將差一點闖不出敵營，回不了襄陽。然後她思女心切，帶著程英、陸無雙姐妹和一雙白鵰出城尋訪，在風陵渡的萬花谷見到三間茅屋，還有許多玉蜂，並巧遇老頑童周伯通。黃蓉見是故人，心中大喜，歡顏相向。但是周伯通一見黃蓉，剛開始哈哈大笑，奔近迎上，不過只跨出了幾步，他竟突然滿面通紅，轉身回轉茅屋，並啪的一聲，關上了柴門。黃蓉上前伸手拍門，周伯通竟在門內叫道：「不開！不開！死也不開！」這時一燈大師出來迎接不速之客，並要黃蓉猜猜百花谷中除了他和周伯通以外，第三個人是誰？黃蓉心念一轉，便已知其中的道理，迅速答道：「『曉寒深處，春波碧草，相對浴紅衣』。好啊！好啊！」

「曉寒深處」云云，是劉貴妃瑛姑昔年所作的〈四張機〉詞，黃蓉這一答，就表明她已猜到那第三個隱居者是當年的黑沼隱女劉瑛姑了。思維之敏捷，心思之細密，實在叫人佩服。比之於當年少女黃蓉向一燈大師求醫時連闖漁、樵、耕、讀四大關的機智捷才真是毫不遜色。陸家莊英雄大會前夕，黃蓉正與楊過談心，郭芙奔來告訴母親：「媽，媽，你猜是誰來啦？」黃蓉稍一轉念，就歡然道：「啊，是武家哥哥的師伯、師叔們，這可多年不見了。」郭芙道：「媽，你真聰明，怎麼一猜就中？」黃蓉笑答：「這有何難？武家哥兒倆寸步也不離開你，忽然不跟著你，定是他們親人到了。」那楊過向來自恃聰明機變，這時候但見黃蓉料事如神，遠在自己之上，亦不禁駭服。

不過，更叫人佩服的還是在十六年前，郭襄剛剛出生的時候，黃蓉爲救襁褓幼女而表現出來的機智和勇敢。而且，比之於當年少女黃蓉的王府盜藥、在明霞島上以詐死智賺歐陽克以及最終巧用千斤巨石制服歐陽克或偵查桃花島血案的貞相等，其機敏之鋒不僅不曾稍鈍，而且隨著時間的流逝、人生閱歷的增加，反而愈顯成熟和飽滿，換言之，黃蓉的聰明靈性在少女時代更多的是聰穎靈光，帶著點兒初出茅廬的銳氣和稚氣，也帶著點兒調皮、刁蠻，是那種略具鋒芒的聰慧，十分耀人眼目；而等到爲人妻、爲人母之後，調皮、刁蠻漸漸隱退，稚氣也慢慢消隱，取而代之的則是母性溫柔迷人的光輝，還有成熟、深沉、沉穩和沉著的氣息，更加令人意醉神迷。

話說當日在危城襄陽，黃蓉因連日受驚勞累，驚動胎息，腹中胎兒竟提前數日來到人世。強敵來犯時，她只來得及扶著身負重傷的郭靖從火窟中逃得性命，卻未及抱走剛剛呱呱落地的小女兒。幸好小龍女在場，救出了郭襄。但是，小郭襄也就因此離開了生母溫暖的懷抱，輾轉落入了女魔頭赤練仙子李莫愁的手中。不久後，黃蓉在送大女兒郭芙回桃花島避禍的途中，巧遇李莫愁，她一眼瞥見李莫愁懷裡抱的那個湖綠色緞子繡股紅小馬的襁褓，知道是自己的親生女兒，不由地心頭大震，隨即迅速作出獨力營救幼女的決定。於是，她搶上前去，與李莫愁巧妙周旋。因爲李莫愁反覆強調小孩是她師妹小龍女和楊過的私生女，黃蓉心想，唯有知己知彼方能百戰不殆，何況這救兒之舉不僅要鬥力，更要鬥智，是來不得半點疏忽馬虎的：「她是當眞不知這是我的女兒，還是裝假？可須得先試她出來。」黃蓉心念電轉，迅即舉竹棒向李莫愁右腿點去。李莫愁拂塵一擋，黃蓉竹棒不待與拂塵相交，已然挑起，驀地戳向李莫愁抱著郭襄的左胸。這一棒若戳中了，小小的郭襄必死無疑，李莫愁也得受傷。但黃蓉在打狗棒法上浸淫二十餘年，棒法何等精純，自然可以縱控自如，輕重遠近，不失分毫。李莫愁不知就裡，急急忙回護嬰兒，並怒道：「郭夫人你枉有俠名，卻對這小小嬰兒也施辣手，豈不可卑？」黃蓉見狀聞言，心中大喜，暗想：「你出力保護我的女兒，我偏要棒打親女，嚇你一跳。」當下微微一笑，說道：「道長既說這孩兒來歷不明，留在世上作甚？」說著縱身而前，舉棒疾攻，數招一過，小郭襄又遇危險。小小嬰兒在李莫愁懷中顚簸起伏，甚不舒服，突然放聲大哭起來。黃蓉聽了雖然十分心疼，但卻並沒有因此而亂了方寸，只是暗叫：「乖女莫驚！我要救你，只得如此。」她雖心中憐惜，出手卻越來越凌厲，看起來招招都能置郭襄於死地，很快達到了激怒李莫愁的目的，於是兩人約定立刻在武藝上一較高下。黃蓉見計得逞，趕緊道：「你懷抱嬰兒，我勝之不武，還是將她擲下，咱倆憑眞功夫過招玩玩。」李莫愁答應了，將郭襄放在旁邊一片長草上面，又怕黃蓉向孩子突下毒手，分她心神，就站在繈褓邊上，不容黃蓉走近。

黃蓉與李莫愁拆了這十餘招，已深知其武功與自己不相上下，這時雖已騙得她把郭襄放下，但若此時馬上過去將女兒搶在手中，李莫愁必定上來纏鬥，自己稍有疏虞便可能傷了愛女。爲今之計，只有將這個女魔頭打死或打傷，再抱回女兒，方得萬全。更何況這女道士作惡多端，百死不足以蔽其辜，殺了她也算是爲武林除了一害。於是黃蓉心中殺機萌動，只待伺機下手。也就在這頃刻之間，黃蓉已想了足足七、八條計策，每一計均有機會置李莫愁於死地，但卻也不免危及郭襄，於是她又想：「瞧這女魔頭的神情，對我襄兒居然甚爲愛惜，襄兒在她手中，縱然一時搶不回來，也無大礙，切不可冒險輕進，反使襄兒遭難。」她心念一轉，霎時決定不妨行一著險棋，於是說道：「李道長，咱倆的武功相差不遠，非片刻之間可分勝負，相鬥之際若有虎狼之類出來吃了孩子，豈不令人分心？不如先結果了這小鬼，咱們痛痛快快地打一架。」說著彎腰拾起一塊小石子，使出家傳的「彈指神通」絕技，呼的一聲，石子挾著破空之聲急向郭襄飛去。這下驚得李莫愁趕緊揮動拂塵阻擋，同時大聲喝道：「這小孩兒礙著你什麼事了？何以幾次三番要害她性命？」黃蓉見計謀又獲得了成功，心中高興，又暗暗好笑，因爲她這顆石子彈出去時力道雖急，但手指上卻早已使了回力，李莫愁就算不用拂塵格開，石子一碰到郭襄的身子立時便會斜飛，絕不會損傷到她絲毫。但是黃蓉臉上卻是絕對不動聲色，反而出言進一步激怒李莫愁：「你對這孩兒如此牽腸掛肚，旁人不知，還道是你的女兒呢？哈哈！」，然後趁李莫愁怒氣勃發，接著建議：「你掛念著孩兒，動手時不能全神貫注，我縱然勝你，也無意味。這樣罷，我割些棘籐將她圍著，野獸便不能近前，咱倆再痛痛快快地打一架。」說著從腰間取出一把金柄小佩刀，走到樹叢中割了許多生滿棘刺的長籐，然後拉著長籐在孩子身周的幾株大樹之上纏了一道又一道，密密層層的，這樣野獸固然無法傷害孩子，而郭襄幼小，還遠遠不會翻身，也不至於滾到棘刺上弄傷了自己。李莫愁見狀，不禁暗暗讚嘆：「江湖上稱道郭夫人多智，果然名不虛傳！」

黃蓉纏好棘刺，勝券在握，便馬上換了臉色，冷笑道：「你有本事，便將那孩兒抱出來瞧瞧！」原來，她在纏棘刺時悄悄地用上了桃花島的九宮八卦神術，李莫愁除非能打敗黃蓉，然後慢慢地將棘刺一條條地自外而內地移去，否則就再也不可能抱走嬰兒。這一來，形勢逆轉，黃蓉已將愛女置於萬無一失之地，心中再無牽掛，便欺身而上，與李莫愁激鬥起來。她先以打狗棒法逼得李莫愁認輸，又用語言故意譏刺李莫愁行爲失檢，不像她自詡的那樣端莊貞淑，最後竟又主動收起竹棒，提出與李莫愁比拼掌法。李莫愁中計，使出她得以揚名江湖、曾使不少武學名家喪命的五毒神掌和冰魄銀針，滿心以爲此番黃蓉也必定難逃此劫。卻不料她機關算盡太聰明，反誤了卿卿性命，黃蓉巧妙地用懷中藏的蘋果收去了冰魄銀針，然後又誘使李莫愁出掌擊在蘋果之上，終於令這個作惡多端的武林敗類自食其果，中了冰魄銀針的劇毒，性命行將不保。

這時候，黃蓉才笑嘻嘻地告訴李莫愁：「這女娃兒姓郭名襄，是郭靖郭爺和我的女兒，生下不久便落入了龍姑娘手中，不知你怎地竟起了這個誤會。承你養育多日，小妹感激不盡。」然後喂了李莫愁三粒解藥，扔下那女魔頭兀自發楞，自己快步折回棘籐圈去抱愛女郭襄。

至此，黃蓉和李莫愁的一番奪兒戰鬥以黃蓉的大獲全勝而告終。不過，要戰勝李莫愁可不似說故事那麼容易。在當時的武林之中，女性高手寥寥無幾，除了黃蓉已享盛名二十餘年以外，能與她比肩的就唯有李莫愁了。因爲清淨散人孫不二成名雖早，但武功遠遠不及黃蓉和李莫愁；小龍女則年紀尚幼，直到霍都王子終南山古墓敗歸以後，小龍女始爲人知，然後大勝關一戰立威，方才聲名鵲起，天下皆聞。但她名噪江湖的時間畢竟還很短。只有黃蓉和李莫愁二人，一個是東邪黃藥師之嬌女、大俠郭靖之愛妻，身任天下第一大幫幫主二十餘年，人人敬慕；另一個則以拂塵、銀針和五毒神掌三項絕技聳動江湖，名滿天下，令武林人士聞風喪膽。更何況她們二人不僅武功卓絕，還都聰明多智，比如上述李莫愁被黃蓉所騙，抱不出籐棘圈中的郭襄時，她只是略加思索，便明白了其中道理，而且還想透了自己揚長避短的唯一法門，隨即縱身躍開，凝神待敵，再也未將籐棘圈放在心上。饒是聰明機變如黃蓉，也不得不佩服她：「這女魔頭拿得起，放得下，決斷好快。她得享大名，果非倖致，看來實是勁敵。」

不過，強中自有強中手，李莫愁再強，也強不過黃蓉。她二人一番爭鬥，李莫愁雖然功力深厚，拂塵上招數變化精微，但卻遠遠敵不過黃蓉的打狗棒法，只勉力抵擋得數十招，便額頭著汗，難以爲繼。論口才，李莫愁亦兀自不弱，但在黃蓉面前卻顯得笨嘴拙舌，也不得不甘拜下風。她打不過黃蓉，並沒有馬上完全認輸，而是改以舌辯：「這竹棒棒法乃九指神丐的絕技，桃花島的武功果眞了得，郭夫人何以不學令尊的家傳本事，卻反而求諸外人？」黃蓉不禁暗自讚嘆：「這人口齒好不厲害，她勝不了我的棒法，便想激我捨長不用。」但是，道高一尺，魔高一丈，李莫愁縱然口齒便捷，但碰到黃蓉馬上就縛手縛腳。因爲黃蓉是你有來言，我有去語，迅速予以有力的反擊：「你既知這棒法是九指神丐所傳，那麼也知道棒法之名了。棒號打狗，見狗便打，事所必至，豈有他哉？」於是李莫愁不僅沒有達到令黃蓉捨長就短的目的，還被黃蓉罵作了狗。就這樣，她論武鬥，打不贏黃蓉，而對方的伶牙俐齒又使她在舌戰中也必輸無疑，最後只得乖乖服輸。

兩個女強人之間的這一場比拼，無論鬥智鬥力，還是動口動手，黃蓉無不穩操勝券，說明黃蓉是當之無愧的天下第一女傑！後來她們二人在絕情谷中重逢，李莫愁為了離開情花樹叢，不得已狠心將徒弟、也是她在世界上唯一的親人洪凌波做了自己的墊腳石，最後落了個兩敗俱傷，黃蓉暗笑她愚蠢，說道：「你只須用長劍掘土，再解下外衫包兩個大大的土包，擲在花叢之中，豈不是絕妙的墊腳石麼？不但你能安然脫困，令徒也可絲毫無傷。」一席話說得李莫愁後悔莫及！同時也更顯示了黃蓉絕倫的才智。

當然，這還算不得十分了不起，眾位讀者一定記得同樣是為了小女兒郭襄，黃蓉不久之後遇到了更大的難關，但她依然順順利利地闖過去了。那是在絕情谷中，由於郭芙的鹵莽，郭襄被處於癲狂狀態的慈恩、亦即當年的裘千仞奪了過去。那時在場的人沒有一個武功能勝過慈恩，即使能勝過他，但投鼠忌器，要從這半瘋之人手中搶救嬰兒也實在是難於上青天。只聽慈恩冷笑著狂叫：「此時便算東邪、西毒、南帝、北丐、中神通一齊來此，也只能傷得我裘千仞性命，卻救不了這小女娃娃。誰有膽子，那便過來！」

在這千鈞一髮之際，猛聽得黃蓉哈哈大笑，笑聲忽高忽低，便如瘋子發出來一般。眾人心中砰砰亂跳，無不以爲她因女兒陷入強敵之手而神智失常。但只見黃蓉將竹棒往地上一拋，踏上兩步，扯散了頭髮，尖聲慘笑，向慈恩走去。她惡狠狠地瞪著慈恩，叫道：「快把這小孩兒打死了，要重重打她的背心，不可容情。」慈恩聞言臉無人色，急問：「你是誰？」黃蓉陰惻惻地回答：「你全忘記了嗎？那天晚上在大理皇宮之中，你抓住了一個小孩兒。對啊！就是這樣……就是這樣……你弄得他半死不活，終於無法活命」「我是這孩子的母親。你快弄死這小孩兒，快弄死這小孩兒，幹麼還不下手？」

這番話令慈恩渾身顫抖，往事驀然兜上心頭。原來，當年他擊傷瑛姑的兒子，目的是要南帝段皇爺捨卻數年功力爲他治療，以使自己在華山論劍時擁有更多的勝算。段皇爺忍心不治，那孩子終於喪命。後來瑛姑與裘千仞兩度相遇，她皆死命抱住仇人欲與之同歸於盡。裘千仞武功雖然遠強於瑛姑，卻也只得落荒而逃。黃蓉曾在青龍灘和華山兩次親見瑛姑的瘋狂之態，深知這是慈恩一生最大的心病。這當兒，慈恩抱著郭襄，既然無法可救，黃蓉就又一次斷然行險，竟反而叫他打死孩子！此計果然絕妙！那慈恩望望黃蓉，又望望一燈，再瞧瞧手中的小孩，倏然間痛悔之念不能自已，嗚咽道：「死了！死了！好好的一個小孩兒，活活的給我打死了。」他走到黃蓉面前，將襁褓遞了過去，說：「小孩兒是我弄死的，你打死我抵命罷！」黃蓉欣喜若狂，正要接過愛女，只聽一燈大師以禪理喝道：「冤冤相報，何時方了？手中屠刀，何時方拋？」慈恩吃了一驚，雙手一鬆，郭襄直往地上掉去。黃蓉趕緊伸出右腳，將女兒踢得向外飛出，同時狂笑叫道：「小孩兒給你弄死了，好啊！好啊！妙得緊啊！」

其實她這一腳看似用力，卻只是以腳背在襁褓中部輕輕一托，再輕輕往外一送，於是郭襄在半空中穩穩地飛向耶律齊，絲毫無損地回到了親人的懷抱！在這裡，黃蓉心細如髮，對事情的把握眞是毫髮不差——她不俯身抱女兒，是因爲她知道在這千鈞一髮之際，來不得半點馬虎，若自己去抱孩子，說不定慈恩的心神又有了變化；而將幼女擲給耶律齊，而不擲給她姐姐郭芙，則是因爲深知郭芙過於莽撞，弄得不好會前功盡棄的。

看到這裡，讀者們一定是和書中的一燈大師一樣，由衷地欽佩黃蓉眞是膽大心細，難得的大智大勇，因爲即便是一等一的鬚眉男子，也未必有這樣的膽識。況且即使有人能想到可以故意用語言使得慈恩回到記憶深處，觸動他多年的心病，以毒攻毒，然後乘隙救下小孩，但是慈恩當時氣勢洶洶，「你快弄死這小孩兒，幹麼還不下手？」之類的話，若非膽大心細，也必定是萬萬不敢出唇的。所以當黃蓉大功告成，走到一燈大師面前躬身行禮，致歉道：「姪女逼於無奈，提及舊事，還請大師見諒」時，一燈連聲讚嘆：「蓉兒，蓉兒，眞乃女中諸葛也！」

緊接著，黃蓉的聰明機智亦連奏奇功，最驚險的一個細節仍是在絕情谷的大廳裡。當時眾人被困在大廳裡，武氏兄弟折了長劍，有些驚慌失措，黃蓉則鎭定自若，胸有成竹，安慰道：「不需驚惶！出廳不難！」不多時裘千尺爲取絕情丹，自行回到了大廳，黃蓉察言觀色，料定谷中發生了內訌。她爲了楊過能服用世上僅剩的半枚絕情丹解毒救命，也爲了報答楊過對郭家的幾度大恩，便主動向裘千尺提出自己不閃不避、不用兵刃格擋，接裘千尺三枚棗核釘，並以此爲條件化解雙方恩怨，即自己一方會出手幫助裘千尺擊退內敵，而裘千尺則必須交出絕情丹替楊過療傷。黃蓉這話說得十分周到，即既要讓這個惡婆娘能洩去一點心中積憤，又乘她內變陡起，憂急驚懼之際，答允助她禦敵解難，而讓她洩憤的辦法又是她唯一能傷人的武功。發棗核釘，眞是比裘千尺本人都還要考慮得周全。就在裘千尺猶豫不決的瞬間，黃蓉心念電閃，想好了對付棗核釘的辦法，就像她對付李莫愁的銀針那樣，這回她以斷劍的劍頭擋了前兩顆棗核釘，最後用牙齒硬生生咬住了第三顆，又一次化險爲夷！而那半枚絕情丹就藏在大廳的青磚底下，黃蓉也早就猜到了，端的是料事如神！

又比如公孫止與小龍女惡鬥之時，因地形的限制，旁人無法相幫，只能乾著急，唯有黃蓉當機立斷，對楊過說：「過兒，你和我同時向公孫止說話，你用言語恐嚇，我卻引他高興，叫他分心。」此計立竿見影，幫助小龍女獲得了勝利。再如天竺僧一死，人人皆認定化解情花之毒的方法再也無從得知。但是黃蓉卻不然，她見天竺僧臨終時手裡拿著一株深紫色的小草，臉上則掛著微笑，就判定其中必有緣故。雖然一燈告訴她那是斷腸草，含有劇毒，她也沒有就此罷休，不久果然正確地推斷出斷腸草是情花的剋星，能以毒攻毒，並成功地說服了小龍女，讓小龍女去勸說楊過服食斷腸草，終於救了楊過一命。

當然，黃蓉是人，不是神，她理所當然也會有判斷失誤的時候，也有沒有考慮到的事情，但是這樣的例子很少很少。比如她少女時期去一燈處求醫，瑛姑在她的九花玉露丸中下了毒，黃蓉未曾事先料到，差點害了一燈的性命，但那是因爲她不知道瑛姑與一燈之間的恩怨糾葛，再聰明的人也是難以預防此劫的，情有可原；又如，黃蓉沒有想到挨了郭芙所發的冰魄銀針，小龍女的傷竟然變成了不治之症，所以她在絕情谷只是要小龍女去勸說楊過休得輕易放棄生命，而沒有想到自己這樣做竟間接導致了小龍女的跳崖自盡。不過，等到發現小龍女已跳下了深不見底的斷腸崖，黃蓉雖然沒有準確地猜到楊過即使要自盡，也只會悄悄地自尋了斷，而不會當著衆人與他們拉拉扯扯，效愚夫愚婦之所爲。但是黃蓉卻以最敏捷的思維編出了一個子虛烏有的「南海神尼」每十六年一履中土的故事，成功地留住了楊過的性命，其實也就是爲人間挽留了一位俠肝義膽、造福百姓的「神鵰大俠」，這樣，黃蓉也可算得上是非常善於補過的了，依然善莫大焉。況且，十六年後小龍女安然無恙地回到了楊過的身邊，一對有情人終於得到了團圓。離奇曲折的情節不僅讓讀者爲有情人終成美滿眷屬而流下喜悅、欣慰的眼淚，同時也爲黃蓉當年的判斷失誤沒有造成重大惡果而慶幸萬分；這或許是作者金庸先生不忍心讓黃蓉的人生留下一個「污點」；抑或是老天爺也憐惜蓉兒，不願讓她爲自己的失誤而自責和抱憾終生。

總之，黃蓉自始至終都才智絕倫，機變無雙。假如說少女黃蓉是一朵嬌艷美麗、引人注目的鮮花，那麼，從少婦到中年然後漸入老境的黃蓉就是一枚豐滿潤澤的果子，雖然不再十分的奪人眼目，但卻悄悄散發著醉人的芬芳！

除了靈光照人以外，黃蓉還有不少地方和父親黃藥師如出一轍。黃藥師一貫縱情任性，作者金庸在書中就曾藉歐陽鋒之口評價他頗具晉人遺風，所以黃蓉也一樣的任性使氣，少女時代是一個極好玩的人。從某種程度上說，黃蓉是玩著長大的，甚至於現成放著父親這樣的絕世高手在旁卻不願認眞學藝，她樣樣都想學，又樣樣都只是東一榔頭西一棒槌的，但憑興趣胡亂學了點皮毛，徒然讓普天下無數盼求名師指點而不得之人羨煞慕煞。故而識人極準的洪七公這樣評價黃蓉：「爹爹的功夫沒學到一成，他的鬼心眼倒學了個十足十。」黃蓉最初的離家出走以致得遇郭靖其實也是由任性而起的。因爲假如她不任性，她就不會稍受責備就逃離桃花島；假如她不任性，那麼她即使遇到了郭靖也不會有酒樓上不避男女的暢談，更不會有梅林邊小湖上的定情！而在她和郭靖苦苦爭取愛的權利和結果的過程當中，她的任性好玩也經常表現出來。比如她和郭靖王府盜藥以後，因爲江南六怪和丘處機等人竭力反對郭靖和她相戀，她就不管不顧地搶了郭靖就跑，二人暫時擺脫了拘束，一路遊山玩水，或曠野間並肩而臥，或村店中同室而居，情深愛篤，兩小無猜，倒也其樂融融。一日到了京東西路襲慶府泰寧軍地界，偶然見到一對胖子夫婦，他們男的騎著一匹瘦驢，女的坐著兩個瘦轎夫抬的轎子，胖和瘦恰成鮮明對比。黃蓉見狀不禁起了惡作劇的念頭，上前以武力強迫那對作威作福的夫婦下來抬轎。那胖子受了驚，一疊連聲地稱黃蓉爲「姑娘大王」，黃蓉亦引以爲樂事，甚至還說要將那又醜又惡的胖婦人捉了去硬塞給丘處機做老婆，讓那個牛鼻子老道也嘗嘗被逼娶老婆的滋味。然後又在一條小溪裡盡情戲水捉魚，在瀑布上衝浪游泳，直到玩夠了才接著趕路。

不久，黃蓉在歸雲莊與父親黃藥師重逢，因爲黃藥師要殺郭靖，黃蓉跳入太湖，以不再和父親見面相威脅。於是她和郭靖有了一段短暫的分離。黃蓉好玩心起，一路跟蹤郭靖，天天搶在前頭替郭靖安排酒飯，當然嘍，飯食中必定有一、二樣郭靖最喜歡的菜餚。她自己半夜裡睡不著，竟然跑出去玩起了扮家家酒的遊戲——她拿出一男一女兩個無錫泥娃娃，又用黏土捏了幾隻小碗碟，盛上一些花花草草，然後自言自語：「這個是靖哥哥，這個是蓉兒，你們兩個乖乖地坐著，這麼面對面的，是了，就是這樣……」「這碗靖哥哥吃，這碗蓉兒吃。這是蓉兒煮的啊！好不好吃啊？」在皎潔的月光下，在蟲聲唧唧、水流潺潺的小溪旁，涼風微拂，衣帶輕飄，小黃蓉玩得是那樣的投入，以至於郭靖來到她身後都沒有知覺，眞是好一幅痴情調皮女月夜遊戲相思圖啊！

後來她和郭靖等人在海上遇險，黃蓉見周伯通騎了一頭鯊魚玩得十分刺激有趣，她便暫時忘了身處何地，艷羡得兩眼發光，遺憾地叫道：「我在海中玩了這麼些年，怎麼沒想到這玩意兒，眞傻！」又要周伯通教她騎鯊的法子，那一刻眞活脫脫像一個小頑童。

後來，黃蓉在鐵掌幫的老巢受了重傷，好不容易找到一燈大師才得到醫治。雖說重傷初癒，但因雙鵰傳信，桃花島似有變故，黃蓉掛念父親，匆匆往回趕，路上遇到穆念慈報信，得知鐵掌幫的高手安排了詭計要害他們。黃蓉本可避開，但她卻明知「船」有虎，偏向虎「船」行，執拗地知難而上，與裘千仞等強敵進行了一番惡鬥，最後終於險勝，踩繩上岸時她還有意和郭靖開玩笑：「小的侍候一套玩意兒，郭大爺，你多賞賜罷！」

此後黃蓉仍意猶未盡，一路上與郭靖並騎共馳，一直笑語盈盈，歡暢猶勝往時。她根本不理睬郭靖幾次三番要她注意保養身體的勸說，哪怕到了午夜也不願休息，總是找些無關緊要的話頭與郭靖有一搭沒一搭地閑扯。一日，她忽然故伎重演，拖了郭靖闖入一戶正大開筵席的富貴人家，逼迫主人陪自己飲酒，並以聽那些無辜受驚者顫顫巍巍、戰戰兢兢地叫她「女大王」爲樂。在問清了這家擺的是慶祝小兒滿月的湯餅宴後，她就命令主人將孩子抱出來瞧瞧，然後一時興之所至，又掏出一錠黃金，說：「小意思，算是他外婆的一點見面禮罷。」弄得滿堂賓主又是害怕，又是驚喜，最後主人還被黃蓉硬給灌醉了。於是黃蓉就和郭靖旁若無人地喝酒談笑，直到初更已過郭靖催了幾次才盡興而歸。黃蓉問郭靖：「靖哥哥，今日好玩嗎？」郭靖頗有些不理解，道：「無端端地累人受驚擔怕，卻又何苦來？」黃蓉就答：「我但求自己心中平安舒服，哪去管旁人死活！」還進一步說：「我想起剛才那孩兒倒也有趣，外婆去抱來玩上幾天，再還給人家。」把個郭靖嚇得急忙攔阻：「這怎使得？」，「我但求自己心中平安舒服，哪去管旁人死活！」這口吻酷肖黃藥師，既可說是東邪黃藥師的夫子自道，也是他教育出來的女兒早年為人的脾性。只要不觸犯忠孝大義，小小的惡作劇一向便是黃蓉的拿手好戲，如上述這樣的找不相干的人的晦氣，過過當「大王」的癮，對於黃蓉來說實在是小菜一碟，稀鬆平常得緊。換言之，黃藥師性情中的幾個弱點，如愛遷怒於人、自負高明、不肯認錯、護兒女徒弟的短等，黃蓉也都或多或少地「繼承」了下來。如黃藥師在陳玄風和梅超風盜走《九陰眞經》之後，盛怒之下竟然將其他幾個無辜的徒弟曲靈風、陸乘風、武眠風和馮默風挑斷腳筋並逐出門牆。他在這樣做的時候實際上也知道是不對的，但卻控制不了自己的情緒，接連下了毒手，只有輪到小徒弟馮默風時，黃藥師念他年幼，才稍稍放寬，只打斷了他的左腿。事後，黃藥師其實很快就自恨太過心急躁怒，重罰了四個無辜的好弟子，比如有一次他和李莫愁交鋒，本來他武功遠勝於那個女魔頭，但是李莫愁譏諷他：「桃花島主，弟子眾多，以一敵五，貽笑江湖」，他便仰天長嘆：「黃老邪果然徒弟眾多，若是我陳梅曲陸四大弟子有一人在此，焉能讓她說嘴？」不禁鬱鬱不樂。然後只能將彈指神通的功夫和一套從玉簫中化出來的劍法傳給楊過，以破李莫愁的五毒神掌和拂塵。但練成這兩樣功夫卻最少需要三年時間，楊過為不能立時替黃藥師洗雪李莫愁貼上的十六字之仇而感遺憾。黃藥師就拍拍他的肩膀，溫言道：「你三年之後為我殺了她，已極承你情。我當年自毀賢徒，難道今日不該受一點報應麼？」說明他已有十分的悔意。他潛心研究創造了一套內功秘訣，並冠以「旋風掃葉腿」之名，意圖傳給曲、陸、武、馮四大弟子，好讓他們在修習下盤功夫之後得以恢復行走功能，也算是多少彌補一點自己的過失。

「旋風掃葉腿」和「落英神劍掌」一樣，是他早年自創的得意武技，六個弟子雖然都非常想學，卻因黃藥師敝帚自珍而無一得傳。不過能令陸乘風等人重新站立行走的那套功夫卻並不是當時令六大弟子垂涎欲滴的「旋風掃葉腿」，而是新創的。但是因爲黃藥師生性好強，雖然心中十分後悔，嘴上卻絕對不肯說出來，所以這套內功雖然完全是新創的，但卻給按了個毫不相干的舊名稱，連表面上也不露一點點認錯補過的意思。而且黃藥師雖然有替四弟子治腿的意思，但也並沒有派人著意找尋可憐的棄徒們的下落，可見他並沒有把徒兒們十分地放在心上，他的歉意也只是淡淡的。後來一直到他因尋找女兒而在歸雲莊與陸乘風重逢，才順便把「旋風掃葉腿」的內功秘訣傳給了陸乘風，並命令陸轉授其他師兄弟，不僅自己落了個輕鬆，還大大做了番人情，並理所當然地接受了陸乘風等人的感恩戴德。

這裡還應該提一下的是，在傳內功密法之前，黃藥師還試探了一下陸冠英的武功，意是先證實陸乘風沒有違反桃花島的門規擅自將桃花島的武藝傳給兒子的前提下，才同意將陸家父子收歸門牆的。在這方面，他的心胸委實有點兒小，可說是一個極不善補過的人。相反，對於眞正的元兇陳玄風和梅超風，黃藥師卻輕輕地放過了。因爲黃藥師只得到了《九陰眞經》的下卷，上卷卻始終得不到，難以成爲完璧。他自負天縱聰穎，就口吐大言，說道是《九陰眞經》也是凡人所作，別人作得出，我黃藥師也就作得出！於是就發誓要憑自己的聰明智慧，以眞經的下卷爲基礎自創上卷的內功修習法門，一天不練成《九陰眞經》上的武功，就一天不離開桃花島一步！故而當陳玄風和梅超風逃走之時，黃藥師雖然氣惱異常，又身負絕頂武藝，但卻並不出島追殺，致使二逆徒在邪道上越走越遠，終於成了江湖上人人聞之色變的「黑風雙煞」，禍害武林多年，流惡無窮。等到黃藥師再次見到梅超風時，梅已是孤身一人，黃藥師雖仍然惱她，卻剛愎自用，認爲自己能夠管理好桃花島的門戶，不允許別人出手懲罰這個女魔頭。待到梅超風死後，黃藥師又以她的屍身爲武器替她出氣。其護短的毛病簡直可謂登峰造極！

當然，在某些關鍵時刻，黃藥師也會暫時放棄自己的爲人原則，以適應形勢的需要。比如郭、歐兩家桃花島求親之後，黃蓉離家去救郭靖和師父洪七公等人，黃藥師掛念獨生愛女，惟恐她在海上與那條死亡之船一起沉入了濤谷浪底，就不惜違誓破願，離開桃花島四處尋找女兒。然後誤信靈智上人之言，以爲黃蓉已死，便遷怒於江南六怪，起意要殺六怪滿門老幼良賤。而且他志在必得，心想六怪武藝雖不高，名頭卻不小，登門拜訪很可能見他們不著，必須在黑夜之中闖上門去，將六怪一個一個地斬手斷足，以消心頭之恨。後來他在牛家莊與愛女重逢，知道自己理虧，心中頗有歉意，但也不肯低頭認錯，只是說：「總算運氣還不太壞，沒教我誤傷好人。」

所以，黃蓉也同樣有小心眼兒和喜歡護子女徒弟短處的缺點。她從來不肯吃半點小虧，哪怕是口舌之爭也不願落了下風。郭靖和黃蓉初識時，江南六怪不同意他們結親，還出言詈罵黃氏父女。黃蓉聽了就根本顧不上他們是郭靖的師父長輩，立馬以牙還牙，罵韓寶駒道：「你這難看的矮胖子，幹麼罵我是小妖女？」然後指著朱聰罵道：「還有你這骯髒邋遢的鬼秀才，幹麼罵我爹爹，說他是殺人不眨眼的大魔頭？」又對著韓寶駒拍手唱道：「矮冬瓜，滾皮球，踢一腳，溜三溜，踢兩腳……」，她又是伸舌頭，又是做鬼臉，好一副刁鑽調皮的模樣。後來江南五怪喋血桃花島，唯一倖存的柯鎮惡恨極了黃藥師父女，一碰到黃蓉就大罵：「十惡不赦的小賤人、鬼妖女、桃花島上的賤貨！」黃蓉聽了怒從心頭起，就回敬道：「你有膽子再罵我一句？」引得柯鎮惡將市井裡的污言穢語一股腦兒都倒了出來。黃蓉雖然聰明絕頂，但畢竟還是個黃花閨女，柯鎮惡每罵一句，她都得一怔之後才能明白其中之意。於是大怒，提起打狗棒就不依不饒地與柯鎮惡鬥在了一起。又如，在青龍集險灘之上，黃蓉與鐵掌幫的「啞巴」梢公鬥智鬥勇，把啞語也照樣「說」得「伶牙俐齒、妙語如珠」。那梢公「出言不遜」，黃蓉「聽」得頗爲氣憤，但她一個姑娘家不好意思「說」粗話，就悄悄教了郭靖幾個啞語手勢，要郭靖代她回罵過去。最後那啞巴梢公落敗，跌入江心漩渦慘叫連連，黃蓉百忙中左手向後揮出，做了個手勢，終於還是親自回「罵」了那壞傢伙一句，了卻了心頭之憤。好在無人看見，也就算不上不雅。

黃蓉婚後，和郭靖義守襄陽，在江湖上享有盛譽，又做了母親，但她這些方面依然秉性未改，並不能完全像郭靖那樣以君子之心猜度別人。比如全眞教諸道士與她沒什麼交情，全眞七子曾擺天罡北斗陣圍攻她父親黃藥師，又如長春子丘處機欲將穆念慈許配給郭靖，都曾令黃蓉大爲不快。大勝關英雄宴前夕，因爲楊過的出現，趙志敬在黃蓉面前大叫大嚷，出言頂撞，然後又與郝大通、孫不二、趙志敬和尹志平四人一起拂袖而走，大缺禮數，郭靖渾然不以爲意，但是黃蓉卻是心中暗自恚怒。後來黃蓉的小女兒郭襄落在李莫愁手中，李莫愁眞心認定嬰兒是師妹小龍女和楊過的私生女，就對黃蓉直言相告。黃蓉不明就裡，以爲李莫愁故意侮辱自己，就回敬說孩子是李莫愁的妹妹，也就是等於說自己和郭靖夫婦是李莫愁的父母，討了她一個小小的便宜，以報適才李莫愁一言之仇。

總的說來，黃蓉的這種個性使她在小事上快意恩仇，頗爲痛快淋漓，但是卻在大事上影響了她的人生軌跡或日生命的質量，比如對楊過的不由自主的猜疑和防範是黃蓉不夠大度的個性最集中、最典型的表現——黃蓉本來是爲了自己和全家人的安全，尤其是爲了愛女郭芙的幸福而瞞著丈夫不太公正地對待楊過的，但是結果卻是適得其反，楊過不僅沒有傷害郭芙或其他郭家人，反而屢屢救了郭芙和其他郭家的人，黃蓉最後感動得幾次下決心用自己的人頭去報答楊過。與此同時，得到了終身幸福的黃蓉卻只能眼睜睜地看著兩個女兒都生活得不如自己所盼望的那樣好，尤其是小女兒郭襄，爲了楊過，竟然像黃蓉的師妹程英一樣，寂寞一生。而在其他事情上一向智計百出的黃蓉對此卻束手無策，無可奈何！這簡直比讓黃蓉本人得不到幸福更令她傷心痛苦和沮喪——她的「小氣」竟然要以她兩個最心愛的人的一生幸福爲代價，這是黃蓉本人所絕對始料未及的，也是她所絕對不願意見到的結局。可惜，等到黃蓉意識到這一點的時候，已經無法亡羊補牢了。

另外，黃蓉的人生還有一個大缺憾，那就是她的大部分子女和徒弟都不僅沒有能夠青出於藍而勝於藍，而且還遠遠不如父母、師父，才和德都不過爾爾。長女郭芙從小就頑劣不堪，讓桃花島的蟲鳥走獸遭了殃，郭靖每管教一回，黃蓉就護持她一回。結果是郭靖每管一回，女兒就更放肆一回。郭芙長大後更是屢屢闖下大禍，不僅斬斷了楊過的臂膀，還令小龍女傷重難治。郭靖盛怒之下要同樣砍斷長女的手臂以示懲戒，這時候又是黃蓉乘機點了郭靖的穴道，放大女兒逃走。可以說郭芙資質平平，在母親的驕縱下完全成了個大大的草包，雖然不能與當年的黑風雙煞相提並論，但黃蓉育女一如父親黃藥師課徒一樣談不上成功，這一點卻是完全可以肯定的；同樣，郭芙的兩個師兄武氏弟兄也好不到哪裡去，武功平平，又不識大體，還往往成事不足、敗事有餘。比如他們和黃蓉母女一起被金輪法王所困時，二人就曾愚蠢地坐失了逃跑向郭靖求救的良機，若沒有他們所看不起的楊過捨命相救，對他們養育恩深的師母黃蓉，和他們心愛的姑娘郭芙便難免遭了荼毒。後來他們爲了郭芙又竟然在襄陽城池告急之時自相殘殺，不遺餘力地大幫師父、師母的倒忙！郭靖和黃蓉名滿天下，課徒又甚勤，但二武卻完全不像名師門下的高徒，他們甚至還遠遠不如懵裡懵懂的周伯通隨隨便便教出來的弟子耶律齊。對於武氏兄弟的定評，也許用他們的敵人霍都所譏的「膿包」二字是最爲合適不過了，黃蓉常常受二徒的連累，但也只能微微嘆息，而別無他法——郭靖生性愚魯，笨嘴拙舌，只能身教而不善言教，課徒不佳倒也情有可原；而黃蓉極善言辭，既能身教又能言教，完全具有教出上乘徒弟的可能性，但可惜的是她卻繼承了乃父之風，缺乏正確的教育方法，偏偏其子女徒兒的資質際遇又遠遠不如當年的黃蓉自己，以致於最後種瓜得豆，大多數後人不能克紹箕裘，這不能不說是黃蓉人生的一大遺憾，也是她的一大失敗。而推根溯源，黃蓉個性中好護短的缺點實在是難辭其咎。

當然，黃蓉在遇到郭靖之後，在父親所給予的熠熠靈性和任性使氣等之外，性情方面自然也越來越多地受到郭靖的影響。同時，必須提一下的是，從某種程度上來說，郭靖其實是黃蓉的一件作品，而且是她一生中最成功的作品。可以說是黃蓉造就了郭靖，與此同時她也透過郭靖得到了自己最希望得到的始終如一的情感的滋潤和慰藉；換言之，就是得到了許多女人所深深渴望而卻無福得到的一輩子的幸福安樂。比如，黃蓉挨了裘千仞的毒掌生命垂危，好不容易才轉危爲安，郭靖十分注意照顧黃蓉重病初癒的虛弱身體，和人動手時常常只是自己出手，而黃蓉只需在一旁觀戰掠陣。有時即使黃蓉穩操勝劵，他也不放心，仍上前將她替下來。鵰兒飛來時停在黃蓉肩膀上，郭靖亦怕雙鵰身體沉重，他的蓉兒會經受不住，趕忙伸手接過；這樣的例子很多很多，雖然都是芝麻綠豆般的小事，卻能夠反映出黃蓉所得到的是怎樣的一份愛與憐惜，而這樣的愛與憐惜又可以說是所有的女人都需要的，甚至渴望著的。

雖然黃蓉生活的年代遠遠達不到人們心目中歲月平和、現世安穩的理想境界——楊過和小龍女的去溫暖如春的嶺南隱居：「再也別掄劍使拳，種一塊田，養些小雞小鴨，在南方曬一輩子太陽，生一大群兒子女兒」的理想固然實現不了，黃蓉在少女時代的許多夢想也注定是不得不要破滅的——國難當頭，黃蓉別無選擇地在襄陽，一個本來與她並沒有什麼關係的城市裡度過了人生最長也是最後的一個階段，她跟隨丈夫與襄陽城共存亡，並以襄陽爲自己的埋骨之所。但是，比之於楊、龍夫婦的離多聚少，比之於金庸另一部長篇小說《天龍八部》的主人翁喬峯及其愛侶阿朱欲哭無淚的「塞上牛羊空許約」，黃蓉和郭靖眞可以稱得上是一對縱橫江湖的神仙伴侶！所以，黃蓉自始至終都對自己的選擇感到十分的滿意和自豪，雖然早在他們初戀的時候，穆念慈就曾以略帶嘲諷的口氣提醒她，世界上並不只有郭靖一個好男人，但是直到他們婚後多年，她還由衷地稱讚丈夫：「普天下男子中，眞沒第二個勝得過你呢！」後來她看到武敦儒和武修文一開始爲了郭芙竟然兄弟鬩牆，沒過多久另外見了美貌姑娘，就把郭芙扔在一旁了，心裡更加爲郭靖對自己的富貴不奪、艱險不負的眞情而感到萬分自傲。

當然，每一樁美滿的婚姻都是以男女雙方的互相適應和互相容忍爲基礎的。在我國古代，男尊女卑，作出讓步、適當地調整和改變自己的性情以適應配偶的往往是妻子，黃蓉也不例外。這在她和郭靖相戀之始便頗現端倪，比如王處一與黃蓉非親非故，她在父親的薰陶下，並沒有路見不平必須拔刀相助的概念，而且對道士又一向殊無好感，但是爲了滿足郭靖，她不僅仔仔細細地替她的傻哥哥分析形勢、出主意，還與郭靖一起涉險盜藥，要不是巧遇梅超風，竟差點失手遇難。隨著他們相戀日深，黃蓉陷得就越深，最後簡直到了迷失了自己的地步。在他們的夫妻生活中，表面上看起來郭靖一向對黃蓉又敬又愛，佩服妻子料事絕無差失，對她言聽計從，但其實只是日常小事全部由黃蓉做主，郭靖從不插手，而一碰到眞正關係到出處進退的大關節，郭靖則絕對是當仁不讓，「天字出頭夫做主」，黃蓉唯郭靖馬首是瞻。就連最沒頭腦的郭芙都知道：「爹雖肯聽媽的話，但遇上大事，媽媽是從不違拗爹爹的！」他們的與襄陽共存亡就是其中最典型的一個例子。

換言之，郭靖在黃蓉的生命裡所占的位置實在是太重要了，假如沒有郭靖，黃蓉就不知道該怎麼活下去了。正因如此，每每在危急時刻，黃蓉所轉的念頭永遠是拿自己的性命去換取郭靖的生存，比如她曾斬釘截鐵地告訴小龍女說願意用自己的人頭爲楊過換取救命的絕情丹，條件只是楊過和小龍女聯手打退金輪法王，保護受了傷的郭靖和百無一用的草包女兒郭芙的安全！

也正因如此，少女時代的黃蓉常常爲了能與郭靖長相廝守而對郭靖大發嬌嗔，那語氣情態便頗有點像人們熟悉的林姑娘——林黛玉。在軒轅臺丐幫大會上楊康突然手持幫主信物打狗棒出現，郭靖和黃蓉險遭毒手，隨後否極泰來，二人重登岳陽樓，雖然桌上欠斟佳釀，但剛剛得脫大難又有山水怡情，亦自足暢懷。對飲數杯後，黃蓉忽然將俏臉一板，眉間隱現怒色，責問道：「靖哥哥，你不好！我問你：昨晚咱倆受丐幫陣法逼迫，眼見性命不保，你幹嘛撇開我？難道你死了我還能活嗎？難道你到今天還不知道我的心嗎？」說著說著眼淚掉了下來，一滴滴地落在酒杯之中，感動得郭靖握住她的手一下子說不出話來，良久方緩緩道歉道：「是我不好，咱倆原需死在一起才是。」

在認識黃蓉之前，郭靖就已經是蒙古的金刀駙馬，這個事實是靖、蓉二人愛情史上的一大障礙，於是華箏也就成了橫亙於二人之間的一個無法須臾忘懷的大疙瘩。黃蓉常常有意無意地提起華箏，以試探郭靖對自己的眞假。比如他們上鐵掌山盜書，一路上說說笑笑，郭靖提到可惜自己不是將軍，黃蓉就馬上借題發揮，打趣道：「要做將軍還不容易？將來成吉思汗……」，說了半句便住了口，留下不盡之意任憑郭靖去猜度。她的話效果不錯，郭靖聽了，明白她下面半句是什麼，隨即轉過了頭，不敢直視黃蓉的臉。盜書成功以後，黃蓉不幸受了重傷，歷盡幾多艱險才得以治癒，一對小情侶很是高興。這時，郭靖突然想起他們爲了上山求醫，曾經答應瑛姑在黃蓉傷癒之後去陪她住一年。「這約守是不守？」郭靖問黃蓉。黃蓉反問：「你說呢？」郭靖遲遲疑疑地回答：「若是不得她指點，咱們定然找不到一燈大師，你的傷勢那就難說得很……」，其實郭靖爲人方正，只知道「一言既出，駟馬難追」，他自己爲了不食言自肥，甚至可以忍痛放棄心愛的姑娘，決定去娶他從來沒有愛過、視之如親妹妹的華箏。對於黃蓉曾承諾的事，他自然也是認爲不能不言出必行的，雖然事實證明瑛姑幫助他們並沒有安著什麼好心。可是，郭靖的話黃蓉聽在耳朵裡就不那麼受用了，她打斷郭靖，斥道：「什麼難說得很？乾脆就說我的小命兒一定保不住。你是大丈夫，言出如山，必是要我守約的了。」她這裡所說的要守之約其實已經是指她未曾須臾或忘的郭靖和華箏的婚約，說著說著，不由地一陣淒楚之感湧上心頭，黯然垂首，泫然欲涕。可惜郭靖愚笨，根本不明白心上人的心事，只一味地隔靴搔癢：「那瑛姑說你爹爹神機妙算，勝她百倍，就算你肯傳授她術數之學，終是難及你爹爹的皮毛，那幹嘛還是要你陪她一年？」黃蓉聽不順耳，掩面不理。郭靖依然沒有反應過來，又追問了一句，惹得黃蓉氣惱難忍，罵道：「你這傻瓜，什麼也不懂！」郭靖根本想不到黃蓉忽然生氣的原因，被她罵得丈二和尚摸不著頭腦，只好說：「蓉兒！我本是個傻瓜，這才求你跟我說啊。」黃蓉這時早已後悔對郭靖發怒，又聽情郎柔聲細語地哀告，忍不住伏在郭靖寬厚的懷裡痛痛快快哭了一場，哭完了，她擦乾眼淚，笑道：「靖哥哥，是我不好，下次我一定不罵你啦！」「你是好人，我是壞姑娘。」

動輒就拿華箏來尋對她實心實意的郭靖的麻煩，是黃蓉的「習慣性」動作，但是一等到郭靖對自己低聲下氣，她就於心不安了，趕著眞誠地道歉賠罪。這種情態也讓人想起林黛玉，想起那位眾人公認愛使小性兒、行動愛惱人的瀟湘妃子，其實待人是極眞誠、極好的，薛寶釵一席話、一包燕窩就讓她感動得什麼似的，好好地自我檢討了一番。所以，黃蓉對郭靖的種種「苛求」和動輒發作的輕嗔薄怒，實在是很可愛的。同樣，後來那個黃蓉處處防範的楊過屢屢有大恩於郭家，黃蓉就頗爲後悔，心中深感歉疚，不禁自怨自艾：「唉！過兒救過靖哥哥、救過我、救過芙兒和襄兒，但我心中先入爲主，想到他作惡多端的父親，總以爲有其父必有其子，從來就信不過他，便是偶爾對他好一陣，但不久也疑心起他來。蓉兒啊蓉兒！你枉然自負聰明，說到推心置腹，忠厚待人，哪裡及得上靖哥哥的萬一」「誠以待物，才是至理」。於是她又暗暗叮囑自己「以後寧可讓人負我，不可我再負人」，其自譴頗重，反省亦深刻，表現出她在小氣和不夠大度的表面掩蓋下的不易被人發現的眞誠和坦率。從這個角度講，應該說黃蓉還是一個敢於認錯並樂於補過的人，雖然實際的效果並不甚好。

有時，黃蓉也會借題發揮，開郭靖的玩笑：「你若再做駙馬駙牛，我也大義滅親，一刀把你宰了。」這些時候的黃蓉活脫脫便似林黛玉嬌嗔賈寶玉時的神情，眞是我見猶憐！後來他們二人歷盡波折終於在華山重逢，黃蓉惱恨郭靖累次背棄自己，賭氣不願與他相認。郭靖大急，拉住她的衣袖說：「你聽我說一句話！」他只說了一半，黃蓉就道：「你要我聽一句話，我已經聽到啦！」奪回衣袖便走。郭靖無奈，只得跟在她身後亦步亦趨。黃蓉冷笑道：「你是大汗的金刀駙馬爺，跟著我這窮丫頭幹麼？」郭靖說：「大汗害死了我母親，我怎能再做他的駙馬？」黃蓉聞言大怒，脹紅了臉道：「好啊！我道你當眞還記著我一點兒，原來是給大汗攆了出來，當不成駙馬，才又來找我這窮丫頭。難道我是低三下四之人，任你這麼欺負麼？今日你跟我好了，明兒什麼華箏妹子、華箏姊姊來，又將我拋在腦後。除非你眼下死了，我才信你的話。」郭靖聽她這麼說，轉身就去跳崖捨身，黃蓉急忙阻止，流淚道：「好！我知道你一點也不體惜我。我隨口說一句氣話，你也不肯輕易放過。跟你說，你不用這般惱我，乾脆永不見我面就是。」這一段簡直完全是林妹妹的聲氣口吻，其用情之深可見一斑。甚至，有的時候郭靖也會說出和他的性格十分不相稱的、類似賈寶玉的話來：「就算把我身子燒成了飛灰，我心中仍是只有你。」黃蓉竟然把這個在風沙大漠中長大的傻大個「感化」得偶爾竟染上了錦繡堆裡的「寶二爺」的氣質，也眞是難爲她了。

不過，物極必反，黃蓉在郭靖身上用情太專注了，就難免忽視了其他親人，尤其是她的父親黃藥師。黃藥師在女兒婚後不久便離開生活了大半輩子的桃花島，從此雲遊四方，極少與女兒、女婿通消息，甚至爲圖清淨而不回桃花島祭掃一下愛妻阿衡的墓塚。所以大外孫女郭芙很少見到外公，郭襄和郭破虜長到十六歲都沒有見過外公，應該說這並不是一件很正常的事。後來他收程英爲關門弟子，並一直以程英爲伴。事實上，黃藥師自毀賢徒之後，一直再沒有收徒的想法。但他在黃蓉出嫁之後，浪跡江湖，四海爲家，年老孤單，不免寂寞。程英被黃藥師所救之後，在他身邊將他服侍得體貼入微，又十分的溫柔婉約，善解人意，遠勝當年嬌憨頑皮、放蕩不羈的黃蓉，黃藥師由憐生愛，才收她爲徒。其實黃藥師視程英半是徒兒、半是女兒，倒有一大半的意思是拿她代替親生女兒黃蓉爲自己伴老、娛老的。也就是說，與黃家本來毫無瓜葛的程英因爲在性格的某些方面比黃蓉有優勢，故而能夠代替黃蓉在黃藥師身邊盡孝。

那麼程英的性情在哪一點上勝過黃蓉呢？

書中描寫程英心細如髮，乾糧水壺、竹筷陶碗，日常應用的一切東西雖然並不奢華，但卻無不安排得十分妥當，即便是臨時的居所，她也收拾得一塵不染，清幽絕俗。她出場的時候，也像黃蓉那樣並未以眞面目示人，而是效法黃藥師用一張人皮面具掩蓋了自己的廬山眞面目，她給人印象最深的是她的聲音，既嬌柔清脆，又溫雅和順，聽之令人醒憂忘倦；她像師父一樣，身上永遠是一襲青色的布袍，雖非大戶千金似的珠圍翠繞，或像黃蓉那樣金環綢裙，但卻也裁剪縫製得十分合體，與其人相得益彰；她烹飪的雖是尋常的青菜豆腐、雞蛋小魚，或是裹著民間常見的粽子，遠不如黃蓉的「二十四橋明月夜」和「好逑湯」那樣令人聞所未聞，嘆爲觀止，但卻也十分鮮美可口；她雖遠遠不及黃蓉聰明伶俐，但肯下苦功鑽研，卻也學得了黃藥師的不少本領，比如她肯耐心地下苦功學習鼓琴吹簫，技藝雖然遠遠不如黃藥師，但卻比黃蓉要強一些；總之，程英溫雅平和、寧靜似水、人淡如菊，就好比江南柳蔭下一泓清清亮亮、既淨且靜的泉水，倒映著藍天白雲和柳綠桃紅。雖然，程英毫無疑問有許多地方不如黃蓉——她的容貌雖然也稱得上嬌美，但卻不及黃蓉光彩照人；她的武功雖然也蠻不錯，但與黃蓉相比卻還差得較遠，但是程英依然給讀者留下了頗爲深刻的印象。作爲繼黃蓉之後在黃藥師身邊小鳥依人的女孩子，程英屬於和黃蓉截然不同的那種類型，準確地講，她的性格恰恰與黃蓉互補，而這也正是爲什麼是她而不是黃蓉伴隨黃藥師度過人生的最後階段的原因所在。當然，程英也有一個和黃蓉非常相似的地方，那就是她對愛情的態度和觀念與黃蓉如出一轍。

程英對楊過的感情熱烈深沉而又含蓄蘊藉、醇厚綿長，其動人的程度並不亞於黃蓉對郭靖的愛，而這份愛亦使她更純、更美、更惹人憐愛。而黃蓉也正因爲有那麼一點不如人處，才更顯得眞實，才更可信和可愛。換言之，黃蓉名花傾國，程英小草依依，二位江南女子相輔相成，各擅勝場。從某種角度上講，正如前文所述，程英其實和反派角色李莫愁一樣，是作者特意寫來陪襯黃蓉的。再大而言之，從某種角度上講，「射鵰」三部曲中的其他所有女性人物，也都是綠葉，是作者寫來襯托黃蓉這朵光彩奪目的紅花的。穆念慈如是；程瑤迦如是；孫不二如是；劉瑛姑如是；陸無雙如是；完顏萍、耶律燕、郭芙和郭襄姐妹等亦無不如是。而冰清玉潔，似不食人間煙火的小龍女其實也起到了強調黃蓉之眞實、之可親、之可敬和之可貴——即使黃蓉的性情有著些許明顯的缺憾。

黃蓉的人生哲學

感情篇

常言道：「有一千個讀者，就有一千個哈姆雷特」，說的是在鑒賞文學作品的過程中，不同的讀者因其不同的人生經歷、生活環境、宗教信仰、個人愛好以及年齡、性別，甚至閱讀時的心情等等因素，會對同一個文學形象產生不同的印象或評價——這種不同，有時候只有一點兒，有時候卻分歧甚大。

但是，這種說法對於金庸筆下的黃蓉來說，也許是不適用的。金庸的武俠小說精彩紛呈，讀者群十分龐大，對於金庸作品中的眾多人物，讀者們自然是「蘿蔔青菜，各有所愛」，有迷令狐沖的，有喜歡喬峯的，有深愛胡斐的，有對張無忌印象深刻的，也有津津樂道於小滑頭韋小寶的。金庸在十餘部小說中塑造了眾多的人物，其中女性人物也占了不小的比例，而且大多數是年輕的女性形象，她們不僅在書中男性人物的眼裡魅力無窮，而且還贏得了無數現代讀者的喜愛——有人喜歡翠羽黃衫的霍青桐，有人喜歡天眞無邪的岳靈珊，有人喜歡不染纖塵的小龍女，也有人對程靈素的內在美另眼有加，而有人則讚慕小丫頭阿朱，或爲香香公主（《書劍恩仇錄》）黯然垂淚。但是，霍青桐雖好卻難免失之於形象單薄；岳靈珊雖然情痴惹人憐，但她愛的人卻是不值得她爲之付出如許深情的林平之，又難免讓人覺得她有點兒「傻」；小龍女秀外慧中，武功和人品皆是上上之選，但是她既不食人間煙火，又不知民族大義爲何物，不僅形象欠眞實，其可愛、可敬的程度也不禁要大打折扣了，屈指算來，能夠贏得衆人毫不猶豫的一致讚譽的大概惟有一位，那就是本書的女主人翁——黃蓉！

那麼，黃蓉究竟何德何能，竟能引無數讀者青睞？

是因爲其絕頂的美貌？自然不是，金庸筆下容顏絕世的佳麗不僅僅只有黃蓉一個，比如《天龍八部》中的王語嫣便是艷冠群芳，又比如《書劍恩仇錄》中的女主人翁之一香香公主就是以美貌著稱於整個部族的，而且她的美麗甚至還引發了一場戰爭！

是因爲其絕頂的聰明，多才又多藝？自然不是，她的聰明機智來自父母的遺傳和父親的教育，但黃藥師夫婦卻未必能得到和女兒一樣的衆口一詞的讚譽，更何況金庸作品中聰明而多才多藝的人同樣也不是只有黃蓉一個，比如《飛狐外傳》中的程靈素技藝也頗不凡。

是因爲其高明的武功？自然也不是，雖說武俠小說自然以「武」爲本，其中的人物以武功強的比較容易討巧。但是，衆所周知，《射鵰》三部曲中的另外兩個女性人物小龍女和李莫愁的武功與黃蓉均在伯仲之間，但前者純潔到了令人難以置信的地步，難免有些叫人不大敢愛，而後者則是人人痛恨的大魔頭，相信人們最多有些同情她，而絕不會有人喜歡她。

那麼，是因爲其刁鑽古怪、或是其調皮刁蠻和慧黠？顯而易見，這些就更不是使得黃蓉人見人喜的根本原因了。

誠然，聰明美貌、多才多藝確實是黃蓉最重要的兩個特點，但僅僅只有聰明、美貌和全方位的才藝是不足以使她順利地走進千千萬萬的現代讀者的內心深處的。所以，除了這兩點以外，作者金庸還賦予了她十分豐富的內心感情世界。可以說，她的感情經歷一波三折，十分令人動容，尤其是她的愛情經歷更是感人肺腑。換言之，是黃蓉的感情觀，也就是她對人的感情的理解，特別是她對愛情的理解，以及她對愛情的執著追求，征服了廣大的讀者，使她成功地戰勝了其他金派女俠，坐上了金庸筆下女性人物的第一把交椅。

首先，我們來說說黃蓉的愛情。黃蓉的愛情很特別，又很不特別；很簡單，又很不簡單。

黃蓉的愛情是從她離家出走，在張家口與郭靖邂逅開始的。這就好比是元代著名劇作家王實甫的代表作雜劇《西廂記》裡的一句唱詞——「正撞著五百年前風流業冤」——十四、五歲的小姑娘黃蓉因爲不聽父親的話，而被向來溺愛、驕縱女兒、且從不對女兒稍加管束的父親黃藥師責備了幾句，心中氣苦，刁蠻脾氣一發作，竟然不告而別。她想，父親是我在這個世界上唯一的親人，連他也不要我了，那就不會有疼惜我的人了。她有意與父親賭氣，心道：「你既不愛我，我便做個天下最可憐的小叫化吧！」於是故意兒自輕自賤，女扮男裝，喬扮成一個小叫化子，然後漫無目的地東走西逛，一路上也不知受了多少氣，挨了多少罵，過了多少和桃花島上養尊處優、無憂無慮的生活完全不同的日子，初步嘗到了人情冷暖、世態炎涼的況味。在張家口的酒樓門口，她又故意地去拿饅頭，預備著挨一頓辱罵呵斥，然後再施展手段報復辱罵自己的人。罵得越兇，報復的程度也就越高。這本是她一路上已玩慣了的遊戲，是她自娛自樂的一種方式。按照一路行來的經驗，她想當然地以爲在這兒也不可能有人會主動而且善意地幫助「他」

這個髒兮兮的小叫花子。但是，她絕對沒有想到，在這裡居然碰到了一個不嫌棄自己的窮和髒的人，他主動對正大聲呵斥自己的勢利店伙說：「別動粗，算在我帳上。」

這樣一來，郭靖在小黃蓉的眼裡馬上有了三分好感，而且她的任性與好奇心也上來了，心想：「我倒要看看你能對我這個小叫化兒好到什麼樣的程度？而且也正好把我對爹爹的怨氣撒到你的頭上——我正愁沒處出氣呢，你自己找上門來，可怨不著我！」於是，她又故意地把手上的饅頭丟給了門口的一隻癩皮小狗，存心想看看郭靖的反應如何。不料，郭靖並沒有因此衝她發火，她心中詫異，情不自禁地走近他，想好好看看這個她離家出走以來碰到的第一個好人究竟長得什麼樣子。郭靖給「他」看得有些不好意思了，就招呼道：「你也來吃，好嗎？」長期獨行，淒苦寂寞的黃蓉一聽，正中下懷，便答應道：「好，我一個人悶得無聊，正想找伴兒。」眞是無巧不成書，黃蓉的家鄉在位於東海的桃花島，和郭靖的母親李萍的故居臨安府牛家村，以及郭靖的六個師父「江南六怪」的家鄉嘉興府，相距都非常近，黃蓉一開口說話，她軟軟的江南口音自然令郭靖感到十分的親切，於是郭靖就更加熱情地邀請「他」一起吃喝。

黃蓉見狀，索性更加「放肆」了，問道：「任我吃多少，你都做東嗎？」

郭靖不假思索地答道：「當然，當然。」還馬上轉身吩咐店小二說：「快切一斤牛肉，半斤羊肝來。」然後又很周到地問黃蓉：「喝酒不喝？」黃蓉為了進一步試探他，索性「獅子大開口」，向店小二點了「四乾果、四鮮果、兩鹹酸、四蜜餞」，再加八個下酒菜，十二個下飯菜，以及八樣點心，還有兩角十年陳的三白汾酒。吃了一會兒後，這些菜涼了，又吩咐廚房重做，存心讓郭靖花了很多的冤枉銀子。但她沒想到，郭靖對此居然還是一點兒意見也沒有！分手時竟然還慷慨贈予黃金和貂裘，她不由地大為感動，剛才對郭靖的三分好感迅速增長到了八分。

要知道，黃蓉雖然十分聰明，但這時候一時之間倒也沒有想到要從郭靖的穿著、神態和話語中去分析其身分來歷；其實，郭靖自出世以來一直居住在蒙古大漠之中，習慣於按照蒙古人的方式生活，只知道招待朋友應該傾其所有；而郭靖的六個師父又皆為江湖豪俠之士，自然教導他豪邁奔放的處世哲學。加上這時又是他第一次單獨行走江湖，第一次自己做主使用銀錢，他既不懂得金錢的用途和世人對金錢的看重，更渾然不知文人俠客「千金散盡還復來」的豪邁詩意。只不過他見黃蓉乃江南老鄉，親切感勝過了一切，自然而然地覺得應該好好請這個萍水相逢的少年好好吃一頓，至於請客要花多少錢，請完之後是否需要互通姓名，是否需要對方作出回報等，他當然是渾不在意。而這樣在郭靖看來很平常的做法，卻把這個來自江南、壓根兒不知大漠風土人情的小黃蓉感動得不得了，郭靖的身影一下子深深地銘刻在她的心坎之上，想抹也抹不掉！更何況，黃蓉這時正是情竇初開的年紀，又從小居住在與世隔絕的桃花島上，連一個可以一起玩家家酒的小姐妹都沒有，更不用說見到同年齡的異性夥伴了。郭靖的慷慨大度自然而然地引起了黃蓉的關注，又不知不覺地就順利地進入了她初初打開的少女的心扉。當然，對於這一點，郭靖自然十分懵懂，而伶俐的黃蓉也是始料未及。

又話說當日黃蓉和郭靖在張家口的酒樓上高談闊論，一個是大談特談江南的水溫山軟似名姝，端的是口若懸河、談吐雋雅、學識淵博，均是郭靖聞所未聞，令這個只是略通文墨的粗豪少年大為傾倒；另一個是被黃蓉問到往事，也只得談起平日幹慣了的一些事，諸如射鵰、馳馬、彈兔、捕狼等，倒也讓黃蓉大感新鮮有趣，不由地悠然神往。二人說得甚是投機，頗覺莫逆。臨別時，黃蓉還不罷休，又出言試探：「大哥，我向你討一件寶物，你肯嗎？」郭靖回答道：「哪有不肯之理？」黃蓉便說：「我就是喜歡你這匹汗血寶馬。」

其實，這時黃蓉已經知道郭靖是個很老實的人，說這話只不過是隨口開個玩笑，有心想瞧瞧這老實人如何開口拒絕自己的無理要求，卻不料她聽得真真兒的，郭靖竟然毫不猶豫地回答：「好，我送給兄弟就是。」這眞是大大地出乎黃蓉的意料之外，她心中又是感激、又是驚訝，不禁哭出聲來。同時，心裡對郭靖的八分好感也就升到了滿騰騰的十分！

說實在的，郭靖將小紅馬慷慨贈與黃蓉，對他來講其實也不過是平常之舉，因為蒙古人一向認為應該把最好的東西送給朋友，而且母親和師父們也總是教導他為人要講義氣。黃蓉一說喜歡他的小紅馬，他自然就毫不遲疑地答應了——這一根腸子通到底的郭靖哪裡會想的到，黃蓉只不過是在與他開玩笑，而黃蓉雖然聰明絕頂，但一時之間只顧得上感激、感動和驚訝，哪裡還會去細細分析郭靖為什麼這樣做的原因；於是，郭靖隨隨便便所做的請客和解衣贈馬的「豪壯」之舉，竟然把這個比他聰明百倍的小黃蓉給「害慘」了——從此以後，郭靖就成了黃蓉生命中的一個不可分割的組成部分，她除了與郭靖生死相隨、永不相離、永不相棄之外，完完全全地別無選擇了！當然，這時候黃蓉本人還沒有意識到這一點，她只是覺得郭靖對她實在太好了，而既然世界上有待自己這樣好的人，那麼，自己又有什麼理由還要與他分開呢？

是啊！我有什麼理由要與郭靖分開呢？在張家口和郭靖分手後，雖然沒有約定重會之期，但是黃蓉就是轉著這樣的念頭，竟鬼使神差地悄悄跟蹤郭靖而去——要知道，那郭靖生性粗莽，又從小生長在天蒼蒼、野茫茫的戈壁大漠，養成了蒙古人的行事習慣，壓根兒就沒有想到既然相交甚契，就不妨請漫無目的的新交好友黃蓉與自己同行，或是二人約一個再見的地點、日期，甚或他根本就沒有想到還應該有機會或創造機會與黃蓉重逢，因爲在他看來萍水相逢的朋友永遠不再見面也是很正常的，只要大家不要相忘於江湖就可以了。

對於黃蓉來說，她雖冰雪聰明，但和郭靖畢竟只是萍水相逢，也畢竟不是鑽進郭靖肚子裡的蛔蟲，自然不可能清楚郭靖的這種想法，她只是知道這個粗眉大眼的傻小子對自己有一股十分強大的、無法抗拒的吸引力，所以不管他怎麼想，也不管將來會怎樣，自己都得跟上去，跟上去和他在一起，否則，自己這一輩子就將與幸福和快樂無緣。

這時候的黃蓉無論武功還是智謀都比郭靖要高得多，她在說不清、道不明，剪不斷、理還亂的情絲的驅使下，不由自主地跟在郭靖後面，無意中幫了郭靖的大忙。因爲在路上，完顏洪烈的爪牙——曾在蒙古的土山頂上與郭靖交過手的「黃河四鬼」意欲找郭靖的麻煩。郭靖這時獨自一人行走江湖，又毫無臨陣經驗，沒有想到應該趕緊逃走，頓時陷入了困境。黃蓉見狀，就悄悄出手幫郭靖料理了這四個狗東西，以及「黃河四鬼」搬來的救兵——他們的師叔三頭蛟侯通海，讓木訥的郭靖丈二和尚摸不著頭腦，怎麼也猜不著這救命恩人會是誰？而在他們二人的一生之中，因爲深愛郭靖，黃蓉不知幫郭靖多少忙，而這裡只不過是剛剛開始而已。

一路行去，不久二人到了金國的首都——中都北京。黃蓉閑來無事，就繼續拿侯通海和「黃河四鬼」尋開心，捉弄得他們好不狼狽。誰讓你們跟郭靖作對的？活該！——她自己也沒有想到，其實不知不覺中她的行事原則已經變成了以郭靖爲中心，連玩遊戲竟然也隱含著爲郭靖出氣的目的。

這一幕恰好被郭靖看到，他這才知道原來自己百思不得其解的救命恩人就是這個貌似弱小的「黃賢弟」。這時，穆念慈在街頭比武招親，楊康戲弄於她，郭靖上去抱打不平，險些命喪千手人屠彭連虎的掌下，幸而被全眞七子中的玉陽子王處一救下。黃蓉把這些都看在了眼裡，心裡更加覺得自己的眼光不錯，郭靖確實是個好人，因爲他幫助素不相識的穆念慈就像他當初幫助素無瓜葛的自己一樣，也是「無緣無故」而又竭盡全力的！於是她內心裡不知不覺地恨上了楊康和彭連虎等人，因爲他們「竟敢」與「我的郭靖」作對！相反，對救了郭靖的王處一她自然頗有好感。

這樣一來，黃蓉就更加不可能回桃花島去和父親黃藥師重聚了，她依然悄悄跟蹤郭靖，最後終於按耐不住芳心，以「有要緊事對你說」的名義將郭靖約了出來——這時的她白衣飄飄、長髮垂肩、肌膚勝雪、笑靨生春，竟是勇敢地向郭靖現出了女兒眞面目！

「黃賢弟」居然是個花朵般的姑娘，這對郭靖來說自然是絕對沒有想到的事。黃蓉並不怪他糊塗，反而更加高興。她蕩一葉輕舟，與郭靖喝酒賞雪，時令雖是寒冬，但她的心卻是暖暖的，賽似故鄉江南的艷陽天。這時，郭靖忽然想起身上帶有特地爲「黃賢弟」留的精緻點心，趕忙拿了出來。不料，點心已被壓得不成樣子，他便欲隨手拋去。黃蓉卻接過點心，很仔細地吃了幾口，又將剩下的用手帕小心地包好，準備留著慢慢地吃。

其實，黃蓉以前在桃花島過的日子比一般大戶人家的千金小姐還要尊貴富足，什麼好點心沒有吃過？更何況她自己就是一個很高明的點心師，擅長做各式各樣的麵食米飯和小點心，比如鍋貼、燒賣、蒸餃、水餃、炒飯、湯飯、年糕、花卷、米粉、豆絲等等，不僅花樣可以變幻無窮，而且滋味也是極臻上乘。郭靖拿出來的那些精緻細點雖然是出自趙王府，尋常人很難得有嚐一嚐的口福，但若想入黃蓉的法眼恐怕還是蠻困難的。若是在平日裡，郭靖替黃蓉挑的那四塊點心，即使沒有被壓得不成樣子，她也未必能勉強看得上眼，更不必說已壓得不成形了。但是，她深深地知道，郭靖只和她見過一面，對她這個「黃賢弟」印象最深的就是「他」喜歡吃許多的精緻食品，於是一旦有了這些東西，就馬上想到要替「他」留起來，這對他這個只知牛肉、羊肝爲美味，壓根兒不會講究飲食的傻小子來說，著實不容易，故而這份心意的價值遠遠超過了點心本身，甚至令她有高興和感動得簡直有些承受不了的感覺。於是，她不禁又一次爲郭靖潸然淚下，並坦白承認：「那小紅馬是你的，難道我會眞要你的嗎？我只是試試你的心。」然後，她又幾次三番鄭重其事地強調，這次將郭靖約出來的主題，也就是這時候必須要對郭靖說的「要緊事」就是：「我要跟你說，我不是什麼黃賢弟，是蓉兒。」

「蓉兒」是父親黃藥師對女兒的暱稱，黃蓉讓一個少年男子以「蓉兒」相稱，其實便是以心相許了，而她之所以這樣做的理由便是：「我知道你是眞心待我好，不管我是男的還是女的，是好看還是醜八怪。」「我穿這樣的衣服，誰都會對我討好，那有什麼稀罕？我做小叫化的時候你對我好，那才是眞好。」

爲了回報郭靖對她的這份情意，黃蓉表示從今往後將與郭靖同生共死：「你再體惜我，我可要受不了啦！」「要是你遇上了危難，難道我獨個兒能活著嗎？」於是，她不顧郭靖的反對，堅持要和郭靖一起去做這個時候在郭靖眼裡迫在眉睫的「要緊事」，即深入險地，爲傷重垂危的王處一盜取田七等四味草藥。

綜上所述，黃蓉從認識郭靖到決定以心相許，前後不過是從張家口到北京的路程時間，對於決定一個女子的終身大事來說，似乎短了一些。促使黃蓉在如此短的時間裡面決定自己的一生的決定性因素就是她已經完全可以肯定郭靖是眞的待她好！

黃蓉一旦這樣決定，便終身不悔，至死不渝。

在這裡，有一個事實值得引起我們的注意，那就是郭靖在初初贏得黃蓉芳心的時候，他還遠遠不是武功蓋世、義薄雲天、人人敬仰的「郭大俠」，而只不過是一個武功低微、傻裡傻氣的窮小子，剛剛從偏僻的蒙古大漠出來，見識鄙陋，又渾不解女兒心事，換言之，郭靖無論文才還是武功都遠遠不及黃蓉，又粗眉大眼，品貌很是一般，所以，從世俗的角度來看，他是根本配不上黃蓉的。更何況，郭靖在認識黃蓉之前就已經「使君有婦」了——不僅郭楊兩家早就有指腹爲婚的約定，楊鐵心的義女穆念慈被郭靖的師父柯鎮惡等六怪和郭靖父親的密友——「郭靖」名字的命名人、全眞派的丘處機等人，順理成章地認定爲郭靖當然的未婚妻，而且，郭靖在蒙古時頗得成吉思汗的賞識，也已經被封爲金刀駙馬，有了另一個未婚妻——華箏公主，這個未婚妻不僅有君命，還得到了郭靖的師父們的首肯，以及郭靖的母親李萍的喜愛。

那麼，聰明絕頂又才貌雙全的黃蓉爲什麼竟然會選擇一個才貌和家世等各個方面遠遠不如自己的男子，做自己的終身伴侶呢？以她的才學、品貌和家世，要找一個和她比較般配的丈夫應該說是很容易的，而且，事實上，後來黃蓉確實也碰到了自身條件比郭靖要好，或甚至好得多的追求者，在她的生活圈子裡也有不少才貌出眾的未婚男子可供追求和選擇。更何況郭靖雖然愛她很深，但卻爲禮法所拘，不能亦不敢娶她。自己唯一的尊長——父親黃藥師也看不上木訥的郭靖，堅絕不同意女兒的選擇。也就是說，黃蓉自己給自己做主，與郭靖「私訂終身」，這份感情既得不到父母之命，又沒有媒妁之言，一不小心，黃蓉還成了破壞別人婚約的既「可恥」又「可憐」的「第三者」，甚至「第四者」。在相當長的一段時間裡，她要與郭靖締結姻緣的理想看起來是完全沒有實現的希望的，甚至連保衛這份感情的唯一的同盟軍郭靖還動輒變卦，打退堂鼓。在這種情況下，一向養尊處優的黃蓉本應該既感到屈辱，又感到傷心才是，但是，黃蓉不僅沒有在種種打擊面前退縮，改弦更張，反而更加堅定地維護自己和郭靖之間的感情，甚至不惜為之付出生命的代價！換言之，黃蓉的擇偶標準其實很簡單，那就是只要求對方對自己「好」，是「眞的好」就可以了，只要有了這一條，其他一切的一切都可以忽略！

這樣看來，黃蓉的擇偶標準其實一點兒也不特別，而且她愛上一個人的這種「一見鍾情」的形式，其實也很簡單，也一點兒都不特別。所以，黃蓉的愛情確實是簡簡單單的、普普通通的，一點兒也不特別！但是，黃蓉的愛情確實又是非常非常的不簡單、非常非常的不普通、非常非常的特別！因為，任何人都會希望和要求自己愛的人對自己「眞的好」，或者說要選擇對自己「眞的好」的人為終身伴侶，此乃人之常情。但是，只因為某一個人對自己「眞的好」，就義無反顧地愛上他，並跟定了他，終身不悔，這卻不是每一個人都能做得到的。金錢、地位、權勢、家庭背景，親朋好友的意見，還有對方個人的能力、氣質，甚至個子和長相等等，諸多因素均有可能影響人們擇偶時的最終判斷。黃蓉是武學名家之女，自己又是才貌雙全，在情竇初開時愛上一個傻乎乎的窮小子郭靖，倒不算稀罕。但是難得的是她還始終如一，矢志不渝，後來不論遇到怎樣的誘惑都不曾有絲毫的猶豫，不論遭到怎樣的挫折、壓力和打擊都不曾有絲毫的動搖，直到贏得最後的有情人終成眷屬！

說得簡單一點，在擇偶方面，黃蓉恪守的唯一原則其實便是我們耳熟能詳的兩句詩，即「易求無價寶，難得有情郎」——這是唐代著名女詩人魚玄機在五言律詩〈贈鄰女〉中的名句，書中那個爲情所困的李莫愁就曾十分感慨地對師妹小龍女念過這兩句唐詩。黃蓉在父親黃藥師的指導下，熟讀歷代的詩詞歌賦，對於這一聯很有名的詩句，她是極有可能曾反覆吟誦並有所感悟的。

於是，黃蓉就值得我們羨慕了，因爲她成功地找到了對她「眞的好」的，賽過無價寶的「有情郎」，而且最後還成功地嫁給了自己挑中的這個情郎。初戀的情人就是丈夫，這是多少個姑娘做了多少個夜晚的美夢啊，卻只有極少數的女人能把這個美夢變成現實，而黃蓉就是其中的一個。她眞是個幸運兒！

於是，黃蓉就值得我們敬重了，因爲她在長長的一生之中，都能夠不改初衷，愛情堅如金石，端的是富貴不能淫、貧賤不能移、威武不能屈！她又是一個不折不扣的強者。

那麼，下面且讓我們來看看本書的女主人翁黃蓉，是怎樣將她的愛情種子在十分艱難的環境下，慢慢地從澀澀的小青果培養成熟，最終芬芳四溢，幸福甜蜜，醉了親朋好友，更醉了她自己的……。從初識時的情苗暗萌，到愛情的逐漸清晰、明確和堅定，情根深種，不能自拔，再到最後的有情人終成眷屬，黃蓉的愛情歷程充滿了艱辛與困苦，我們即使用「一波三折」這個成語去形容它也還是遠遠不夠的。

據上所述，黃蓉若欲與郭靖締結鴛盟，首先必須搬掉穆念慈和華箏兩大障礙——當然，穆念慈和華箏本人都只不過是一介弱女子，儘管她們和黃蓉的生活經歷、性格教養、家庭背景和民族文化背景等不盡相同，但卻和黃蓉一樣不能完全掌握自己的命運。比如華箏，她雖然是成吉思汗的愛女，但在父親眼裡也仍然和他的部下和奴僕一樣，是一件隸屬於他的物品，只不過是一件「最寶貴的物事」而已，故而在需要和王罕、桑昆父子交好的時候，華箏就被父親成吉思汗許配給了桑昆之子都史；而等到王罕兵敗，華箏就被成吉思汗拿來「轉贈」建立了奇功的郭靖。穆念慈也一樣，丘處機等在楊鐵心死後，根本沒有徵求她本人的意見，就決定拿她去兌現郭楊兩家當年指腹爲婚的約定。換言之，僅僅穆念慈和華箏本人是不足以構成對黃蓉的威脅的。但是，在穆念慈的後面，還有丘處機、江南六怪和以他們爲代表的強大的禮教習俗；而在華箏的後面，則是她父親成吉思汗的權勢、地位，還有她自己「公主」的尊號，以及郭靖的母親李萍對她的喜愛，這一些優勢，黃蓉一概沒有，她所擁有的唯有郭靖的愛，於是，小小的黃蓉便倚恃郭靖對自己的深深的愛，開始了她爲了永遠擁有這份愛而進行的對於命運和強權的頑強抗爭。

同時，黃蓉爭取愛情的道路上還有第三大障礙，即她的父親黃藥師。因爲一方面當時婚姻的習俗是十分講究父母之命、媒妁之言的，黃藥師是黃蓉唯一的親屬長輩，她的婚姻必須得到他的首肯，但是，黃藥師是絕對不可能輕易地答應女兒與郭靖的婚事的。因爲黃藥師本人風神俊朗如玉樹臨風，又天賦異稟，學兼文武，內外雙修，琴棋書畫、詩詞歌賦、奇門術數、五行八卦、醫卜星相等無一不通，無一不精，自來交遊的不是才子，就是雅士，妻子女兒也都智慧過人。而且他平素厭憎世俗之見，他非湯武而薄周孔，常常說：「禮法豈爲我輩而設？」特別思慕晉人的率性放誕，行事但求心之所適，常人以爲是的，他或以爲非，常人以爲非的，他卻又以爲是，比如他用的僕人就大大地與旁人不同；他專門查訪忘恩負義的奸惡之徒，然後將其擒到桃花島上，割啞刺聾，以供役使。他曾言道：「我黃某並非正人君子，自然也不屑與正人君子爲伍，手下僕役，越是邪惡，越是稱我心意。」這樣的話在一般人聽來自然是驚世駭俗。又加上他隱居的桃花島位於東海之上，因此在江湖上得了個「東邪」的綽號。對此，黃藥師不僅不以爲忤，反以爲榮。所以，黃藥師自然是不會喜歡郭靖這樣爲人極方正，武功低微又傻裡傻氣的年輕人的，更不必說讓他做自己的女婿了。

另一方面，黃藥師在江湖上有「東邪」之稱，平日的爲人行事與旁人頗有些不同之處，江湖上大多數人與他合不大來，而且令人齒冷而色變的黑風雙煞——

陳玄風和梅超風曾是黃藥師的徒弟，雖然他們的九陰白骨爪功夫並非黃藥師所傳授，但人們以訛傳訛，想當然地以爲黃藥師也一定會這種陰毒的功夫，並將他也誤認爲是和梅超風他們一樣的殺人不眨眼的大魔頭，更何況江南七怪中的笑彌陀張阿生是被黑風雙煞所殺。柯鎮惡等六人對梅超風夫妻二人恨之入骨，故而一聽說黃蓉是「黃藥師的女兒」兼「梅超風的師妹」，便毫不猶豫地認定她是旁門左道，是和他們水火不能相容的「小妖女」，堅決不同意愛徒郭靖與她結交來往，更不同意他們定下未婚夫妻的名份。

黃蓉追求幸福的道路上還有第四個大障礙，那就是她愛之彌深的情郎——郭靖。郭靖雖然深深地愛著黃蓉，同時他也反覆表示過在自己的心目中，華箏和穆念慈都只不過如同親妹妹一般，而絕對不是願意與之相伴終身的愛侶，但是，他自幼受教於江南七怪和全眞派的馬鈺等人，又受蒙古人的行事方式影響很深，有著根深柢固的傳統思想，總是要求自己恪守信義，以重然諾爲人生的一大原則，而且他的個性又是極方正、極不善變通的，故而和黃蓉相愛之後，他和華箏之間的婚約就成了他的沉重的精神包袱，屢屢欲放而不能。在他和黃蓉曲折的愛情道路上，有好幾次峰迴路轉，柳暗花明，但卻都被郭靖心中強烈的道義觀念所囿，以至功敗垂成，比如在密室療傷之後，他本已得到了黃藥師以「靖兒」呼之的暗示，好事將諧，但一旦「安答」拖雷大聲責之以言而無信，他心中的天秤霎時間就偏向了與華箏之間的並不存在的愛情的「舊約」，而忍痛將自己與黃蓉之間情深愛重的「新盟」拋諸腦後。

於是，黃蓉爲了心中對郭靖的這份海枯石爛永不變的深情，與強大的世俗禮教和人們的傳統觀念，甚至所愛之人時不時的動搖和猶豫，進行了一場殊死的搏鬥。在這裡，與人們頭腦裡十分嚴肅的「正邪自古同冰炭」的觀念，和天經地義的「父母之命，媒妁之言」的婚姻習俗相抗衡的，是小黃蓉的全部身心，是她的整個生命！

應該說，這場殊死的戰鬥在剛開始的時候，黃蓉的運氣還算不錯，因爲第一個大障礙穆念慈很快就「不攻而破」了。

在《射鵰英雄傳》的第十二回〈亢龍有悔〉中，黃蓉成功地磨得九指神丐洪七公教了郭靖不少武功，分手在即，意欲好好做幾味佳餚酬謝他老人家。她在買菜回去的路上巧遇穆念慈，想到此女與郭靖有婚姻之約，心中一酸，不禁站在路旁默默地出神，她想：「這姑娘有什麼好，靖哥哥的六個師父和全眞派牛鼻子道士卻都逼他娶她爲妻。」她心裡越想越氣惱，其刁鑽古怪的脾氣就發作了，暗自決定去將穆念慈打一頓，替自己出出氣。於是就趕上前去，首先把楊鐵心留給穆念慈的遺物——那把刻有「郭靖」二字的匕首騙了過來，然後將穆念慈打倒在地，戲弄了一番，同時又欲逼她立誓不嫁郭靖。誰知那穆念慈竟然微微一笑，說：「你就是用刀架在我脖子上，我也不能嫁他。」黃蓉一聽滿心歡喜，但又不甚放心，急急追問穆念慈爲什麼不願嫁給郭靖，她要嫁的究竟是何人，以及穆念慈對郭靖的看法。她問得是那樣的急切，竟然使得穆念慈這樣老實靦腆的姑娘都忍不住取笑她：「天下男子之中，就只你的靖哥哥一個最好了？」

可憐黃蓉如此聰明的女孩子在這個時候竟然也犯了一會兒糊塗——當她聽穆念慈評價郭靖說「天性淳厚，俠義爲懷，這等男子原是世間少有」時，又著急了，錯認爲穆念慈還是對郭靖有意，脫口問出一個非常愚蠢的問題：「怎麼你說就是刀子架在脖子上，也不能嫁他？」逼得穆念慈再也顧不得害羞，向黃蓉吐露了自己心底的隱秘，即她的意中人乃是當日比武招親時勝了她的楊康。

於是，兩位年輕的姑娘互相交換了各自對愛情的看法，穆念慈說：「他是王爺也好，是乞兒也好，我心中總是有了他。他是好人也罷，壞蛋也罷，我總是他的人了。」黃蓉聽了頓時大有知己之感，只覺得自己對郭靖的心思也是如此，而穆念慈彷彿便是代替自己說出了心聲似的，她隨即與穆念慈促膝談心，頗覺莫逆，一時間完全忘了自己的初衷是想將穆念慈打一頓出出心頭之氣的。相反，黃蓉這時候不僅不再有在穆念慈身上出氣的念頭，而且還主動提出來幫助穆念慈做些什麼。也就是說，穆念慈一旦不再是黃蓉在愛情上的競爭對手，黃蓉對她的惡意就馬上完全徹底地消失了，而且還與之結下姐妹之誼。從另一個角度來看，這時的黃蓉其實連交同性朋友都已不知不覺地以郭靖爲中心了。這一點，似乎連她自己也沒有清晰地意識到。當然，穆念慈本人雖然已明確表示絕對不會與郭靖成親，但是江南六怪和丘處機等人卻不可能如此輕易地就同意郭靖與黃蓉聯姻，在這一方面，小黃蓉還任重而道遠，這裡暫且擱下，且待下回分解。

再說華箏，她是黃蓉必須排除的第二個障礙。但是，華箏卻不像穆念慈那麼容易解決。華箏是非常愛郭靖的，又有了父親兼君王的成吉思汗的指令，也就是說華箏與郭靖的婚約既有父命，又有君命，只不過與郭靖「私訂終身」的小黃蓉實在是很難撼動它分毫的。這主要表現在兩件事上——第一件，黃蓉幫助郭靖密室療傷成功以後，見到了父親黃藥師，黃藥師見女兒已情根深種，無可化解，就答應了黃蓉和郭靖的婚事，這本來是値得歡欣鼓舞，大大慶祝一番的大好事；不料，好事多磨，華箏突然隨著哥哥拖雷出現，郭靖在黃蓉的深情厚意和重然諾的爲人原則之間艱難地選擇了後者，當眾表示要遵守諾言，絕不悔婚！這樣一來，剛剛好轉的形勢急轉直下，不僅黃藥師震怒之下立即收回成命，使得黃蓉爭取父母之命的努力前功盡棄，黃藥師這個第三大障礙依然存在，而且還給以後排除這一障礙又增添了不少難度。黃蓉傷心欲絕，淒然道：「靖哥哥，我懂啦！她和你是一路人。你們倆是大漠上的一對白鵰，我只是江南柳枝底下的一隻燕兒罷了。」在這個關鍵的時刻，郭靖竟然無情地背棄了黃蓉，使好不容易剛剛露出一線曙光的局面，一下子又變得暗淡如昔，而且看起來似乎是再也難以挽回了，而一向伶牙俐齒的黃蓉這時候卻連半句責備的話都沒有對郭靖說，相反，她還以和平日一樣的細心與敏捷，及時地察覺了父親黃藥師意欲出掌殺掉華箏以消心頭惡氣的念頭，迅速地用自己的身體擋在華箏前面，救了華箏一命，而她之所以這樣做的原因只是因為假如華箏在自己父親的掌下香消玉殞，那麼非但不能如己所願將華箏這個橫亙於自己和郭靖之間的大障礙搬開，反而會令郭靖立即與自己翻臉絕交，鑄成無可挽回的大錯。所以她也就不惜違背自己的本願，又不惜冒犯父親，及時地救下了自己的情敵——華箏，她還對郭靖說，既知今日，何必當初，真是非常後悔沒有留在那個人跡罕至的明霞島上不回來，否則的話二人倒還能長相廝守。真的是情到深處人也痴啊！

黃藥師眼見愛女如此，悲從中來，不禁仰天長嘯，聲振林梢，山谷響應，驚起一群喜鵲繞林而飛，黃蓉對此觸景生情，情不自禁地叫道：「鵲兒鵲兒，今晚是牛郎會織女，還不快造橋去！」——這是在這個傷心的當兒，黃蓉為自己說的唯一一句話，做的唯一一件事。可是，乾坤朗朗，世界雖大，能讓黃蓉渡過去的鵲橋又在哪裡呢？人海茫茫，又有誰會為小黃蓉搭建一座通往情之歸宿的鵲橋呢？

第二件事發生在蒙古軍營之中。在岳州的軒轅台丐幫大會上，黃蓉揭穿了楊康假傳洪七公遺命、騙取丐幫幫主之位的陰謀，成爲丐幫第十九代幫主。然後黃蓉與郭靖去鐵掌峰尋找《武穆遺書》，不幸被裘千仞的掌力所傷，她生命垂危，後來他們在瑛姑的指點下找到一燈大師，好不容易治好了黃蓉的傷，得到了第二次生命，其中的艱辛眞是難以用語言表達，他們二人的感情也在這同生死共患難中更加深厚。

黃蓉在大難過去之後，拖著郭靖到處去玩，晚上不肯安睡一個勁兒地跟他說話，甚至還拉著郭靖無緣無故地去騷擾尋常百姓人家，將人家嚇得半死，自己卻滿足於做幾個時辰的「姑娘大王」或「外婆」。郭靖不理解她爲什麼要這樣惡作劇，還老是不休息，故意戕害自己的身體，就勸她不要如此。黃蓉淒然答道：「過幾天你就要離開我啦，去陪你那華箏公主，她一定不許你再來見我。和你在一起的日子，過得一天，就少得一天。我一天要當兩天、當三天、當四天來使。靖哥哥，晚間我不肯安睡休息，卻要跟你胡扯瞎談，你現下懂了吧？你不會再勸我了吧？」郭靖這下被黃蓉深深地打動了，他簡直不能想像在他離開以後，他的蓉兒今後一個人的日子怎麼能過得下去，於是他終於說道：「我再也不理什麼成吉思汗、什麼華箏公主，這一生一世，我只陪著你。」小黃蓉終於等到了郭靖將愛情放在道義之前的這一天！終於聽郭靖親口說出了不再遵守與華箏的婚約的許諾！她欣喜若狂，與郭靖緊緊擁抱，一時間渾然忘卻了身外的天地。

可惜，好景不長，正如黃蓉自己所感慨的：「在世上，歡喜快活原只一忽兒時光，愁苦煩惱才當眞是一輩子的事。」還容不得黃蓉想出以後二人躲開江南六怪和全眞派馬鈺、丘處機等人去暗結鴛盟的妥善的辦法，就傳來了朱聰、南希仁、全金發和韓寶駒、韓小瑩兄妹等五怪喋血桃花島的驚人消息，而且一切跡象似乎都表明五怪是黃藥師殺的，黃藥師本人也被自己的怪僻脾氣所驅使而「供認不諱」！面對此情此景，郭靖馬上忘掉了他剛剛對黃蓉發過的誓言，不僅視黃藥師爲殺他恩師的大仇人，而且還無情地與黃蓉徹底斷了交。

黃蓉爲了自己對郭靖難以自已的一片深情，必須替父親洗刷殘害五怪的不白之冤，她別無選擇！於是，她苦思冥想，又千方百計尋找線索，後來終於在嘉興鐵槍廟中巧遇完顏洪烈和歐陽鋒、楊康一行，並從他們的談話中聽出了蛛絲馬跡，於是她甘冒奇險，主動現身，連哄帶騙，猜想加推斷，從傻姑等人的嘴裡套問出了事實眞相，終於弄清楚是歐陽鋒和楊康等魔頭向五怪下的毒手，並嫁禍給黃藥師，目的是讓武林中的正派人士自相殘殺，以俾他們坐收漁翁之利。就這樣，桃花島血案的眞相終於大白，黃蓉又一次掃清了橫亙於她和郭靖之間的巨大感情障礙，取得了她和郭靖相愛以來在爭取自主婚姻方面的又一次重大勝利！同時，因爲鐵槍廟歷險之時江南六怪中唯一倖存的柯鎭惡和黃蓉在一起，一場唇槍舌戰使得他對黃蓉的看法大爲改觀，而且黃蓉爲了救他還斷然放棄了自由，任憑自己落到了歐陽鋒的掌握之中，柯鎭惡又是驚訝、又是後悔、又是感激，從此亦絕不再反對郭靖和黃蓉的戀情和婚事，至此，當年郭楊兩家的「指腹爲婚」對郭黃聯姻的不良影響總算徹底消除了，黃蓉和郭靖愛情路上的這個障礙這才算完全被排除。

可是，一波剛平，一波又起。眞相大白以後，曾經反目成仇的郭靖自然回心轉意了，但黃蓉本人卻因此而被歐陽鋒所拘，她與他糾纏了很長時間才得脫身。在這段時間裡，郭靖已供職於蒙古軍營，成吉思汗要爲他與華箏完婚，郭靖向華箏表明心跡，說一定要去尋找黃蓉，假如黃蓉平安無恙，他就北歸與華箏成親，絕不反悔。這時黃蓉已好不容易擺脫了歐陽鋒的控制，躲在蒙古軍營之中。本來她應該馬上現身向郭靖訴說別後之苦，共敘別情。但因為郭靖對華箏所發的誓言，卻不得不強忍相思，躲著不露面，以免郭靖見自己平安脫險，就必須馬上履行諾言與華箏完婚。不過她雖然心中有怨氣，卻還是無法忘懷郭靖，心想，當日在岳州君山頂上的軒轅台，自己和郭靖被楊康陷害，差點雙雙喪了性命。那時候還笑著想是我和靖哥哥死在一塊，不是那個華箏！這般死了，倒也乾淨，不料現在，雖說我和他都還好好地活在這個世界上，但卻咫尺天涯，不得相見，這是怎樣的苦痛啊！於是她一直悄悄地像以前那樣，以自己的聰明才智幫助郭靖。最後，要不是成吉思汗決定攻打宋國，還殺了郭靖的母親李萍，使郭靖和從小生長的蒙古大漠徹底斷絕了精神上的聯繫，華箏這個大障礙便會始終擋在黃蓉和郭靖的中間，小黃蓉即使智計百出，也是很難奈何得了她的。

相比之下，黃蓉和郭靖有情人難成眷屬的第三個障礙黃藥師反而比較容易排除。黃藥師畢竟是黃蓉的親生父親，又一向十分疼愛女兒，他這一關黃蓉過得算是最容易了。不過，也還是一波三折，經歷了不少波瀾的。其中，最艱難的是在桃花島上郭靖與歐陽克競爭求婚的那一次。當時，歐陽鋒為了姪兒歐陽克喜歡黃蓉，派了使者以卑辭厚幣到桃花島向黃藥師提親，黃藥師雖然常說「禮法豈為我輩所設」，但在愛女的終身大事上卻未免俗，他認為婚姻應該門當戶對，而當世武功能與自己比肩的唯有寥寥數人，其中之一就是歐陽鋒，又見歐陽鋒的求婚信辭卑意誠，心裡很高興。同時覺得女兒十分頑劣，出嫁之後肯定要欺壓丈夫，故而必須選個武藝高強的女婿。但是，女兒自己挑中的姓郭的小子雖然也是武林中人，但又笨又傻，一點也不合自己的脾胃，心中著實憎厭他。而歐陽克的武功乃其叔父歐陽鋒親傳，在小一輩中自是一等一的人物，於是竟然在連歐陽克的面都沒有見過，而且明知黃蓉有意中人的情況下，答允了歐陽家的求婚，將獨生愛女黃蓉許配給了歐陽克。這時黃蓉偕郭靖剛好回到桃花島家裡，黃藥師馬上把女兒關了起來，不讓她與郭靖見面，然後又強逼女兒接受歐陽家的婚事。要不是丐幫幫主，和「東邪」、「西毒」齊名的「北丐」洪七公這時也來到桃花島，以郭靖師父的身分替郭靖撐腰，郭靖差點連與歐陽克競爭的機會都沒有。

爲了選婿，黃藥師出了三道試題，聲明歐陽克和郭靖二人中勝利的一方將雀屏中選。他心中偏向歐陽克，故而出的都是對歐陽克有利的題目。黃蓉在一旁心急如焚，卻又是徒喚奈何。從來就只知驕縱女兒的黃藥師在擇婿的大事上卻是出人意料地嚴格施行著父權，看起來明擺著的，小黃蓉得遂心願的機會實在是太渺茫了。

郭靖生性愚鈍，最不擅長做記憶背誦之類的事，在他們跟洪七公學武功時，黃蓉不到二個時辰就學會了一套六六三十六招的「逍遙拳」，而郭靖只學大半套「降龍十八掌」就花了九牛二虎之力。但是，他因爲被周伯通所騙，事先就花大力氣背熟了《九陰眞經》，於是最後陰錯陽差，竟然在背誦經文這決定性的最後一道試題中僥倖取勝！黃藥師見狀頗爲無奈，又覺得郭靖性格誠篤，對蓉兒也確實是一片痴情，在用情專一這一點上倒與自己頗爲相似，就履行諾言，當衆宣布將女兒黃蓉許配給郭靖。不過，這一次的成功卻只能算是命運對可愛的小黃蓉的偶然眷顧，而並非出自黃藥師父愛的溫暖。更何況，郭靖的準女婿只做了一小會兒，便被多疑善變的黃藥師斥爲「狡詐貪得的小子」，任其上了那條死亡之船，在海上歷盡了艱險，若非黃蓉偶然得知眞相趕去相救，郭靖就得和洪七公、周伯通等人一起葬身魚腹了。

頑固的黃藥師後來一直等到第二次華山論劍之時，爲了與洪七公比武較藝，他與郭靖過招，發現郭靖的功夫進步神速，已臻一流水準，心裡大喜，這才眞正同意黃蓉與郭靖的婚事，並與柯鎭惡一起主持婚禮，替黃蓉和郭靖完成了花燭。至此，這第三個障礙才算是徹底排除。

至於第四個障礙，黃蓉更是防不勝防。可憐精靈剔透的小黃蓉因爲愛郭靖，這個平時稍不如意就會割人耳朵的姑娘在情郎面前竟然變得百依百順，一點沒有了脾氣。比如他們定情後不久，因爲江南六怪和丘處機等人自認名門正派，不願和在他們心目中歪門邪道的黃藥師有來往，更不願和黃藥師攀親家，就竭力反對郭靖和黃蓉「私訂終身」。黃蓉十分氣惱，一邊伶牙俐齒地罵朱聰和韓寶駒，一邊趁郭靖不備，一把將他拉上小紅馬的馬背，提韁如飛而逃。她對郭靖說：「靖哥哥，你師父他們恨死了我，你多說也沒用。別回去吧！我跟你到深山裡、海島上，到他們永遠找不到的地方去過一輩子。」應該說，在當時那樣的情況下，這是一個達成心願的比較可行的好辦法，但是，郭靖堅決不同意，他說：「咱們回去，見我師父們去。蓉兒，非這樣不可！」黃蓉辯道：「他們一定會生生拆開咱們，咱倆以後不能再見面啦！」但郭靖寧願冒和黃蓉分離的風險，也要回去見師父們，他只是說：「咱倆死也不分開。」黃蓉聽了郭靖的話，馬上就不再持反對意見，心道：「對啦！最多是死，難道還有比死更厲害的？」於是回答說：「靖哥哥，我永遠聽你話，咱倆永遠不分開。」按黃蓉的性子，其實並不願意這麼快地就以死相拼的，因爲以她的聰明，自然清楚事情遠遠還沒有到這一步。但是既然郭靖一定要這樣做，她也就捨命陪情郎了，而且還並沒有一點兒的勉強。

又比如，在密室療傷的時候，華箏突然出現在黃蓉的面前，而且黃蓉還被郭靖告知這個蒙古姑娘是他的未婚妻，黃蓉雖然十分震驚，但也只是嘆了口氣，說：「只要你心中永遠待我好，你就是娶她，我也不在乎。」然後頓了一頓，又說：「不過，還是別娶她的好，我不喜歡別的女人整天跟著你，說不定我發起脾氣來，一劍在她心口上刺個窟窿，那你就要罵我啦！」這後半段話說得天真爛漫，表面上只是自承脾氣欠佳，骨子裡卻透出她對郭靖的情深款款，已是難以自抑。因爲就是在前不久，她還會萌發將「情敵」穆念慈打一頓出出氣的「歹毒」念頭，根本沒有想到若打傷了穆念慈，郭靖會不高興的，而這時看到比穆念慈更「強有力」的對手華箏，她居然毫不在乎，對華箏的敵意也只是在玩笑的口吻中表現出來，而且還帶著三分自責呢！還有，在進入密室療傷之前，她本欲殺了傻姑以絕後患，但一想到濫殺無辜會惹惱爲人方正的郭靖，就甘願冒暴露行藏的風險，打消了殺人滅口之念。這說明她已經比以前更加自覺地以郭靖爲一切的中心，無論做什麼都以郭靖的好惡爲好惡，以郭靖的悲喜爲悲喜，端的是情到深處人亦痴啊！可以說，爲了郭靖，黃蓉漸漸地迷失了她自己。關於這一點，我們不妨找一個細節來說明一下：那同樣是密室療傷那一段，郭靖突然想起《九陰眞經》上載有療傷之法，就對黃蓉說他的傷還有救，但是得辛苦她七日七晚。黃蓉不假思索地回答：「就是爲你辛苦七十年，你知道我也是樂意的。」這就是說黃蓉爲了愛，將心甘情願地爲郭靖付出她的一生，無怨無悔！她的生命在她愛上郭靖以後就完全屬於郭靖了，而不再屬於她自己。

不過，郭靖給予黃蓉最大的傷害還是在密室療傷之後——黃藥師見到女兒安然無恙，心中喜歡，就默認了黃蓉和郭靖的婚事，卻不料郭靖竟然又當眾宣布堅決不棄舊盟，要如約與華箏成親，令華箏又驚又喜。但是，對於他深深愛著的黃蓉，郭靖卻只是說：「蓉兒！我心中只有你，你是明白的。不管旁人說該是不該，就算把我身子燒成了飛灰，我心中仍是只有你。」在這個關鍵時刻，他給黃蓉的愛只有語言，卻沒有行動！但黃蓉一點也不生他的氣，她只要見到他看著自己的目光裡愛憐橫溢，深情無限，就心滿意足了。而且她還對父親宣布：「爹，他要娶別人，那我也嫁別人。他心中只有我一個，那我心中也只有他一個。」黃藥師聽女兒這樣講，就讚道：「哈！桃花島的女兒不能吃虧，那倒也不錯。要是你嫁的人不許你跟他好呢？」黃蓉道：「哼！誰敢攔我？我是你的女兒啊！」黃藥師道：「傻丫頭，爹過不了幾年就死啦！」黃蓉聽到這兒不禁泫然欲泣，凄然脫口道：「爹，他這樣待我，難道我能活得久長麼？」黃藥師又道：「那你還跟這無情無義的小子在一起？」黃蓉毫不遲疑地答道：「我跟他多待一天，便多一天歡喜。」

黃家父女倆的對話在江南六怪聽來確實是驚世駭俗。但是黃蓉自幼深受父親的影響，說話做事並不爲禮法所拘，她這樣想又這樣說其實是再自然不過的了。黃藥師常說他生平最恨的是仁義禮法，最厭惡的則是聖賢節烈，他認爲這些都是欺騙愚夫愚婦的東西，是吃人不吐骨頭的封建禮教。黃蓉自幼秉承父親庭訓，自然而然也接受了父親的這種觀念。所以，在這時候的她看來，夫妻歸夫妻，愛情歸愛情，二者未必是一定要合而爲一的，現在既然郭靖必須遵守諾言，娶他並不愛的華箏公主爲妻，那麼她亦不妨嫁一個自己並不愛的丈夫，只要雙方的心裡都永遠銘刻著對方的身影也就可以了——要知道，黃蓉剛剛出生就失去了母親，雖然父親黃藥師對她百般的寵愛、千般的呵護，但凡自己會的技藝，沒有一樣是不傾心傳授給這個獨生愛女的，反倒是黃蓉總是不肯專心去學，故而黃蓉小小年紀就腹笥頗寬，一般的江湖人士和讀書人倒還比不過她呢。不過，桃花島上除了黃蓉，沒有其他任何女性，黃蓉連一個可以一起玩扮家家酒的小姐妹都沒有，更不必說有年長的女人，哪怕是年長的僕婦相伴左右了，故而黃蓉長到十餘歲，從來沒有人告訴她男女情愛方面的事，她對於男人和女人之間的事情完全是懵懵懂懂、混混沌沌，一竅不通的。更何況黃蓉出來行走江湖時間還很短，見識尙淺，又畢竟年紀尚小，天眞爛漫，故而想當然地以爲夫婦自夫婦，情愛自情愛，分開對待也沒有什麼大不了的。既然郭靖爲以前許下的諾言所束縛，只能將她裝在心裡，而去娶他並不愛的華箏，那麼，她黃蓉也就不妨依樣畫葫蘆，也嫁一個自己並不愛的人，同時也要把郭靖放在心裡，溫存一輩子。

換句話來說，黃蓉的情愛觀念是，只要哪個男人是眞正愛她的，她就可以接受他，即使他連婚姻都不能給自己，也沒有關係，她是根本無所謂的。她只知道，她的喜怒哀樂、一顰一笑，早已和郭靖完全聯繫在一起，不可能有絲毫的分離了。也正因爲如此，在某些關鍵時刻，黃蓉不僅不計較郭靖的動搖和猶豫，反而爲此更加欣賞和信任郭靖，因爲她知道假如郭靖不信守曾經對華箏許下的諾言，那麼，他對自己的愛的諾言也同樣就不可相信了。同時她也深深地相信郭靖對自己絕無異志，所以即使有另外的姑娘愛上郭靖她也毫不在意，甚至反而感到愉快和得意。

那是在密室療傷的過程中，郭靖和黃蓉躲在裡面，數日之內外面房間裡人來人往，好不熱鬧。其中有一個過客是從寶應縣來的程家大小姐程瑤迦。程瑤迦當日被歐陽克所擄，差一點遭了他的淫辱，幸虧得到郭靖和黃蓉的及時相救。她是大戶人家的小姐，從來不出閨門一步，無緣得見青年男子。被救時見恩人郭靖年紀輕輕，不但爲人熱誠、厚道，而且還武藝高強，可以說是德才兼備，於是不知不覺中竟將一縷情絲繫在了郭靖的身上。郭靖走後，她對郭靖竟然念念不忘，終於有一天耐不住相思之苦，悄悄離家，意欲到郭靖的家鄉臨安府牛家村找尋心中的情郎。她心想，我在晚上偷偷地去瞧他一眼，然後馬上回家，就算是了了心願，倘若讓他看見了或是讓父母親友知道了，那就羞死人了。當然，程瑤迦並不知道牛家村只不過是郭靖父母的故居，他自己卻是從未到過牛家村，也沒有在牛家村住過哪怕一天，這時候機緣湊巧，竟在牛家村療傷，郭靖自己也是絕對不曾料到的。

確實，程瑤迦對郭靖的感情與黃蓉是完全不同的，她在一段時間內對郭靖朝思暮想，自己以爲是對郭靖一往情深了，殊不知這只是情竇初開，少女懷春，一時間心意卻無處寄托的結果。郭靖是她一生中見到的第一個同齡的陌生男子，加上又是她的救命恩人，於是就自以爲情絲暗萌，但她自己也不知道這只不過是她聊自遣懷，絕對不是眞正的愛。所以，在牛家村，當程瑤迦和陸乘風的兒子陸冠英一起遇到三頭蛟侯通海，不得不合力抗敵時，很快就兩情相悅，程瑤迦的芳心，隨即將情絲不知不覺地轉到了陸冠英身上。而在陸冠英無意間告訴她郭靖是黃藥師的女婿的時候，程瑤迦並不曾感到失望，也沒有一點兒自憐自傷，很快她便在黃藥師的主持下和陸冠英結成夫婦。而假如程瑤迦是和黃蓉一樣眞心愛郭靖的，這樁婚事就不可能成功了，至少不可能這麼快就成功。

當然，黃蓉不可能完全明瞭程瑤迦感情的細微變化，但以她的聰明，程瑤迦進門不久，只說了幾句話，黃蓉在密室裡察言觀色，就已明白了她是悄悄地愛上了郭靖。但黃蓉這時畢竟年幼，又是武林中人，性子不比一般女孩子那樣扭捏不豁達，同時又堅信郭靖對自己的愛是經得起考驗的，更何況程瑤迦不像穆念慈和華箏那樣有婚約的保護，根本不可能成爲自己的競爭對手，所以她看出程瑤迦的心事後，心中既不氣也不惱，反而甚是高興樂意。因爲程瑤迦喜歡郭靖，在黃蓉看來正好說明郭靖很有魅力，也就是說明自己很有眼光，挑了一個人人叫好的郎君，她還不禁爲此暗暗得意呢。

總而言之，黃蓉的愛情十分簡單，又十分的不簡單；十分特別，又十分的不特別。她的愛情建立在相知相悅的基礎之上，或者說她的愛情萌芽於她和郭靖萍水相逢之後的互相瞭解和互相吸引。她看重的並不是肥馬輕裘、年少而多金的公子哥兒形象，也不是風流倜儻、瀟灑雋雅的才子氣質，她深深懂得無論怎樣好的才和貌最終都不足恃，只有對方的眞誠相待和專一堅貞才是最重要的。所以，當她在張家口巧遇郭靖，這個粗豪少年的眞心馬上深深地打動了她，令她很快毫不猶豫地作出了以心相許的重大決定。而這以後種種的曲折磨難，在她看來就是實施「我只願和郭靖在一起」這個既定方針所必須經歷的過程。也正因爲是必須經歷的，所以即使再苦再難，她也絕不抱怨、絕不低頭、絕不退縮、絕不後悔，而是挺起胸膛，勇敢地、堅決地、義無返顧地向著理想、向著幸福，艱難地前進、前進！

所以，黃蓉的愛情，在她本人看來是簡單的，但在旁人看來卻是不簡單的。

所以，黃蓉的愛情，在旁人眼裡是很特別的，但在她自己眼裡卻一點也不特別。

黃蓉的愛情是美麗的！
黃蓉的愛情是完美的！
黃蓉的愛情也是真實的！
黃蓉的愛情又是多姿多彩的！
黃蓉的愛情影響了她整個的人生！

愛情對每個人都很重要，它其實是人生的一個最重要的組成部分，不可或缺，亦不可殘缺。在某種程度上講，愛情的成敗就是人生的成敗，或者說，沒有愛情就不可能是幸福的人生，也不可能是成功的人生。可是，古往今來，擁有美滿愛情的人少而又少，許多人富甲一方甚至君臨天下，但卻終生與愛情、尤其是幸福的愛情無緣。換言之，從古到今，其實只有較少的人得到過幸福的愛情，於是他們便成了其他人羨慕的對象，他們的故事也成了文人墨客歌頌的佳話。不過，現實生活中完美的愛情實在太少了，所以有許多作家，尤其是小說家就根據自己對理想愛情的理解和構想，在紙上創造出美滿的愛情，供人欣賞，更供人思考和借鑑——毫無疑問，黃蓉和郭靖的愛情故事就是其中之一。

其實，一個人，尤其是一個女人，要想得到完滿的愛情是很不容易的。因爲在相當長的歷史時期內，男尊女卑，女人被認爲是從屬於男人的，她們與男人們相比，更加沒有掌握自己命運的機會和權力。在古代中國，女人必須在家從父，出嫁從夫，必須把自己整個的人生毫無保留地交到父親和丈夫的手中，而在她們的父親與丈夫的背後，是整個的男權社會！女人的生活圈子很小，基本上沒有受教育的機會，也就是說她們沒有獨立生存的能力與機會。大約在唐五代以後，女人甚至還必須纏足，這種生理上和精神上的雙重束縛使得絕大多數的女人大門不出，二門不邁，一輩子被禁錮在庭院深深深幾許的「家」裡——其實那是一個被叫作「家」的牢籠。也正因如此，女人便更加對愛情充滿了期待、憧憬和幻想，換言之，愛情在女人的心目中，往往是生活的全部，而不像男人那樣僅僅把愛情看成是生活的一個組成部分。所以，愛情對於本書的兩位主人翁來說，其分量是不一樣的。沒有了與黃蓉之間的愛情，郭靖也許還能在蒙古大漠或是江南的牛家村生活下去，但黃蓉一個人孤零零地在桃花島卻是無法過日子的，哪怕僅僅只過一天也是做不到的。

當然，黃蓉雖然生活在大約一千年前的南宋，但她畢竟只不過是小說家筆下虛構的人物，而且還是武俠小說中的人物，她不必面對必須裹小腳的殘酷折磨，也有接受教育的機會，甚至還可以有恣意浪費學習機會的奢侈。但是，整個中國傳統文化的大背景她無法躲避，也就是說，作者金庸先生在塑造黃蓉這個人物形象的過程中，從藝術的角度出發，有意識地虛化了許多具體的東西。比如黃蓉、穆念慈和程瑤迦等都是宋代女子，按照歷史的眞實，她們肯定得在幼年就開始纏足，即使黃藥師和楊鐵心乃江湖豪客，有可能置纏足之世俗習慣於不顧，但是程瑤迦「大小姐」的身分卻是不會令她有逃避纏足惡運的機會的，況且書中的男人也多少表現出了對「小腳」的偏愛或日嗜好。【注】但作者很藝術地避開了纏足的問題，讓她們在書中恣意地奔跑、跳躍，甚至和男人一樣操練拳劍棍棒，擁有並不亞於男人的武功。這樣的寫法非常有利於人物形象的塑造和主題的刻劃與昇華，眞是非大手筆不能爲也。同時，金庸先生在創作中仍舊把人物，尤其是女性人物放在中國傳統文化的大背景下——非唐非宋，亦非明非清，是被作家抽象化了的傳統中國大背景。所以，黃蓉的一生儘管十分多姿多彩，但概括起來其實也就是八個字：

「在家從父，出嫁從夫。」

這八個字含蓋了黃蓉的整個人生，感情方面自然也不例外。

上面講到，黃蓉在愛上郭靖以後，逐漸地把自己的生活安排成一切以郭靖爲中心的模式。爲了郭靖，她盡出手段籠絡洪七公，磨著七公教郭靖武功。其實，按她的本性是很不耐煩一門心思學武功的。她是黃藥師的女兒，從小就有無窮無盡的才技擺在面前任她學習，所以便如同大富大貴人家的子弟，不會太把金銀珠寶放在眼裡一樣，再精妙的武功黃蓉也不會覺得稀罕。但自從郭靖進入她的生活，情形就完全不一樣了。郭靖生性魯鈍，小時候的運氣又不太好，既不是出生名門，又無緣得到名師的指點。江南七怪雖然在江湖上小有名氣，但在武學上的造詣卻遠遠不能望黃藥師和洪七公等大名家的項背，而且他們是因爲與丘處機打賭才做了郭靖的師父的，雖然明知「博學眾家，不如專精一藝」的道理，再加上郭靖的資質欠佳，最多只有中人之資，所以只宜單練韓寶駒或南希仁二人的武功，練上二三十年以後，或許能有韓、南二人一半的成就。但是他們求勝心切，總不肯空有一身武藝卻眼睜睜地袖手旁觀，不傳授給這個傻徒弟，於是人人上陣教學，把郭靖折騰得個夠嗆，但進步卻甚微。更何況郭靖和楊康比武的日期又是一天天地逼近，故而他們又竟忘了「貪多嚼不爛」和「欲速則不達」的古訓，對郭靖督責甚嚴。所以一直到郭靖離開蒙古大漠去赴嘉興煙雨樓比武之約的時候，其武功依然平平。黃蓉當然不願意看到郭靖連自己都打不過，她非常願意看到情郎功夫見長，那眞是比自己學會甚麼本領都還要歡喜多了。所以，在巧遇洪七公時，黃蓉知道機會難得，就緊緊抓住不放，替郭靖創造了得到明師指導的絕好機會。

說實在的，郭靖後來進步神速，實是靠洪七公所教的「降龍十八掌」打的底子。他在沒認識黃蓉之前的那十餘年間的苦練，進益簡直還不如跟洪七公學「降龍十八掌」的一個月快。換言之，郭靖後來之所以能成爲與「東邪」、「南帝」等前輩高手齊名的武學大家，小黃蓉功不可沒！是黃蓉愛上了郭靖，又傾盡全力幫助和輔佐郭靖，甚至不惜將自己變成了郭靖的附庸，最後終於使郭靖成長爲一代宗師「北丐」洪七公的接班人，被譽爲「北俠」。我們甚至可以說其實是黃蓉造就了郭靖，沒有黃蓉就沒有郭靖，沒有黃蓉就沒有人人景仰的郭大俠！

黃蓉的世界其實只包括郭靖一個人，或者更準確地說是只有以郭靖爲中心的幾個人，即丈夫郭靖和女兒郭芙、丈夫的大師父柯鎭惡、丈夫認爲應該撫養的武氏兄弟。因爲有了郭靖，甚至連父親黃藥師在黃蓉的心目中都變得不重要起來了。在離家出走之前，父親黃藥師是黃蓉最親的人，她什麼都模仿父親，連任性乖戾的壞脾氣也學了個一模一樣。後來，她與郭靖苦苦相戀，就只想到和郭靖兩相廝守了，差不多把孤身一人、一直與女兒相依爲命的父親完全拋在了腦後。只有在黃蓉被郭靖所棄的時候，她才會想到去找另一個也深深愛著她的男人——父親黃藥師。比如，五怪喪身桃花島之後，郭靖恨黃藥師，竟連心愛的蓉兒也不睬了。黃蓉這才想到「他愛他衆師父遠勝愛我，我要找爹」。後來，黃蓉在蒙古軍營中幫助郭靖用巧計攻破了久攻不克的花剌子模國首都撒麻爾罕城，使郭靖爲成吉思汗建立了奇功。於是郭靖就有了一次以自己的巨大功勳換得辭去與華箏的婚約的絕好機會，但是事到臨頭，郭靖見成吉思汗悍然下令屠城，就不惜以夙願難償為代價，毅然決然放棄辭婚，而改向成吉思汗要求饒了城中數十萬無辜百姓的性命。這樣一來，黃蓉和郭靖苦苦追求了多時的良緣鴛夢也就付諸東流了！黃蓉又見華箏拉著郭靖的手甜蜜地說個不停，一霎時眞是萬念俱灰！她悄悄地到郭靖的營帳中取回了自己送給他的那幅題著〈七張機〉和〈九張機〉的自畫像，然後不告而別……。

她這一次的不告而別可與上次受了父親的責備擅自離開桃花島完全不一樣了。上一回是小兒女的嬌痴情狀，是嬌嬌女向父親撒嬌賭氣，雖然獨自一人上路難免寂寞淒涼，但畢竟天眞爛漫，尚不識人間愁滋味，一路走走停停、停停走走，所到之處、所見之物都是從未經歷過的，無不透著新鮮有趣，倒也可解得些許愁苦；這一次卻是已閱盡世間悲歡離合，熟諳人生愁怨無奈，她和郭靖二人經歷了無數的曲折磨難，終於盼來了鴛盟可諧的一絲曙光，但是不料郭靖卻將它輕易地棄置不顧！這份傷心、這份絕望簡直難以用語言形容。她孤身一人從西域東歸，煢煢孑立，形影相弔，最終竟大病一場。病中淒苦寂寞，在惱恨郭靖薄情寡義之餘，便一心只想早日回到桃花島與父親重聚。但是這樣的想法出現在黃蓉的腦海中卻似乎只有這唯一的一次！只要黃蓉和郭靖的關係稍有好轉，她就首先把郭靖以及與郭靖有關的人和事放在心上，很少有暇顧及其他，哪怕是親生父親也不例外。後來她和郭靖如願以償，在桃花島上過起了神仙伴侶的生活。僅僅幾個月以後，黃藥師就開始過不慣和女兒女婿同住的日子了。他悄悄留下一封書信，說要另覓清淨的地方閑居，便逕自飄然離去，十餘年不曾回來，甚至連片言隻字也未曾寄回桃花島。毫無疑問，這樣的家庭生活是很不正常的。而促使黃藥師這樣做的原因除了他本人不喜熱鬧、性格怪僻以外，黃蓉其實也難辭其咎！因爲只要黃蓉在婚後心中不是只有丈夫一個人，對父親以及周圍其他的親人也稍加關心的話，那麼對獨生愛女寵愛有加，甚至曾爲了尋找離家出走的女兒而置自己恪守了十餘年的誓言於不顧的黃藥師是不至於如此「絕情」的；更何況桃花島是黃藥師經營多年的心血結晶，愛妻馮氏夫人阿衡的芳塚也在桃花島上，所以假若沒有十分重要的理由，黃藥師應該是不會輕易放棄這個根據地的。至少他還可以在另外營建清淨之地的同時常常回桃花島看看，祭一祭阿衡的亡靈，再享受幾天天倫之樂——全家人團團圓圓。自己含飴弄孫是每一個老人，尤其是中國的老人所嚮往的桑榆晚景，黃藥師雖然性格與常人有些不同，但總不至於失去了正常人對情感的正常需求。再說在黃蓉婚後，黃藥師的年紀也越來越大了，而即使是年輕時非常特立獨行的人，到了晚年也會變得喜歡熱鬧起來的，這既是人之常情，又是客觀規律，我們沒有任何理由讓黃藥師超然於外。

黃藥師在黃蓉心目中的地位都是如此，其他人就更不必說了。比如洪七公，他是黃蓉的師父，是除了父親以外最親近的長輩，黃蓉對他是十分敬重的。不過，她也有把恩師忘得一乾二淨的時候——在歐陽克和郭靖競爭求婚之後，雙方都離開了桃花島，黃藥師將錯就錯，任他們坐上了一條死亡之船，於是便有了一番海上的歷險。當時，歐陽叔姪為逼郭靖默寫《九陰眞經》而機關算盡，最後還不顧信義，向洪七公下了毒手。在大船起火，即將沉沒的危險時刻，黃蓉聽從郭靖的意見，先將受了傷的洪七公救上小船，然後一轉身，卻只見剛剛還在燃燒的半截大船已經沉沒，在船上和歐陽鋒苦苦扭打纏鬥的郭靖竟然也已不見了蹤影！這一驚可是非同小可，黃蓉霎時間頭腦空洞洞的，既不想什麼，也不感到什麼，似乎天地、世界和自己的身體也都驀然消失，不知去向。她下意識地在水中拼命游動，盼望天可憐見，能夠撞見郭靖，最後終於心力交瘁，暈死過去。醒來後，她想郭靖自幼生長漠北，一點不識水性，後來還是當日自己和他在京東西路襲慶府泰寧軍地界上時，一時興起，在小溪中教會了他。其水性雖然比不喜此道的父親黃藥師好得多了，但若要應付眼下的濤濤海浪，可還是差得遠了。她想靖哥哥必定已葬身魚腹了，那麼自己活著也沒有什麼意味了，於是萌生了放棄生命的念頭，隨即撥出峨嵋鋼刺意欲鑿沉小舢板。正在這時，她忽然看到了俯伏在船底傷得一動也不能動的洪七公，才猛然醒悟，原來自己只顧念著郭靖，竟然把師父給忘了，洪七公待黃蓉十分不錯，要是在平時，黃蓉自然會把師父照顧得很周到，但是一旦郭靖有難，她就完全把師父給忘記了！

黃蓉在感情上的這種傾向，還隨著時間的推移而越來越明顯。這集中表現在她對幾個小輩的態度上——黃蓉婚後，身邊漸漸有了孩子的圍繞——首先是她的大女兒郭芙，然後是喪母失恃的武家兄弟武敦儒和武修文，然後是成了孤兒的楊過，最後是黃蓉的雙胞胎孩子郭襄和郭破虜。

黃蓉對這幾個孩子的態度是很不相同的。

對郭芙，黃蓉就像父親黃藥師對待自己一樣，異常憐惜，事事縱容，把個小姑娘驕縱成一個繡花枕頭，徒有和母親一樣明艷無儔的外表，卻既沒有頭腦，又沒有教養，動不動就闖禍，而且還次次闖的是大禍。從某種程度上講，黃蓉害了她心愛的大女兒，讓郭芙空守著名門之女的身分，卻只不過是一個非常平庸的人，於才於德均無所造就。當然，這件事郭靖也有責任，不能完全怨黃蓉。因爲黃蓉雖然著意護持女兒，郭靖有時看不過眼，就管教幾句。但是郭靖並沒有堅持這樣做——他一來在家事上習慣於順著愛妻，二來他們家在很長時間內都只有郭芙一個孩子，故而也確實十分愛憐她，每當她犯了過錯，要想責打時，只要女兒扮個鬼臉摟著父親的脖子軟語相求，就打不下手了。黃蓉見丈夫這樣，自也就放手去驕縱郭芙了。

但對郭襄和郭破虜姊弟就很不同了。

對於這對誕生於患難之中的兒女，黃蓉自然也是十分疼愛的。不過，因爲有了驕橫跋扈的郭芙爲前車之鑒，郭靖這回在子女教育的問題上已不再有心慈手軟的時候，夫婦倆對他們的管束頗爲嚴厲。黃蓉雖然慈愛，但也不再像撫育長女時那樣，一味地驕縱護短，於是她和郭靖恰好成爲一對嚴父慈母。郭襄有一次闖了禍回來，郭靖責備得很兇，這位二小姐脾氣頗像少女時代的黃蓉，就賭氣不吃飯，做娘的看了心疼，也只暗地裡親自做了幾味小菜送到小女兒房中，哄得她眉開眼笑就完了，並不願也不會爲這事公開頂撞郭靖，給丈夫沒面子。不過，這麼一來，夫婦倆管教女兒的一番用心也就付諸流水了。

至於武氏兄弟，郭靖因與他們的父親有舊誼，才決定把他們接到桃花島撫養的，因此對於黃蓉來說，她主要是按照丈夫的意思辦這件事，作爲這兩個男孩的師母，她既不有意怠慢，也未刻意籠絡，給人的感覺倒更多是像在替郭靖「打工」——因爲不是爲自己做的事情，所以不必太用心；但又因爲是爲此而「拿報酬」的——順了丈夫的心意，就是給黃蓉的報酬——所以也絕不會故意「拆爛污」。

對於楊過，黃蓉的感情就複雜得多了。楊過是楊康和穆念慈的兒子，若僅僅從故人之誼的角度看，他和武氏兄弟沒有什麼兩樣。但是，楊康雖然和郭靖有結義的名分，實際上卻是郭靖和黃蓉的仇人。他貪圖榮華富貴，認賊作父，多行不義，比如郭靖的五位恩師喋血桃花島的命案他就有份。最後惡有惡報，中毒身亡，還落了個屍骨不全的淒慘下場。雖說是楊康罪有應得，但他間接死在黃蓉的手裡總是事實，黃蓉的個性沒有郭靖豁達，便對此一直耿耿於懷，倒成了一塊心病。而那楊過又偏偏長得頗肖其父，令黃蓉極易觸景生情。再加上楊過小小年紀就一個人流落江湖，身上有一些不良習氣，黃蓉看在眼裡，憂在心頭，終於做了一件違背丈夫本意的事，那就是她耍花招將教楊過的任務攬到了自己身上，然後又只教文的，不授武的，最後竟然間接地逼得郭靖把楊過送到重陽宮去學藝。郭靖向來十分講究朋友義氣，爲了義氣他當年甚至可以捨黃蓉而娶華箏，故對此事他當然會覺得不妥，心頭久久不安，而這份不安卻是拜愛妻黃蓉所賜。同時，郭靖像當年的江南六怪和丘處機一樣，因郭楊兩家指腹爲婚的約定一直未曾得到實現而覺得對不起死去的父親郭嘯天，於是他向妻子提出要將郭芙許配給楊過，但黃蓉雖然一向唯恐丈夫不順心如意，這次卻狠心婉言否定了郭靖的提議，讓丈夫的心願落了空。當然這是由於她非常擔心楊過繼承了楊康的壞品行，一旦他知道了父親死亡的眞相後會將黃蓉夫婦和郭家所有的人視作仇敵，並侍機報復。其實，黃蓉擔心的倒並不是她自己的安危，出嫁生女後的她把自己的心分成了兩半，一半給了丈夫，一半給了女兒，她忤逆郭靖允婚的意思，從骨子裡看也是爲郭靖以及郭靖的後代著想。可惜，黃蓉愛得太深了，竟然愛得不僅迷失了自己，而且在某些時候居然還做出了很傻的事，甚至讓人不敢相信那便是絕頂聰明的黃蓉所犯的低級錯誤，而耍花招個別對待楊過就是這些錯誤中的一個。

注：

在「射鵰」三部曲中，有兩處細節較明顯地提到男人對女子足部的注意，這兩處是：

1.在《射鵰英雄傳》第二十五回〈密室療傷〉中，歐陽克恃強凌弱，恣意輕薄穆念慈和程瑤迦，他對楊康說：「小王爺，你喜歡哪個妞兒，憑你先挑！」楊康答道：「歐陽先生，你緊緊抓住這兩個妞兒，讓我來摸摸她們的小腳兒，瞧是哪一個小些，我就挑中她。」

2.在《射鵰英雄傳》第三十五回〈鐵槍廟中〉裡，黃蓉救了柯鎮惡之後，抓了兩個官兵來伺候他。晚上他們在鐵槍廟裡歇息，黃蓉因爲其中一個官兵眼睜睜地看著她洗腳而大光其火，那官兵磕頭求饒：「小的該死，小的見姑娘一雙腳生得……生得好看……」，柯鎮惡聽了心想：「這賊廝鳥死到臨頭，還存色心！」

黃蓉的人生哲學

處事篇

「射鵰」系列小說自成書以後，以其波瀾起伏扣人心弦的情節與郭靖、楊過這兩個雖然在個性上截然不同但同樣令人心折動容的男主人翁形象，成爲金派武俠甚至是整個文學界最受歡迎的小說之一，幾十年來一直爲讀者所津津樂道，一讀再讀樂在其中。而黃蓉更是以她不容置疑的地位成爲金氏武俠中不可磨滅的亮點，甚至她也是整個武俠界的一抹燦爛的彩霞，我們稱其爲武俠世界中的第一女性也不爲過。

事實上在充滿陽剛氣的武俠世界裡，很難有女性人物能達到猶如黃蓉那樣的在書中占有舉足輕重的地位。黃蓉不但是金氏武俠，甚至可以說是整個武俠世界唯一的一個重要性達到甚至是超過男主人翁的傑出女性形象。而同時她又不是一般意義上的能幹得過頭的「女強人」，她不但不招人厭，相反還令讀者們紛紛對其投以青睞，引得無數男兒女人竟相折腰。

也許有人喜歡小龍女，但不喜歡阿朱；有人喜歡阿朱，但不喜歡程靈素；有人喜歡蒙古郡主趙敏，卻不喜歡小龍女；有人喜歡任盈盈，但卻不喜歡溫青青，幾乎每個讀者都有自己一套衡量人的邏輯標準，但幾乎十個讀者就有十個人喜歡黃蓉。爲什麼黃蓉是個特例呢？爲什麼單只有黃蓉會具有如許魅力呢？

不可否認，黃蓉是一個美麗的少女，具有令人眩目的外形，但僅此而已嗎？美麗的女主角很多，難道讀者的青睞僅僅是因爲黃蓉無可爭議地艷絕群芳嗎？其實，正如前文「感情篇」所言，黃蓉在我們的心中，最重要的不是她的美麗，而是她執著的感情！還有，就是她在一系列事件中所表現出的機靈與智慧，是柳暗花明的一次次驚喜，是……。

我們的黃蓉就像那踏水凌波、飄然而至的智慧女神，讓美麗在她永恆的機變、永遠的新鮮伶俐面前成爲替她錦上添花的裝飾品。也許，有一天小龍女心如古井，紅顏也終會老去；也許，有一天任盈盈也只不過是一個事事順從的令狐老夫人，而我們的黃蓉始終在那個黃女俠、在那個郭夫人、在那個三個孩兒的母親之外，保存有只屬於「黃蓉」的一角。不因身分改變、不因歲月的變遷，我們的俏黃蓉在她的內心深處始終有一隅是那個在張家口調皮跳脫的「小叫化」、是那個傲視禮教的「小妖女」、是那個……。

無疑，黃蓉的處事思維、處事方式是與眾不同的，正是這些構成了黃蓉所獨有的魅力，而這魅力超出了傾城的美貌所帶來的剎那間的驚艷，給予了我們更多的東西。單憑外表的皮相是讀不透黃蓉的，而拋開了她的思想她的處事，黃蓉就不再是黃蓉，而只剩下一具美貌的皮囊罷了。要解剖黃蓉，《射鵰英雄傳》和《神鵰俠侶》提供了充分的事跡讓我們來深入她的內心世界。現在，就讓我們再一次閱讀黃蓉，再一次試圖讀懂黃蓉吧！

和許多武俠小說中憂國憂民的主角形象相比，黃蓉顯得相當特殊。在張家口的那個有著白玉一般的頸子名叫黃蓉的小叫化並不具有滿口仁義道德、一心救國救民的偉大形象，相反，「他」兜裡沒錢卻要拿酒樓的饅頭吃，好不容易出了個叫郭靖的冤大頭，「他」還去敲人家竹槓，好酒好菜花了人家許多冤枉銀子不算又奪人所愛，要走了人家心愛的寶馬。這樣一個無賴的小叫化幾乎可以說是人見人憎。相信在黃蓉負氣浪跡天涯的生活裡必然也曾是嘗遍了人世的冷暖，究其原因，人情冷暖、世態炎涼固然是其一，在父親黃藥師乖僻言行的影響下，心情不快導致言行「與眾不同」的小黃蓉自身的行為不討喜更是一個原因。於是，黃蓉的行為更加乖張，她本來就刁鑽的一顆心更加不易被溫暖，所以郭靖的第一次出手相救就蹚了個大釘子。可天下就有這樣的傻子。

張家口的酒樓裡，這個叫郭靖的傻小子賠了黃金輕裘又失了寶馬，似乎是吃虧到了極點，可天下就有這樣奇妙的事，那個機靈一世叫作黃蓉的小丫頭居然因為這一點點感動就輸了一輩子給這個叫郭靖的傻大個。從此以後黃蓉的世界就只圍繞著她的靖哥哥而運轉，她的聰明、她的智慧也都只為了這個人而存在、而運作。以郭靖的木訥似乎很難配得上黃蓉的精靈古怪，可事實上這兩個看似個性完全不同的人居然真的成為了生死不渝的情侶。乍一看這似乎是不可思議，似乎是那個傻小子的運氣太好了

真的只是運氣嗎？是黃蓉獨有的處事思維在發生作用吧！

《射鵰英雄傳》裡黃蓉的機變天下無雙，而她所屬意的郭靖即使不是最笨的一個，卻也絕對與聰明沒有任何牽連。無論是黃藥師、洪七公還是楊康、歐陽克，幾乎沒有一個不是比他聰明上好幾倍的，縱觀「射鵰」三部曲，眾多的人物中唯有受過精神刺激的傻姑是比郭靖還笨的人。但聰明人心中總放著許多事，聰明人總會為許多事操心：洪七公心中有丐幫大業，忙得一輩子沒有娶妻；歐陽鋒

則專情於「天下第一」的名位、專情於《九陰眞經》，最後終於弄得自己發了瘋；黃藥師的聰明才智天下少有人及，但是他也迷戀《九陰眞經》，弄得愛妻阿衡終於因爲那半部《九陰眞經》而香消玉殞；還有，楊康心中念著大金國的榮華富貴，穆念慈的愛戀雖然讓他感動，但終究比不上「小王爺」的尊榮，於是穆念慈注定要遭遇悲劇，楊康本人也難逃厄運；歐陽克雖然對黃蓉死纏爛打，可依他風流的性子，還未成家就滿屋妾侍，再喜歡的新娘也難保以後日久生厭，三妻四妾的，所以，黃蓉絕不能做那種永遠都是在與某人或某物爭奪丈夫的妻子，她要她丈夫的心只由她一人獨占，其它的一切都可以忽略不計。可是，天下的男人雖多，黃蓉眼裡合格的「蕭郎」卻近乎絕跡。以黃蓉的聰明，她很快就發現只有她的靖哥哥心中只有蓉兒一個，只有她的靖哥哥是對她全心全意絕無旁騖的。於是在這種情況下黃蓉的心很快就不是自己的了。至於若干年後，那座叫作「襄陽」的大宋城池占據了郭靖生命中的絕大部分，甚至是他全部的生命，而這卻是黃蓉即使再聰明十倍、百倍也難以預料的。

雖然黃蓉做幫主做得有模有樣，雖然黃蓉守襄陽守得固若金湯，但是我們相信，雖然黃蓉被人們尊稱作黃女俠，而且也無懈可擊地維持了這個角色的光彩，但以黃蓉的個性在她內心深處恐怕還是更喜歡她的靖哥哥在閨房畫眉之際。那麼低低地喚一聲「蓉兒」，那麼的執手相看，至於守襄陽、保大宋，不過是愛屋及烏罷了。

但怎樣才知道這個姓郭的「蕭郎」是眞的對「我」最好，而不是假的呢？

這是黃蓉心底裡的一個大問題。

蠢人往往很容易相信別人，沒心眼地隨便把什麼阿狗阿貓就當作是自己的朋友，結果常常是輕則成了別人笑話的對象，重則損了家財丟了性命；而聰明人懂得狐疑，不輕信別人的程度往往是隨著他們聰明程度的提高而相形提高的，也就是說，聰明與狐疑往往相伴而行。要得到一個聰明人的信任往往是件困難的事，因爲伴隨著願望而來的往往是十分艱巨的考驗。對於黃蓉這麼一個超一流聰明的水晶心肝玻璃人來說，則更是如此。外人不經過「過五關、斬六將」的艱巨歷程是無法進入黃蓉的心底的。黃蓉很難隨便相信一個人的原因，一半是因爲在她假扮小叫化的這一路上嘗遍了事態人情的冷暖炎涼，而另一半則是以她比常人聰明十倍百倍的機靈，往往別人一個念頭還沒轉過，她的小心眼裡已經轉過十個百個念頭了。這種特質固然能令她常常料敵於機先，但有時也會錯把別人的好心當成驢肝肺，把本來單純的事情沒來由地變得複雜，結果上當倒固然不會，可機會倒也錯過了不少。因爲像郭靖這樣木訥得以不變應萬變的人實在是太少了。

所以要走進黃蓉的心裡首先要有接受考驗的勇氣，而與我們聰明俏皮的小黃蓉鬥法還得加上點好運。於是在黃蓉與郭靖的相識相戀中，我們可以清楚地發現郭黃二人從不識到相識、從相識到交心，郭靖曾經歷了一個從懷疑到不疑的考驗階段。

只要我們分析黃蓉初遇郭靖時的種種就會發現，單是黃蓉願意眞心地與郭靖說話，就經歷了這麼四個考驗的步驟：兩人是在張家口的一家酒樓門前邂逅的，當時黃蓉假扮小叫化被店伙計喝罵，而郭靖爲她解圍，此乃第一見。這時黃蓉的表現幾乎足以氣煞所有思維正常的人：這個因爲「饑餓」而偷饅頭的骯髒小叫化居然很不屑地把那個被「他」捏過的饅頭扔了餵狗，同時也就意味著把郭靖的一片好心一起餵了狗。這是黃蓉對郭靖的第一試！不過，當時的目的還不明確，她只是把本想在店伙計身上出的一口惡氣，都傾倒在這個半路上殺出來的「程咬金」身上——就像她的父親黃藥師在《九陰眞經》被偷走之後無端遷怒於無辜的陸乘風等人一樣。如果當時隨便換作了哪位脾氣火爆一點的，恐怕當場就要破口大罵或揮老拳相向了，最不濟也會掉頭走人，哪會再理睬這個不知好歹的骯髒叫化？可我們那位從大漠來的傻大個偏偏不以爲忤，反而很誠懇地請「他」到酒樓吃飯。而我們的小黃蓉也絕，不但不領情，反而又開始了第二試。

這次黃蓉的胃口就不是區區一個饅頭所可以打發的了。她「肆無忌憚」地點了一桌子郭靖聞所未聞的好菜，而且菜冷了就要倒掉重做，「等到幾十盆菜餚重新擺上，那少年只吃了幾筷，就說飽了」。與第一試相比，這次黃蓉是故意拿郭靖這傻小子開刀。花了人家大把的銀子，無非是存心拿人戲耍，說得嚴重點就是挑起事端，所要報的是瞎好心壞了她好事的仇！可誰知這個外表憨憨傻傻的愣頭青居然再一次不動聲色地接受了，神色表情間甚至沒有半點的不樂意。

生長在東海桃花島由生性孤傲乖僻的父親黃藥師撫養長大，在一幫被刺瞎雙眼、刺聾雙耳的奸惡奴僕服侍下長大的黃大姑娘哪見過好客的蒙古人的風采？這下倒是我們的黃姑娘不由地有點傻了。及至等到郭靖既解貂裘又贈黃金，且表現得戀戀不捨時，黃蓉一顆存心作弄的心終於徹徹底底地軟了下來，這才眞正決定了要與他好好結交。於是又和郭靖去了張家口最大的酒樓長慶樓，眞眞正正地開始吃些小點，談些天南地北的事。這次，黃蓉不再存有戲弄之心，只要了四碟精緻小點，一壺龍井，十足一副準備促膝深談的架勢。可若換作隨便哪個心思轉得快一點的人，恐怕會奇怪我們的黃姑娘不是才剛叫了一桌子菜，不是才剛吃飽嗎？這麼一想臉上當然會變色。而這時黃蓉只不過是一個談吐較爲有趣的骯髒小乞丐而已，當然還談不上外貌上的讓人賞心悅目，舉止上的令人舒心快樂了。而以我們黃姑娘的脾氣恐怕郭靖臉上只要有一絲不愉之色就足以使她拂袖掉頭，不顧而去。可偏偏我們的郭大爺已經木訥到了以不變應萬變的程度了，於是在黃蓉這下意識的第三次考試裡，郭靖又安然過關。

事情發展到這種地步，該試的已經試了，似乎一切都雲清風朗了，可偏偏在緊接著的分別中我們的小蓉兒又忍不住來了第四試：一開口就要了郭靖愛逾性命的駿馬——小紅馬，這才算眞正別過。從此以後我們黃姑娘的心裡就有了一個楞小子的影子，縈繞糾纏，無法忘懷。

這場在黃蓉的無意識與有意識中交替進行的考驗相當嚴苛，於是在這之後我們黃姑娘的身分又發生了兩次戲劇性的變化：從一個骯髒的小叫化到美貌的姑娘，再到東邪黃藥師的女兒。雖然作者金庸在小說裡沒有十分明確地交代離島出走的黃蓉為什麼要打扮成骯髒小叫化的樣子，可由推測我們可以想像除了自暴自棄之外，還有一個原因是：黃藥師是當時武林的頂尖高手，江湖上必然會有不少人垂涎桃花島的武功秘笈或者是島藏至寶，如果以黃藥師之女的身分闖蕩江湖，則難保沒有人因為這樣或那樣的目的有意接近她、討好她。而一個骯髒的小叫化相比之下就安全多了，也清淨多了。

黃蓉心裡很清楚，當她還是一個一無所有的小叫化時就對她好的人才是眞正值得信賴和依靠的人，而郭靖正是唯一一個在那時就容忍她的種種刁蠻的人！所以，以後任憑歐陽克如何風流瀟灑，如何痴纏爛打也無法動搖她半分芳心。可是一個骯髒的小叫化到底是比不過一個漂亮的大姑娘的，不但旁人這樣認為，黃蓉自己心裡其實也很清楚。食色，性也。一種天性的東西總是客觀存在，且不以人的意志為轉移。而這時的黃蓉在人海茫茫中浪跡了許多天，終於找到了這麼一個對她「真的好」的人，她已無法想像生命中沒有他將會怎樣。所以當郭靖遭遇美麗的穆念慈，而且表現得那麼見義勇為時，黃蓉幾乎是立刻就把自己變回成一個美貌的姑娘——她不要給郭靖「變心」的機會，因為她已經決定：就是他了！

如果說遇見郭靖之前黃蓉擔心的是別人會因為她是黃藥師的女兒而不懷好意地接近她，而現在她擔心的倒反而是郭靖會不會因為她是黃藥師的女兒而離開她，因為在那些所謂名門正派人的眼裡，她父親是惡盡惡絕的「黃老邪」，而她是黃老邪的女兒，近墨者黑，肯定是個小妖女，所以「他」的師父江南六怪和丘處機等都竭力反對「他」和黃蓉交往。所幸的是她心中的那個「他」並未因她的身分的改變而疏遠她，於是那個一度滯留在她心中拂之不去的影子就一日比一日更深，也一日比一日更加抹不去，最後終於成為了她生命的全部。在這之後，她心甘情願地為他密室療傷、為他運籌帷幄、為他生兒育女、為他操持井臼，從此我們笑傲江湖，視禮教如糞土的黃姑娘就深深陷落在郭靖這傻小子的天羅地網裡，不能掙扎也不願掙扎了。認識郭靖以後的黃蓉義無返顧地踏入了「為伊消得人憔悴，衣帶漸寬終不悔」的境界。

雖然金庸先生在《射鵰英雄傳》中並沒有明確寫出，在黃蓉遇見郭靖之前曾有多少個好男人被她這種一試二試，乃至於三試四試嚇得跑掉，但我們有理由相信，這樣被淘汰的聰明人必然不少。而我們的郭靖仗著待人眞摯外加那麼幾分傻人有傻福，終於不但是獨占花魁，而且得到了一個伴隨終身的智囊，不可謂不說是得了我們金大俠的特別厚愛了。

不光是愛情，在生活的其他方面我們的黃姑娘也體現出這樣一種人生態度：要進入她生活的人必須經過她的重重考驗，只有考驗合格者才能得到她的全部信任。無疑，這樣的安全措施是相當嚴密而且可行的，同時也正因爲這種謹愼，黃蓉的一輩子幾乎都處在一種非常順心的境遇裡。雖然她的人生也曾有過風險，但在她小心聰明的應付中無不立刻就風靜浪止雨過天青。雖然她的武功不如父親和丈夫那樣高超，但憑著她無人能及的機智以及父親和丈夫的呵護，在黃蓉的一生中可以說並未受過什麼苦。雖然曾有過桃花島上郭靖懷疑黃藥師殺了他的五位師父，因而棄她而去的慘痛經歷，但即使在那樣絕望的境地中她也還有一個父親可以依靠。於是，黃蓉的生活中就產生了一塊體驗的空白，導致她無法理解同樣是聰明人卻從小失去了父愛和母愛，失去了同齡人所能享有的快樂，一直生活在一種受人鄙視以至於欺侮的逆境中的楊過的一些想法，無法理解楊過爲什麼甘冒天下之大不諱而執意要娶小龍女爲妻，於是這就造成了黃蓉生命中屈指可數的幾次令人扼腕的失誤。

總之，黃蓉的一生無論是婚姻還是事業都經營得相當成功。她不但維護和光大了江湖第一大幫派——丐幫，還和丈夫郭靖一起守護大宋的軍事重鎮——襄陽，這座小小的城池是宋國的軍事屏障，所以我們甚至可以說黃蓉和她的靖哥哥一起保護了苟安的南宋小朝廷。圍繞著這座城池，可以說黃蓉有意無意地造就了兩個頂天立地的大英雄——郭靖和楊過。

《射鵰英雄傳》剛開篇時郭靖不過是一個武功差勁、不夠英俊、拙於言辭的普通少年男子，而最要命的是他不夠聰明得近乎愚蠢，以至於連教他武藝的師父有時也會對這個不開竅的木頭大覺惱火。如果沒有後面的一連串奇遇，恐怕至死郭靖都只會是一個忠厚有餘，但智謀不僅沒有而且幾乎呈負數的無名小卒。可是人的一生總會隨一些意外的事或意外的人的出現而改變，而對於郭靖來說黃蓉就是他生命中的那個貴人，從此他本該平凡的生命就改變了它原來平平無奇的軌跡。

和許多碌碌一生的人相比，郭靖是幸運的。雖然他本身沒有過人的智慧，可他得到了這世上別人一生都無法得到的珍寶——黃蓉，於是這天下幾乎無人能及的智慧就成了他的了。是黃蓉想方設法讓洪七公教他武功，爲他成爲一個大俠打下不可少的「拳頭」基礎；其後又是因爲黃蓉的緣故他在鐵掌峰得到了《武穆遺書》。可《武穆遺書》雖然精妙，如果沒有一個解人，它也只不過是一件死物，不但起不了什麼作用恐怕反遭其害，而黃蓉就是郭靖命中注定的那個完美的參悟者與引導者，她不僅幫他得到了《武穆遺書》，而且教會了他怎樣使用《武穆遺書》。她還出主意幫他阻止了成吉思汗的兩個兒子朮赤和察合臺的內訌。而當郭靖被成吉思汗封做「那顏」，要他做萬戶長帶兵打仗時，來支援他的那一千名丐幫弟子恐怕也是受了黃蓉的指令而來的吧！而在這之後的軍中智鬥歐陽鋒、攻克撒麻爾罕城以及幾十年的死守襄陽……等等，黃蓉的智慧、黃蓉的機變、黃蓉對愛情的執著，無不在這些樁樁件件中體現著，郭靖的成功就是黃蓉的成功！

郭靖自小不是一個聰明的孩子，他的先天條件應該是屬於較差的那種。論外表，他其貌不揚，斷不可與風度翩翩的小王爺楊康與歐陽公子相提並論；論武功，早在大漠時他遇上區區一個尹志平就束手束腳，到了大都更幾乎是整天被人追著跑，連打抱不平都要反過來被惡人修理；論出身，他父親郭嘯天是江南牛家村的一個獵戶，而母親李萍只是一個不識字的普通村姑；而且，倘若要成為英雄，除了武功必須高明以外，還必須有主見、有自信，但郭靖只是個聽話得要命的乖徒弟，其木訥的個性令他常常在面臨一些棘手的問題時束手無策。於是，黃蓉不得不替他設下巧計找個好師父洪七公，使武功得以突飛猛進，還得勉力幫助他營造自信。

人的潛力是無窮的，只要激起人潛在的能量就可以把不可能的事變成可能。黃蓉非常明白這個道理，而她也總是非常善於激起她那個總以為自己不行的靖哥哥心中的萬丈豪情。比如在決定去王府盜藥前，郭靖認為此去必死無疑，就固執地不讓黃蓉同去，黃蓉又是感動，又是感激，低聲道：「你再體惜我，我可要受不了啦！要是你遇上了危難，難道我獨個兒能活著嗎？」於是「郭靖心中一震，不覺感激、愛惜、狂喜、自憐，諸般激情同時湧上心頭，突然間勇氣百倍，頓覺沙通天、彭連虎等人殊不足畏，天下更無難事」。而在他們成親之後，郭靖成為大俠的許多年裡，黃蓉的激勵仍然起著大作用。比如《神鵰俠侶》第二十一回〈襄陽鏖兵〉這麼寫道：「黃蓉抓住丈夫的手，將他的手背輕輕在自己面頰上摩擦，低聲道：『靖哥哥，咱們這第二個孩子，你給取什麼名字？』郭靖笑道：『你明知我不成，又來取笑我了？』黃蓉道：『你總是說自己不成。靖哥哥，普天下男子中，眞沒第二個勝得過你呢！』這兩句話說得情意深摯，極是懇切。」書中雖然沒有正面描寫郭靖聽了黃蓉這話心裡是怎麼想的，可這個在先一刻還口口聲聲說自己不行的郭大俠確實是沒有一刻猶豫地就立刻觸景生情，為自己即將出生的孩子命名為「郭破虜」了。

一個男人能得到像黃蓉這樣的女人的愛情，這本身就是對他的一種極大的肯定，更何況如果總有這麼一個美麗而又智慧的女人在身邊眞摯地提醒你「你能行」，讚美你「你很能幹」、「你很偉大」，還有哪個男人能不努力奮鬥以期做出番事業來呢！所以黃蓉是郭靖的幸運星，也是他的守護神。我們甚至可以說沒有黃蓉就沒有後來的郭靖，也就是沒有世人眼裡的郭大俠。假如沒有黃蓉，即使郭靖能堅持他的操守，不爲外界的十丈紅塵所惑，能永遠是那個心懷坦蕩的大漠少年，但他的成就最終只不過會是江湖中一個早夭的劍下亡魂，就如武林每天都要吞噬的那些個無名小卒一樣。

黃蓉是每個男人心目中完美的妻子形象：美麗、智慧、能幹、有情趣，總在適當的時候才給予丈夫以建議；同時又深諳收斂之道，從不讓自己的智慧掩蓋了丈夫的鋒芒。雖然郭靖在許多時候都要仰仗妻子替他出主意，但郭靖卻從來沒有一天覺得自己是生活在黃蓉的陰影之下，覺得自己失去了大丈夫的體面和威嚴。可是，遺憾的是，郭靖十分看重的故人之子楊過就沒有他這個「郭伯伯」這麼幸運了。黃蓉對他不但沒有如對丈夫那般的關懷備至，反而常常因爲他是楊康之子的緣故而「另眼相看」，而他們的寶貝女兒郭芙與楊過的不和更是黃蓉與少年楊過關係惡劣的催化劑。雖然楊過最後被逐出桃花島的直接原因是柯鎭惡無法忍受與殺死他結義兄弟的歐陽鋒之義子共處一島，但不可否認先前楊過推大石差點

「壓死」黃蓉的寶貝女兒才是更大的事由，而當年楊康一掌拍在她肩頭從而斃命的事更是黃蓉一直在暗中提防楊過的根本原因。所以當柯鎮惡威脅說：「明兒我回嘉興去。」她才會說：「大師父，這兒是你的家，你何必讓這小子？」以黃蓉的處事原則，雖然她心中對郭靖與楊康的結義之情很不以爲然，但爲了丈夫舒心順意，即使心中再心疼女兒，黃蓉也不會讓自己成爲第一個出言驅逐楊過的人。但柯鎮惡就不同，他是郭靖的大師父，郭靖一向唯師命是從，唯一違背師命的事就是他們的愛情，而且這件事已經過去多年了。我們可以想像當黃蓉聽柯鎮惡說出驅逐楊過的這句話時必然是大大地舒了一口氣，也大大地放了一回心。否則，以黃蓉的機智，要說服柯鎮惡留下楊過在桃花島上也不是一件不可能的事。即使郭靖極度尊敬自己的大師父，不敢說半句忤逆師父的話，但她黃蓉可從來就不是唯唯諾諾的人呀！更何況一件事沒有試過就說不行，也並不是黃蓉一向以來的辦事風格。

黃蓉自始至終擺脫不了楊過是楊康之子、而她又「殺死」了楊康的陰影，在她的心靈深處，總以爲楊過是要來報仇的。那麼，傳授楊過武藝也就是等於把今後殺他們夫婦的利器交到了楊過手裡，這可是對自己一家大大不利的啊！清醒聰慧如黃蓉，總是一開始就看到了每一件事情所可能有的延續和發展，她常常想：「此人聰明才智似不在我之下，如果他爲人和他爹爹一般，再學了武功，將來爲禍不小，不如讓他學文，習了聖賢之書，於己於人都有好處。」於是「《論語》教完，跟著再教《孟子》」，「幾個月過去黃蓉始終不提武功，楊過也就不問」。毫無疑問，黃蓉既不會像她那個大仁大義對任何人都不設防的大俠丈夫那樣恨不得把心都掏出來給楊過，也不會像全眞教的趙志敬那樣虐待楊過，她只是在她的靖哥哥教女兒和武氏兄弟武功的當兒，遮著掩著地只教楊過些「文功」罷了。這樣，既不會傷了夫妻和氣，又防患於未然，兩全其美，很好地體現了黃蓉處事的高明。在這裡，値得一提的是，其實在黃蓉的小心眼裡，作出如此決定的原因首先是她本能地覺得這樣做對她的靖哥哥大有好處，因爲一個手無縛雞之力的文弱書生當然比一個孔武有力的武林高手易於防範多了。這樣消除了將來楊過找他們報仇的隱患，郭家就能夠永遠得到保全了。

其實以郭靖的武功在當時已是罕逢對手了，而女兒郭芙的草包相在這時還未盡露，在黃蓉心目中今後的本領必然也不見得會比楊過差，可爲什麼黃蓉仍會這麼在意楊過，在意到竟然不願盡到做師娘的責任，瞞著丈夫不教楊過武功呢？要知道她是最敬重她的靖哥哥的，巨細事務都務必替他安排妥帖，大小心事也一定要對他言明，爲什麼在栽培楊過的問題上黃蓉竟然不惜欺瞞丈夫呢？追根究底，這是一種爲妻爲母的心態在作怪的緣故。因爲一個女人在少女時代無論曾經怎樣刁蠻任性，言行出格，一旦爲妻爲母，就會煥發出母性的聖潔的光輝，把自己的一切奉獻給她所至愛的丈夫和兒女。同樣，作爲妻子和母親，黃蓉即使明知危險很小，也總希望能把它消彌於無形，希望自己的親人最好不必冒一點點的險、不會受一點點的委屈，於是她就不可能像郭靖所信任和希望的那樣善待楊過了。

這時楊過越不吭聲，黃蓉就越覺得這小子心計深沉，就越不喜歡他、排斥他。在楊過長大成人後，黃蓉的這種排斥心態依然十分強烈，於是我們就不無惋惜地發現，無論楊過做了什麼，黃蓉總能很快把他的作爲往負面導去，總以爲他沒安好心，是有所圖謀的。雖然有時她親眼見到楊過奮不顧身地保護、救助她的家人、甚至她自己，那當兒她或會良心發現，感慨一番，頗深刻地反省一下自己的言行，可過不了多久，只要一旦發生什麼事，黃蓉就彷彿條件反射似的首先就認定是楊過的不是，例如，十六年後，楊過在風陵渡與郭襄偶遇，黃蓉知道了這件事後的第一個反應就是「難道襄兒在風陵渡一日兩夜不歸，已和他做出事來？」，跟著便想：「楊過恨我害死他的父親，恨芙兒斷他手臂，更恨芙兒用毒針打傷小龍女。啊喲，小龍女和他相約十六年後重會，今年正是十六年。楊過是報仇來啦！」她一想到「楊過是報仇來啦」這七個字，就驀地背上感到一陣涼意。

所以無論楊過做了什麼，在黃蓉這個比常人運轉速率快上幾倍乃至於十幾倍的大腦裡，總能很快地挖掘出些陰暗的目的。對於別人黃蓉是覺得越聰明越好，可對於楊過，黃蓉卻覺得他越聰明就越危險，越聰明就越難對付，巴不得他笨些才妙，由此更是對楊過事事提防處處小心。於是無論楊過怎樣做，黃蓉心中的芥蒂始終無法完全去除，頑固地橫亙在兩人之間，令他們無法真真正正像正常的長輩和晚輩一樣地親熱相處。而楊過的聰明僅次於黃蓉，他總是能夠很快地猜透黃蓉心裡的猜疑與顧忌，所以窮一部《神鵰俠侶》，這兩個超級聰明人總是親近不起來；所以在絕情谷小龍女失蹤後，楊過首先想到的就是「此事定與郭夫人日間跟她所說的話有關」，問的第一句話就是：「郭伯母，你日間跟她說了什麼話？」直到楊過勇戰沙場，殺死蒙古的蒙哥皇帝，爲守襄陽立下極大的功勳，黃蓉和楊過之間的芥蒂才完全消失。

也是在這裡，我們可以看到，此時的黃蓉已經從「黃姑娘」變成「郭夫人」，這是一個從天不怕地不怕的「小妖女」蛻變成事事擔憂件件上心的妻子與母親的過程。天不怕地不怕的「小妖女」只要生活過得有趣，喜歡經常冒冒險，調劑調劑，可是作爲一個母親、一個妻子，即使危險再小，卻也是要努力使自己的親人不會以身涉險的。

所以，在《神鵰俠侶》裡，黃蓉之所以頻頻有理由甚至是毫無理由地懷疑楊過，原因並不是黃蓉變笨了，而是做了妻子與母親的黃蓉不得不十二萬分的謹慎小心。再加上在黃藥師的自小薰陶下，黃蓉的性格中本來就有那麼一點唯我獨「重」的成分，而到這時就變成了唯郭靖是重、唯孩子是重，雖然身爲一代大俠之妻、天下第一大幫幫主，黃蓉是不會自己親自出面與後輩爲難的，但楊過想要

「郭伯母」爲他主持公道卻也是不太可能的。尤其在楊過和小龍女的婚事上，黃蓉的表現令楊過非常失望。隨著歲月的流失，黃藥師自小在黃蓉身上所撒下的不羈於禮教的思想因子，已經漸漸地在她身上褪色，而丈夫對她的影響卻隨之日益加重。何況楊過是她丈夫郭靖最在乎的故人之子，在楊過反出全眞教時黃蓉就擔心她的靖哥哥會不會爲這小子氣壞了身子？而如果這件師徒亂倫的婚事成功，她的靖哥哥更不知會多麼難過了！所以一向對楊過不怎麼關心的黃蓉一反常態，不僅相當地關心這件事，而且頻頻爲阻止這件事而努力著。所以楊過與小龍女甘冒天下之大不諱的愛情不僅遭到了普天下恪守禮教者的強烈反對，而且還遭到了普天下最關心愛護楊過的「郭伯伯」的強烈反對，還有本該是普天下最理解楊過的「郭伯母」也同樣強烈反對他們相愛！雖然，偶爾地，黃蓉也會因爲目睹楊過和小龍女的輕憐蜜愛而甜甜地回想起自己少女時代與郭靖相戀的往事，但她還是不由自主地扮演著一個不光彩的阻撓者的角色。在她自己，也許覺得這樣做是爲「過兒」好，爲可愛的龍姑娘好，其實在她的潛意識裡，這樣做的最根本的原因還是爲了郭靖，爲了使她的靖哥哥不傷心失望。

雖然這樣，曾經十分可愛的小黃蓉變得不太招人喜，但這卻是黃蓉處事原則中很重要的一部分。和許多人相比，黃蓉活得相當的眞實，在不該想時她絕不多想。在黃蓉的思維中，對「我」最好的就是值得「我」對他最好的，所以郭靖以及其他家人無疑是最重要的，除此之外什麼正的邪的統統地可以不放在心上。所以無論洪七公待她和郭靖怎樣好，第二次華山論劍時她滿心希望的還是她父親黃藥師或者丈夫郭靖得勝。後來，雖然黃蓉對郭靖作主收下的兩個徒弟都很好，也確實嘗試過改善自己與楊過的關係，也確實一直把枯燥的守城當作是自己的事業在做，但那多是愛「郭」及彼，歸根結底她是爲了郭靖才這樣做的。

無論時光怎樣如梭，把我們的黃蓉由花樣少女催成了人妻人母，可無論她是丘處機和江南六怪口中的那個「小妖女」，或是義守襄陽的郭大俠的妻子「黃女俠」、「黃前幫主」，她的處事標準始終沒有根本性的改變，始終是我們前面所說的，她衡量人主要是看「對『我』怎樣」的標準的延續與發展。之所以說它是延續與發展，是因爲在黃蓉初爲人妻時心裡牽掛的唯有她的靖哥哥，而等到生下郭芙等三個孩子，她的一顆心就分作了兩半，一半給了丈夫，一半給了兒女。在她的心目中，「我」已經是一個比之先前更寬泛的概念，包括了「我」和「我的家人」，而後者更是黃蓉最重視的那個部分，所有可能觸犯到它的人或事黃蓉都必將與之爲敵。所以，黃蓉頻頻誤會楊過也就完全可以理解的了。

總之，黃蓉的一生造就了兩個頂天立地的大英雄——郭靖和楊過，只不過，對於郭靖，她是有心栽花花繁茂；而對於楊過，她卻只是無心插柳柳成蔭。

除了婚姻，黃蓉一生中的第二件大事就是撫育和教育兒女。黃蓉共育有三個孩子，第一個就是在《神鵰俠侶》裡相當招人嫌的郭大姑娘郭芙。黃蓉的智謀天下無雙，郭靖的武功也是天下有數的幾個絕頂高手之一，而在武功之外，他們二人的爲人也受到天下英雄的敬重。可我們的這位郭大小姐卻是草包一個，既沒有學到父母的武功，也沒有學到父母的爲人，卻偏偏又自以爲很了不得。最讓人惱火的是，她只繼承了母親美麗的皮相，卻沒有繼承母親的聰明智慧，是一個標準的繡花枕頭。加上頂著「郭大俠」、「黃幫主」這樣兩頂保護傘，使得旁人總是讓她三分，於是她便經常性地自我陶醉。更麻煩的是她身邊又始終跟著只懂阿諛奉承，一味爭風吃醋的大武和小武，後來終於鑄成了不少大錯，更不得了的是，這位郭大小姐還從來都不知道「反省」兩個字是怎麼寫的，推脫責任的本領倒是一流的好，反正什麼錯誤都是別人犯的，她郭大姑娘就是沒錯。縱觀一部《神鵰俠侶》，郭芙幾乎是從頭闖禍闖到尾。不過，她的運氣不錯，既有父母的庇護，又幸運地找了個既能容忍她的大小姐脾氣，武功又不至於像大武小武兄弟那麼不濟的耶律齊。雖然郭芙不可能像母親那樣當上丐幫幫主，但是也總算托丈夫的洪福坐上了丐幫幫主夫人的寶座，一輩子也還算是頗爲風光地過去了。

而黃蓉與郭靖的另兩個孩子——郭襄與郭破虜就沒有大姐郭芙那麼幸運了。郭破虜是郭家唯一的男孩，但在他的身上我們卻看不到一點未來英雄的氣質，而只能看到諸如「那少年左右爲難，幫了大姊，二姊要惱，幫了二姊，大姊又要生氣，囁嚅著道：『媽媽說的，咱三人一塊兒走，不可失散了。』」的描寫。郭破虜乖則乖矣，可唯唯諾諾的人這一輩子都不會知道外面眞實的世界是怎樣的，也品嘗不到冒險和成功的滋味。所以，郭破虜永遠只可能是媽媽裙襯旁長不大的孩子。三姊弟中唯一較出色的是郭襄，可郭襄的成就與父母或與楊過夫婦相比無疑又相形見絀了。那麼，爲什麼以黃蓉的聰明智慧與郭靖的武功爲人，在教育兒女上居然會如此失敗呢？原因主要有兩方面：在郭靖，是想教但教不了；郭靖的拙言木訥是有名的，自己極爲熟悉的武功訣竅他尙且無法對徒弟講授明白，更何況是抽象的人生道理？更何況郭靖這個全天下人人敬仰的大俠，也實在太忙了，難得他空閑下來，我們也看不到哪一次他是對女兒、兒子或徒弟循循善誘、耐心教導的，有的只是或者要砍芙兒的胳膊賠給楊過，或者疾言厲色地責怪襄兒的膽大妄爲，而且就連這種相對省時省力的責備教育法，他也沒有太多的時間去實施。他總是在想法打退蒙古人的一次次進攻，或是痛苦地思考國計民生的大事情，更要命的是，在他身邊還有一個機變無雙的妻子，這個愛惜兒女的母親總在他責備完了之後設法彌補受委屈的兒女一番，所以郭靖管教一回郭芙，郭芙就頑劣一回，弄得最後變成個無法無天的闖禍精。按說呢，郭芙不成器的教訓是夠深刻的了，對郭襄和郭破虜的栽培應該吸取點經驗教訓了吧！書中描寫：「郭靖夫婦懲於以往對郭芙太過溺愛，以至闖出許多禍來，對郭襄和郭破虜便反其道而行之，自幼即管束得極是嚴厲」，可是，對黃蓉來說，這種嚴厲其實完全是流於形式的。當郭襄被父親責罵後「一怒，索性便不吃飯，一直餓了兩天」，黃蓉就把持不住了，「到第三天上，黃蓉心疼不過，瞞著郭靖，親自下廚煮了六色精緻小菜，又哄又說，才把女兒弄得破涕爲笑」，「這麼一來，夫婦倆教訓女兒的一片苦心、一番功夫，卻又付諸流水了」。

試想，當夫婦二人決定嚴加管束女兒時黃蓉尚且如此，在這之前黃蓉是何等溺愛大女兒郭芙便是可以想見的了。所以與其說是郭芙傷殘了楊過的肢體，還不如說是黃蓉失敗的教育奪走了楊過的手臂。那麼，爲什麼黃蓉這麼聰明絕頂的女子卻在教育子女方面會一再的失敗呢？其實，這是黃藥師的教育方式的一種延續。

黃藥師對於黃蓉的教育是開放式的，而她的絕頂聰明是她能從這種教育方式中受益的必不可少的前提條件。黃藥師生性怪僻，可是憐愛女兒之心卻極強，甚至以他這樣好勝的人，在華山論劍之時還會爲了女兒而對郭靖心存相讓之心。這份對子女的強烈的愛，自然遺傳給了黃蓉。不幸的是，郭芙卻與當年聰明機靈的小黃蓉十分不一樣，這位徒有其表的溫室花朵缺少起碼的判斷能力，更不用說什麼聰明智慧了。於是，過於開放的教育不僅不能使她受益，反而對她有害。在這裡，黃蓉犯了一個致命的錯誤：她在盲目的舐犢情深中沒有顧得上了解清楚自己的教育對象，沒有因材施教，所以她對長女的教育必然將以嚴重的失敗而告終。

另外，在對郭襄與郭破虜的教育中黃蓉又繼續犯錯：首先她的那份過於強烈的愛心仍沒有因為夫婦兩個決定從嚴教子而改變，所以就會經常出現諸如悄悄做了小菜哄女兒的情景。這種暗地裡的行為其實起到了一種反面的效果，使得夫婦倆的嚴厲管教失去了效用。但和姊姊郭芙相比，郭襄已有不少進步，至少，她平等待人的態度就使她比郭芙招人喜愛多了。但郭襄仍是一朵被黃蓉保護得過於嚴密的溫室小花，於是，郭襄在豪爽好客的優點之下還深藏著一個致命的弱點：她對外面的世界一點兒都不設防。

在郭襄的小心眼裡，這世上似乎沒有什麼可稱之為危險的東西，所以在風陵渡她能立馬跟著「大頭鬼叔叔」去看神鵰大俠，在襄陽又很快地和百草仙、人廚子、絕戶手聖因師太他們交上了朋友。雖然她這個樣子比刁蠻跋扈的郭芙可愛多了，但也正是這種性格害得她落在金輪法王手裡，不僅自己差點丟了小命，黃蓉和楊過等人為了救她也付出了相當的艱辛。在郭襄——黃蓉與郭靖最優秀的一個孩子身上，完全看不到黃蓉當年同樣年紀時三試郭靖的機智，或是黃蓉大鬧王府的狡計百出、智謀無窮。說到底，亦不能不說是黃蓉在子女教育上的失敗了。

同時，也因為黃藥師的這種開放的教育方式，使我們有幸在黃蓉的身上發現了不少不被與她同時代的其她婦女所擁有的焦點，而又正是這些影響著黃蓉的處事方式，影響著她對人、對物的態度。甚至，也是因為黃藥師給了她這種獨立思考的權利，同時又教會了她獨立思考的本領，並使她養成了獨立思考的習慣，所以當黃藥師要將她嫁給她不喜歡的歐陽克時，黃蓉的反應是毫不猶豫地反抗到底。而她的擇偶觀點也和普通的女人不一樣，絕對沒有那種門當戶對的世俗愚見。她的處事思維中更有許多為當時的禮教所不容的東西，比如在《射鵰英雄傳》第二十六回〈新盟舊約〉中，當黃蓉得知郭靖不願負了與華箏的前盟時，她居然對父親說：「他要娶別人，那我也嫁別人。他心中只有我一個，那我心中也只有他一個。」雖然在一旁的江南六怪一向也被人認為是夠古怪的，可聽到這樣的話還是立馬獃在一邊了。

在嘯傲王侯、蔑視禮法的黃藥師心裡，男女之間除了兩情相悅以外，其他的都是可以扔在一邊的狗屎，既然他自己是斷不會去在意這些世俗之見，自然也不會教自己的寶貝女兒去懂得這些，而黃蓉自小生活的環境又是一個相當閉塞的海島，伴著她的又是一群又聾又啞的僕人，自然也沒人去告訴她在島外的世界裡被每個大宋的子民們奉為金科玉律的貞操觀念及其它的一些東西。所以一些當時人們認為是和吃飯穿衣一樣必要的觀念，在黃蓉心裡卻也許只不過是堆垃圾。於是當師父洪七公和她談論起女子「被破了身子」的不幸時，黃蓉就好奇地問：「破了處女的身子，是殺了她們嗎？」「是用刀子割去耳朵鼻子嗎？」表現出在這方面的混沌無知，搞得洪七公窘迫異常，只得滿心盼望她不再追問下去。後來，在寶應的祠堂中，楊康害怕穆念慈說出他私放完顏洪烈的事，就誣衊穆念慈說「你落在那人手裡許多天，給他摟也摟過了，抱也抱過了，還能是玉潔冰清麼」，穆念慈氣苦地決裂而去。目睹了這一切的黃蓉不懂穆念慈為什麼會如此生氣，只是心想：「難道一個女人被壞人摟了抱了，就是失了貞節？本來愛她敬她的意中人就要瞧不起她？不再理她？」她想不通其中緣由，只道世事該是如此。

而等到黃蓉長大，能夠自己離開那座她從小生活的海島時，一些東西已經在她的思想裡扎根了，雖然在與郭靖的相處中黃蓉有了一些改變，但若說要把它們從黃蓉的血液裡眞眞正正的清除掉也是不太可能的。雖然黃蓉在嫁給郭靖之後確實是一個好妻子，可畢竟黃蓉並不完全是一個柔柔弱弱、地地道道地爲傳統觀念所讚揚的傳統女性，她的一些處事方式和一些行爲模式也不是我們能以一般人的眼光來衡量的。在黃蓉的身上我們可以看到一種較早的男女平等的先進思想的萌芽。

在黃蓉的處事中最常見到的是她那幾乎是無所不在的智慧，以及幾乎無往不利的智謀。她的經營謀略總在絕處屢屢製造柳暗花明，讓人在閱讀的過程中情趣倍增，令讀者們永遠滿含著期待之情。而她的機變更使她的計謀千變萬化，饒是情節起伏跌宕卻總也領略不盡。應該說黃蓉是很美的，但她那凌駕於美貌之上的機智使她區別於金庸先生筆下其他的女性人物，如果說王語嫣是一副活色生香的美人圖，小龍女是一座冰玉雕琢的聖女像，溫青青是要你費心解開的九連環……那麼黃蓉就是一個實實在在跟你過日子，而且能讓你的平凡生活從此不再那麼平凡的活生生的現實之人！黃蓉的智慧使得她能夠洞悉一切，而她的愛情則又使她簡直令人難以置信地包容了郭靖所有的缺點。也許會有人比黃蓉更美麗，但我們相信，卻不會有人比黃蓉更聰明、更善於處事，同樣，也不會再有比郭靖更有福氣的男人了。

黃蓉的處事智慧造就了一代大俠、守住了邊防要地襄陽，甚至可以說是在相當長的一段時間裡保住了宋皇朝的半壁江山。同時她還延續了丐幫的盛譽，讓丐幫自洪七公之後更加強盛。而黃蓉的截然不同於洪七公的處事方式又使得黃蓉有幸成爲可能是丐幫有史以來第一個既省心又省力的幫主。爲什麼呢？——其中最大的一個訣竅就是她的知人善任！當名動天下的洪七公因爲搞不定丐幫中污衣與淨衣派之爭，只能將他老人家的時間來個對半分時，黃蓉就很快地判斷清楚了四大長老的善惡情況，該降職的就降職，該責罰的就責罰，該委以重任的就委以重任，立刻把四大長老的高下分了個清楚。雖然她並非刻意要解決丐幫內部的污衣淨衣之爭，但確實是非常乾淨利落地解決了這個困擾洪七公多年並極有損於丐幫的大問題。而且事實證明黃蓉的重用魯有腳，也是相當有水準、有眼光的。

在處理丐幫的事情時黃蓉還體現出一種疑者不用、用者不疑的用人觀點。當任用魯有腳時，她充分地給予了他自主處理事情的權力，讓他放手去做，但又將幫主與幫主「助理」的權位界限分得相當清楚。但當傳位給魯有腳時，黃蓉又及時地完全放開了手，給予他作爲一幫之主應該擁有的權利與尊嚴。所以，在與金輪法王爭奪武林盟主之位時，雖然她明知魯有腳的打狗棒法沒有學到家，肯定會敗在霍都手下，但「黃蓉只是暗暗著急，但想到魯有腳新任幫主，他既已出言挑戰，自己便不能再加阻攔，否則既折了魯有腳的威風，又顯得自己的權勢仍在丐幫幫主之上，只有讓他先鬥上一陣再說」。而在魯有腳死後，丐幫的幫主之位傳到了耶律齊之手。應該說這時的黃蓉既是耶律齊的岳母，又是太上幫主，應該更有理由管丐幫的事，可這時黃蓉的選擇卻是完全的不插手。這樣，自己既得了清閑，丐幫也不會因幫主的令不行禁不止而出現問題，眞是兩全其美。當然，接連兩任新幫主的人選本身就很好地體現出了黃蓉的知人善用。

黃蓉還有一些處事的小智慧，讓她在日常生活的一些平凡小事中體現出一份急智，甚至是有些無賴的幽默，使得在她身邊的人絕不會覺得生活是枯燥的。同時也使我們讀者在閱讀過程中增添了不少樂趣，有了不少會心一笑甚至是放聲大笑的機會。

為什麼我們的黃蓉是這樣的一個不一般的女人呢？

我們探究黃蓉的智慧，發現她繼承了父親黃藥師與母親馮阿衡的絕頂聰明，而且得到父親黃藥師十餘年的悉心教誨。雖然《射鵰英雄傳》提到黃蓉學武經常是半途而廢，即使後來得蒙洪七公的傳授，她也是應付應付就算了，但不可否認即使是這樣，黃蓉的武功在江湖上也已少有敵手，更何況在絕大多數時候智慧往往比武功更管用。所以才有俏乞丐戲弄黃河四鬼和三頭蛟侯通海的戲份，才有小黃蓉在嬉笑中鬥敗了侯通海、騙過了彭連虎、僵住了歐陽克，就連武功蓋世的歐陽鋒也吃了她不少苦頭！而洪七公、一燈大師等前輩高人更是因為這丫頭絕倫的慧黠而對她喜愛有加。雖說天外有天，人外有人，強中更有強中手，可看過「射鵰」三部曲的讀者們卻幾乎可以斷定論起智慧還只是唯黃蓉最高。

當然，人世間聰明人並不只黃蓉一個，「射鵰」三部曲中的聰明人不少，而放眼精彩紛呈的武俠世界聰明的更是不只黃蓉一人。但黃蓉的處事智慧卻自有她相當特殊的地方，黃蓉的處事方式留給我們的印象也總是最深。

黃蓉的處事智慧有一個很大的特點，那就是「拿來主義」。應該說單獨一個人的智慧總是有限的，再聰明的人也不可避免有時會出現思維的盲點。正如莊子所說的，「生而有涯，而學也無涯」，即使聰慧如黃藥師、如阿衡也總有一件或若干件事是他們達不到或做得不像別的事那麼好、那麼完美的，而黃蓉處事哲學中的「拿來主義」則使她的智慧很少有眞正枯竭的時候。

在黑沼，黃蓉「拿來」父親的奇門八卦之術鬥敗了瑛姑，終於得到了瑛姑的庇護，更獲得了一燈大師的地址。在去一燈大師處求醫的過程中，他們遭遇了一燈大師的四大弟子「漁樵耕讀」的阻撓，其中在與書生朱子柳的比試中小黃蓉大敗狀元爺靠的也是「拿來」——她先後「拿來」了父親黃藥師所作的對聯「魑魅魍魎，四小鬼各自肚腸」以及黃藥師當初「非湯武，薄周孔」，對聖賢竭盡嘲諷挖苦之能事的一首七絕：「乞丐何曾有二妻？鄰家焉得許多雞？當時尙有周天子，何事紛紛說魏齊？」，把個辛未科的狀元說得啞口無言，只有讓道的份。後來在太湖的漁舟之上她又是唱著從父親那裡「拿來」的前輩詞人朱敦儒所塡的〈水龍吟〉而與她的靖哥哥一起結識了歸雲莊主陸乘風。進了莊後，更用「爹爹教的這首〈小重山〉和書畫之道時」的解說，把那個幾十年來一心想重回黃藥師門下的陸乘風喜得以爲遇上了天下第一知己。等到中年時，黃蓉又「拿來」了孫臏爲田忌與齊王賽馬時「今以君之下駟，與彼上駟；取君上駟，與彼中駟；取君中駟，與彼下駟」的古老計策來鬥金輪法王，如果不是霍都狡滑無賴，本來是應該可以輕鬆得勝的。總之，黃蓉的處事原則第一就是這個「拿」字訣。

當然，拿了現成的資料照搬一下並算不得是什麼難事，相信任何智力正常的普通人都能夠勝任這個傳聲筒的角色。但把現成的東西拿來加以活用，而且用得非常到位，點石成金，化腐朽爲神奇，就是一種不凡的藝術了，自古能者甚少，而黃蓉就是其中的佼佼者。隨著小說情節的展開，這個「活」字訣也在黃蓉的處事哲學中閃現著智慧的火花——在明霞島上，黃蓉活用「父親在桃花島上運木搬岩之術」解救了被巨岩壓得半死不活的歐陽克；在蒙古大軍之中，黃蓉巧用《武穆遺書》裡的「蛇蟠陣」和「虎翼陣」，輕鬆地化解了朮赤與察合台的兄弟鬩牆之變。而在攻打花剌子模和金國，以及今後護守襄陽的幾十年裡，這種活用典籍的本領又不斷在關鍵時刻建立奇功。

應該說在黃蓉生活的南宋時期，隨著印刷術的普及，人們接觸類似《武穆遺書》的前人智慧結集的機會越來越多，比如《孫子兵法》是兵家的必讀之書，幾乎可以說每個帶兵打仗的都會來那麼幾句，可爲什麼仍有不斷將軍在戰場上落敗？別的不說，單講《射鵰英雄傳》裡，《武穆遺書》讀得最多、鑽研的時間最久的不是那個把兵書用得頭頭是道的黃蓉，而是她的那個靖哥哥。若有人以爲這是因爲郭靖本人的智力不行，那麼歐陽鋒的智力怎樣？這個聰明且狡詐的老毒物不也被黃蓉來了個兵法有云：「虛者實之，實者虛之，虛虛實實，人不可測」，弄得個三擒三縱，好不狼狽！

蓋時移勢易，想要照搬兵書上的天時地利人和是一件可遇而不可求的事。兵書是死的，《武穆遺書》、《孫子兵法》再厚、再多也不過幾百頁，至多是幾千幾萬頁，總有個盡頭。而世事如棋，變化起來卻沒個了局。故歷朝歷代能把兵書策略說得頭頭是道的紙上將軍、府裡宰相倒是不少，而眞正能拒敵軍於千里之外的、平天下如取囊中之物的文臣武將就如鳳毛麟角了。而在《射鵰英雄傳》與《神鵰俠侶》中，學過兵書策略的人相信也是不少，可結果無論是西毒歐陽鋒還是趙王完顏洪烈等等，大伙兒紛紛在黃蓉面前不但掄不起大斧，相反還紛紛墜馬蹬。訣竅何在？無他，唯「活」一字耳！

這種活用的本事是一種天賦本領，即使親如父女、母女、夫婦也無法相授，所以饒黃藥師亦是水晶心肝人，也熟諳兵法韜略，但在活用方面卻也非女兒的對手。郭靖即使與黃蓉夫妻幾十載，但在謀略上還是唯妻子馬首是瞻。同樣，任黃蓉百般寵愛她那個刁蠻的大女兒郭芙，但還是沒法將自己的機變割讓半分，只有當郭芙終於嫁到個好老公時，她才能夠爲這個草包女兒鬆上半口氣。至於別人更是只有望塵興嘆的份了。

黃蓉取前人的成法爲己所用，隨時地生出無窮變化，從而使得自己機變無窮。當我們研究黃蓉的種種處事方式時，常常發現她總能在一團亂麻般的事件中很快找到癥結所在，然後抛開次要的，處理主要的，於是一切疑難無不迎刃而解。雖然她處理問題的一些方法在當時所謂的俠義道眼裡難免有離經叛道之嫌，但這些方法卻總是直指問題的要害所在，往往能奏奇功。

黃蓉初識郭靖時，江南六怪和丘處機硬要把穆念慈許配給郭靖，黃蓉的反應是跳進窗去搶了郭靖跳上小紅馬就跑，因為眾人爭的是郭靖，少了郭靖這個大活人，要想逼他和穆念慈拜堂就是絕對不行的了，所謂爭更是無從爭起了。雖然是倉促之間，但癥結抓得不可謂不準，行動亦不可謂不妙，氣得江南六怪與丘處機吹鬍子瞪眼睛，徒喚奈何。當郭靖冤枉黃藥師殺了他的師父而要拋下她時，她所做的不是語無倫次地重複一些郭靖當時已經不可能聽得進去的解釋，而是把所有的疑團都默默地放在心裡，等待眞相終將大白的一天。

除了「拿」字訣和「活」字訣外，黃蓉還有一門黃氏絕學，即「急」字訣——它是黃蓉獨特的處事智慧的表現。那就是她天生具有難得的急智，往往能夠在非常緊急的情況下挽狂瀾於既倒，甚至生死人而肉白骨。更難得的是，在運用「急」字訣時黃蓉很少因急而出錯，這也許是因為她從小就學了奇門八卦之術，又精通算術的緣故吧，其邏輯思維特別縝密，考慮問題也特別周全。雖然在很多時候，黃蓉的大膽決定幾乎是在一瞬間就作出的，但無論如何倉促，她的思維總是相當的嚴密，總能顧及到全局的利益。從前面所說的黃蓉四試郭靖和黃蓉身分的三次改變中，我們都能見到這種縝密思維的痕跡。而後來在絕情谷裡黃蓉機智地救出小女兒郭襄的事例更是她「急」字訣運用成功的一個典型範例。

又如，在瑛姑要來行刺一燈大師時，黃蓉首先假裝聽從一燈大師的話，拉著郭靖佯裝離開，然後卻叫郭靖折回，突然出手點了一燈大師和他師弟的穴道。接著他們又與一燈的四大弟子打了一陣，將四人都逼出一燈所在的房間，反手關上房門，才笑瞇瞇地道：「各位住手，我有話說。」武三通和朱子柳等四人相顧愕然。黃蓉莊容道：「我等深受尊師厚恩，眼見尊師有難，豈能袖手不顧？適才冒犯，實是意圖相救。」於是她說出一番計較，只把四人聽得面面相覷，半晌做聲不得。這是因爲她要安排郭靖假扮一燈大師，而又不知道一燈的師弟天竺僧的武功怎樣，怕說穿了巧計難成，故而如此這般地先試探一番。然後，等瑛姑來尋仇時，黃蓉用事先定下的鬥、勸、拖、詐四個環節，成功地拖延時間，使「漁樵耕讀」四人從容地將郭靖打扮成一燈的模樣，以便讓郭靖代替一燈被瑛姑「殺死」，從而化解瑛姑和一燈之間的多年宿怨。爲了求眞實、求成功，黃蓉甚至連寺中的小沙彌都沒有告之眞相。如果不是一燈大師自己不肯合作，這瞞天過海的計策完全能夠獲得十足的成功。而後來在襄陽圍城之際，霍都前來下戰書，黃蓉大著肚子不願見客，可又討厭霍都狂傲的言辭，就首先在言辭上一挫霍都的銳氣，又用內力黏過了書信二挫霍都的銳氣，再用一壺清茶潑在他身上，讓他以爲是什麼厲害的毒藥，弄得他心神大亂，終於被打狗棒法摔得鼻青臉腫，又被黃蓉隨口胡編的「子午見骨茶」的名號嚇得掉了魂。而更絕的則是黃蓉最後給了他一顆九花玉露丸，由此更堅定了霍都以爲自己中毒的念頭，被黃蓉耍了還兀自慶幸自己遇上了兩國交戰不斬來使的好運，讓他自此心中畏懼著黃蓉和她的「子午見骨茶」，從此再也不敢漠視中原武林，也不敢口出「中原無人」之類的狂言了。應該說這可比單單只是讓霍都驚嚇一場強得多了。

還有，黃蓉與裘千尺打賭，接三枚棗核釘交換楊過性命等等的舉動，都無不體現出這種的縝密思維與「急」字訣的結合，無不閃現著黃蓉獨特處事的風格。也正是這種急智，使得黃蓉在一生中幾乎沒有遇到過眞正的絕境，即使是在黃蓉眞的打算以自己的生命去換取救楊過的解藥的那當兒，她也能在看到郭芙的斷劍頭時，就在霎那間閃出絕處逢生的曙光。當然，黃蓉還集天生無人能及的智慧與上蒼的寵愛於一身，有時她的勝利也確實來自於幾分僥倖，但是運氣只等待有準備的頭腦，黃蓉的這幾分幸運其實也可以算是她處事方面的另一條優點。

另外，在黃蓉的處事原則中我們還可以看到一種從權的變通觀念。而這種事急從權的觀念使黃蓉的處事不拘泥不死守教條，在許多時候絕處逢生，於是，黃蓉少女時代的生活隨之變得相當的精彩。那最早可追溯到孤懸海上的明霞島，其時洪七公身受重傷奄奄一息，而歐陽克則對她虎視眈眈勢在必得，她的武功又大大地不如歐陽克。為了自保，她變著花樣要殺歐陽克，而自認風流瀟灑的歐陽克對她情有獨鍾，一心只想得到她。於是在其中的一次，為了達到殺歐陽克的目的，她就利用了歐陽克的這種心理，主動伸手握住了他的手掌，把個歐陽克喜得「一顆心突突亂跳」，立時變得「神不守舍」。於是她就緊緊把握住這個以她小小的犧牲換得來的機會痛下殺手。由此可見當時宋人極為在意的所謂男女授受不親的觀念在黃蓉的心裡根本沒有半點地位。手給歐陽克握一下就握一下吧，黃蓉心中渾無半分的心理負擔。更何況「事急，從權」也是古訓嘛！

黃蓉的這種從權變通的處事原則閃得最燦爛的莫過於《神鵰俠侶》中黃蓉三授楊過打狗棒法的那一段：一授棒法是在黃蓉傳授魯有腳的時候。當時是郭芙與大武小武對打狗棒法十分好奇，於是郭芙拉著楊過和二武一起去偷看黃蓉傳授魯有腳這套打狗棒法。當即被黃蓉發現了，但她卻未喝破，只是輕描淡寫地告誡了四人幾句。這一次她可以說是無意中讓楊過掌握了打狗棒法的口訣。

緊接其後的是武林盟主的爭奪戰，當楊過將先前洪七公所授的打狗棒法與從黃蓉處偷聽來的口訣湊合著使用而險象環生時，當下黃蓉也顧不得幫規所限，看著楊過和霍都進退攻守的情勢，不住口地出言指點楊過——這二授棒法其實已經是貨眞價實的有意相授了。因爲在黃蓉的心中，打狗棒法的秘訣被不是丐幫弟子更不是丐幫幫主的楊過得窺的損失，總比眼看武林盟主之位被那個怪模怪樣的外邦人金輪法王奪走要好得多了；再加上那打狗棒法雖是除丐幫幫主外不傳別人，但一來楊過已自學會，二來這場比武關係重大，務求必勝，所謂事急從權，當下黃蓉更是心安理得，毫無半分心理負擔。

這之後不久，黃蓉與徒弟、女兒們被金輪法王所迫，困在石陣之中，恰遇楊過前來解圍，黃蓉幾乎是立刻就決定「現下我將棒法中的精微變化一併傳你」。雖說黃蓉有「這棒法我師父傳了你三成，你自個兒偷聽了二成，今日我再傳你二成，餘下三成，就得你憑自己才智去體會領悟，旁人可傳授不來。這一來並非有人全套傳你，二來今日事急，也只好從權」的藉口，但我們可以想像，此時若換做了她的靖哥哥，正所謂被敵人打死事小，違背了恩師的教誨事大，根本連這種念頭都不會泛起，必然是寧願做金輪法王的輪下冤魂也不肯變通一點點的。而若是換成了她的父親黃藥師，恐怕不但不僅會這樣做，而且以楊過這麼對他的胃口脾氣，只怕早在見面之初就將絕學傾囊以授了，何用等到危急之時？同時，以黃藥師的脾氣，恐怕也早把黃蓉的那些勞什子藉口統統踢到八千里外去了。若換作了他們的授業恩師洪七公，在考慮再三之後必然會衍生出以下兩種可能：一是像郭靖這樣，死了老叫化一個不要緊，壞了幫中的規矩就事大了，守著幫規直到最後一口氣；否則恐怕也會像黃藥師看重自己絕學的傳承問題一樣，想到他死後這打狗棒法會不會失傳的問題，再看看眼前這個叫楊過的小傢伙還不錯，倒也會考慮一下事情的可行性。但有一點可以肯定，洪七公首先考慮的必然會是丐幫的興盛，傳與不傳對丐幫的影響將會怎樣，他的出發點不會是單純地爲了個人。尤其更不會找黃蓉的那些似是而非的自我寬慰之辭，在洪七公的概念裡做了就是做了，即使有千百個理由畢竟也是做過了，破壞規矩的責任是無可逃避也不能逃避的。

會說這一大堆解釋話的其實只有成年之後已爲人妻爲人母的俏黃蓉罷了。當然在性命危急關頭誰也無法責備黃蓉的這種做法，事實上萬事人爲本，留得青山在才能有柴燒嘛！這也正體現出了黃蓉在處事上的一種非常個性化的特質，那是黃蓉所獨有的，旁人無法仿效。

若要探究黃蓉這種從權變通觀念的源頭，自然就會追溯到黃藥師的身上。當年在桃花島上黃藥師曾發下誓願，要憑一己的聰明智慧，從下卷而自創上卷的內功基礎，若不練成經中所載武功，便絕不離開桃花島。但當他發現寶貝女兒離家出走時，黃藥師便不再拘泥於自己的誓言，而是立刻打破了十幾年來的常規，離開桃花島踏上了尋找女兒的旅程。所以，毫無疑問，黃蓉的從權變通思想是從父親黃藥師身上繼承而來的，而且在少年黃蓉的身上體現得尤爲淋漓盡致。而黃蓉嫁爲人妻成爲人母後，在她的靖哥哥正統思想的潛移默化中，從權的觀念開始慢慢地淡去。等到中年後，黃蓉身上的這種從權變通的觀念幾乎只出現了兩次：一次是剛才我們所說的授楊過打狗棒法的一節，而另一次則出現在黃蓉與李莫愁比武爭奪女兒的時候。

在《神鵰俠侶》裡李莫愁是一個女魔頭的形象，她爲了愛情的失敗而大開殺戒，曾手刃何老拳師一家二十餘口男女老幼，只因他們與她的情敵何沅君同姓；又曾在沅江之上連毀了六十三家貨棧船行，只因爲他們招牌上帶了一個臭「沅」字——她情敵名字中的字。可當黃蓉發現這個女魔頭居然在生死關頭爲了是讓自己活命還是讓小郭襄活命而稍作猶豫，她就馬上改變了方才定下的主意，沒有堅持殺掉李莫愁爲民除害了，而且當發現在荊籐保護之中的小郭襄居然不見時，更是同意了李莫愁和自己一起去尋找小郭襄的請求。甚至當李莫愁死於火焰之中時，別人都沒有什麼動作，而她卻想起李莫愁畢竟對她的小襄兒有月餘的養育之恩，就合起小郭襄的小手朝火裡拜了幾拜，由此，我們可以看到黃蓉對一個人的看法也是可以變通的，她並沒有因爲李莫愁濫殺無辜就把她對郭襄的愛心也抹殺了，相反，她的思維在這裡倒蹦出了些許少女時從權變通的火花。甚至從讓小郭襄合掌拜李莫愁這樣的細節裡，我們還可以看到黃蓉是相當感激李莫愁對郭襄的照顧的。和許多武俠小說中因太過於恩怨分明，注重快意恩仇，嗜殺鬥狠的主人翁相比，黃蓉的行爲顯得更爲可貴。

從《射鵰英雄傳》到《神鵰俠侶》，隨著情節的發展、年齡的見長，黃蓉考慮問題的方式、處事態度和方法也漸漸發生了變化。我們發現黃蓉在少女時代，她的思想中父親的成分更多一些。因爲父親黃藥師的緣故，在她身上體現著一種魏晉風骨，我行我素，我欲即我求，與天下人何干？思維方式大膽，甚至爲世人所不能理解。而中年的黃蓉則更多地表現出了一種爲他人，尤其是爲自己家裡的人著想的一種較爲寬容的生活態度。簡單點說，就是慣於我行我素的「黃姑娘」變成了習慣爲他人著想的「郭夫人」。

在這種心態的左右下，當武林盟主爭奪戰中魯有腳要出場與霍都比武時，她雖然看出魯有腳不是霍都的對手，也只有暗暗著急。還有，雖然黃蓉對郭靖執意要把她的寶貝芙兒嫁給楊過的想法是非常不贊同的，可當楊過打敗了金輪法王爲中原得回了盟主之位後，郭靖突然在酒席中當眾提出要把女兒嫁給楊過，而楊過執意不肯接受的當兒，雖然黃蓉覺得不妥，但也只是暗怪丈夫心直，不先探聽明白，就在席間開門見山地當眾提出來，枉自踫了個大釘子。她雖然心中不快，但也只是很平和地說：「芙兒年紀還小，婚事何必急急？今日群英聚會，還是商議國家大計要緊。兒女私事，咱們暫且擱下罷。」冠冕堂皇地將這件事搪塞了過去。當時如果不是小龍女天眞不解世事，恐怕這件事就這樣很體面地遮掩過去了。

而這時若依著黃蓉少女時睚眥必報的性格，當眾受到了這樣的侮辱，恐怕不立刻出一口胸中惡氣是絕對不會罷休的，而這時的黃蓉在事後卻是無事人一般。於是，我們可以推想在郭靖作爲大俠的一生中，黃蓉曾爲他打點了多少類似這樣的尷尬事？而在郭靖這個普天下人人敬仰的大俠的冠冕之下，又有著多少黃蓉的智慧在裡頭？

隨著歲月的流逝，隨著黃蓉的爲人妻爲人母，年少時由其父黃藥師灌輸給她的那種「邪氣」越來越少越來越淡，年少時的頑皮與我行我素也漸漸地在相夫教子中磨去了，黃蓉開始爲丈夫爲子女而活著，於是那個但求自己心中平安舒服，不管他人死活的黃蓉黃姑娘不見了，而代之以一個與夫婿同守襄陽的黃蓉黃女俠

——大俠郭靖的妻子、助手和智囊。於是黃藥師最終選擇了離開桃花島，而黃蓉也終於完成了從柯鎮惡他們口中不值分文的「小妖女」淬勵成中國傳統婦女典範的「郭夫人」的全部歷程。

黃蓉的人生哲學

人生觀篇

世界上沒有哪一個人不希望自己能過得幸福快樂，只不過人們對於幸福快樂的認識和理解各有不同，同時他們追求幸福快樂的態度和方法也各有不同。所以，正如一位偉大的俄羅斯作家所言，不幸的家庭各有各的不幸。不過，幸福的家庭或幸福的人卻並不一定如那位大文豪所斷言的是享受著相似的幸福，其實他們並不相似，而是各有各的幸福——包括他或她眼裡幸福的具體內容，以及他或她追求幸福的方法。

本書的女主人翁黃蓉無疑是一個得到了幸福的人。而她之所以能夠得到幸福，除了她的運氣確實很不錯以外，主要的原因是她的人生觀——包括幸福觀、愛情觀、政治觀、家庭觀和女性觀等，無不理智、清醒而務實，使她受益匪淺。總之，她很清醒地認定幸福絕對不會從天上掉下來，幸福只可能來自於自身主動的、努力的爭取！於是，在生活中她總是能夠及時地把握良機，將幸福緊緊地攥在手裡，最後成功地贏得了很少有人能夠得到的一生的幸福喜樂！

因為從小喪母，影響黃蓉人生觀形成的人自然主要是她的父親黃藥師。黃藥師學兼文武，不僅「碧海潮生曲」和「蘭花拂穴手」等自創功夫獨步武林，而且琴棋書畫、醫卜星相、奇門八卦、園林山子等亦無一不精，甚至還涉略農田水利和經濟兵法。還有，桃花島遍植名花異卉，四時景致亦端的是令人神往，故而就連小小的「種花」一項，黃蓉也十分自豪地告訴郭靖「爹爹種花的本事蓋世無雙！」作者在書中還曾藉黃藥師的徒弟馮默風之口評價他有「通天徹地之能」，雖然有些誇張，但也確爲的論。所以，雖然黃藥師在首次華山論劍之時敵不過王重陽，沒有能夠得到天下第一的稱號，但那只是僅僅比試武藝，若論文武全才，則天下第一的位置其實非黃藥師莫屬——黃藥師既然有「通天徹地之能」，自然是一個聰明絕頂的人，這種聰明不僅使他學養豐厚，而且還使他非常善於按照自己的意願安排自己的生活，使自己生活如意。黃蓉也一樣，她渴望幸福，也非常懂得什麼是眞正的幸福，和如何去謀求眞正的幸福。所以，她既浪漫又現實，對自己、對生活，始終保持著清醒的頭腦，始終能夠作出最準確、最合適、對自己最有利的判斷和決定。換言之，她始終能夠使自己得到幸福並且保持幸福的狀態。

首先，黃蓉是一個具有浪漫氣質的人。這無疑是因爲黃藥師頗具雅骨，而黃蓉則酷肖其父。比如海上歷險之後，洪七公身負重傷，靖、蓉二人心事重重。時當盛夏，黃蓉和郭靖漫步於臨安西湖的斷橋邊，湖面上蓮葉田田，紅綃翠蓋，引人入勝。黃蓉曾見湖畔一家小酒肆甚爲雅潔，就提議道：「去喝一杯酒瞧荷花。」——雖然有滿腹心事，但是乾著急沒有任何用處，而美景當前，難得一遇，豈可錯過？這說明黃蓉小小年紀就頗具舉重若輕的大將風範，能成大事。同時她還眞正懂得什麼是美、又眞正懂得怎樣欣賞美，是個有雅趣的人。試想，在那斷橋之畔，展眼望去，西子湖上是「接天蓮葉無窮碧，映日荷花別樣紅」，小几上靜靜的一甌黃籐酒，任你低低款款地啜來，那是怎樣的一番美的享受。清風徐來，漣漪微起，水面清圓、一一風荷舉，這時候閑閑地靠著臨湖的小窗，淺斟低飲，什麼都可以想，什麼都可以不想，任你有滿腹愁緒，也不妨暫時拋卻，姑且先好好受用這無邊的良辰美景吧。也許，那一刻黃蓉的心裡會緩緩掠過大畫家文同的一首題目就叫〈詠蓮〉的五絕：

金紅開似鏡，半綠卷如杯。
水為回風力，清香滿面來。

文同，字與可，北宋大畫家，以擅長畫墨竹而聞名於世。他是赫赫有名的大才子、大文豪蘇東坡的表兄，東坡先生曾寫過一篇〈文與可畫筸簹谷偃竹記〉，記述和讚揚了文同「胸有成竹」的藝術創作思想，然後我們的語言裡就有了「胸有成竹」這個成語。文同的詠物詩詩中有畫，情景交融。他逝世於十一世紀末，和黃蓉生活的年代相差並不太遠，他又是當時知名的藝術家，黃蓉家學淵源，自然會熟悉他的作品。更何況〈詠蓮〉的結句裡有「回風」二字——《楚辭·九章·悲回風》有句云：「悲回風之搖蕙兮，心冤結而內傷」，這時的黃蓉面對西子湖，心有千千結——自己和郭靖的兒女心願未了，最能為這件事出力的師父洪七公又身負重傷，生死未卜，那一刻，剪不斷、理還亂的，是小黃蓉女兒家的萬千心事，真是「心冤結而內傷」啊！

不過，黃蓉更是一個非常現實的人。雖然在遇到郭靖之前，她什麼師法父親黃藥師的做派，從生活情趣到說話口吻，無不唯妙唯肖，真可謂亦步亦趨。但是，以她的聰明，她很清楚自己有一點和父親完全不同，所以最終不可能走跟父親一模一樣的人生之路，那就是——她是女子，而有道是男女有別！在當時那樣的社會氛圍中，一個女子若要過黃藥師那樣離經叛道，天馬行空、神龍見首不見尾的瀟灑日子，是非常難、非常難的，即使做到了，也是必須以付出相當的艱辛爲代價的。對於一個女人來說，「易求無價寶，難得有情郎」，黃蓉需要愛情、渴望愛情，也懂得及時地把握愛情。所以，當郭靖出現在她的生活中時，她幾乎是下意識地、毫不猶豫地迎了上去，去牢牢把握這一輩子只出現一次的眞正的愛的機緣。其實，每一個人的一生之中，都會擁有這樣的一次眞正的愛的機緣，只不過，世界上的絕大多數人都不懂得良機稍縱即逝，應該及時地把握住，或者明知應該當機立斷，但卻坐失良機——他們中有的人是沒有慧眼，不知道良緣正向自己走來，於是竟與之失之交臂；有的人則是雖然知道眼前就有佳緣，但是卻猶豫徬徨，患得患失，以至於與幸福擦肩而過；有的人更是渾渾噩噩，既不知自己的幸福該是怎麼樣的，更不知如何去謀求幸福，一味地將自己的命運交給世俗觀念，聽天由命，實際上是對自己不負責任；還有的人則是得隴望蜀，這山望著那山高，最後就好比寓言裡那個掰玉米棒子的可笑的熊瞎子，入寶山而空手歸，一無所獲，而黃蓉面對郭靖，卻能夠以最敏銳的眼光和最靈敏的直覺迅速作出最正確的判斷，然後勇敢地、義無反顧地，向著愛情、向著幸福，迎上去！她很知道，「有花堪折直須折，莫待無花空折枝」；她也很知道，平平淡淡才是眞。

世界上沒有任何十全十美的事情，愛情也一樣，而且只有稍稍帶點缺憾的愛情才是眞正可以成爲現實的、可以眞實地握在手心裡的，即是能夠得到的最好的情感歸宿，而完美無缺的感情只可能存在於少女玫瑰色的夢幻之中，卻絕對不會發生在現實的時空裡。所以，黃蓉一旦確認郭靖對她是「眞的好」，就下了決心以心相許。她絕對不是不知道郭靖有許多不如人的地方，比如相貌平平，武功低微，更談不上文才出衆，倜儻風流，其家世亦不能望桃花島的項背。雖然自己並不在乎這些表面上的東西，而且相信父親黃藥師也不會拘泥於郎才女貌的庸俗迂腐之見，但是，父親一向看重才情，在六大弟子裡他便最喜歡文武才情最好的曲靈風師兄，可見要說服固執的父親和戰勝強大的社會固有觀念，怕不是僅僅費一番唇舌就可以如願以償的。最要命的是在郭靖這個傻哥哥身上還找不出半根雅骨，他不解風情，更不具清雅絕俗的生活情趣。和他在一起，切磋武藝已是勉勉強強，琴劍相酬、談詩論文、聯句唱和更是完完全全不可能的；自己用心燒了好菜，他也只會和市井屠沽之輩一樣大嚼一番，並不能理會得其中妙趣；若是想耍點兒惡作劇開開心解解悶，這個一本正經的傢伙又定然是左一個「使不得」，右一個「不可以」……總之，和郭靖在一起，簡直會悶死人。但是，郭靖待她確實是眞心的，最初張家口邂逅之時他解裘贈馬的湖海豪情自然不必說了。後來黃蓉中了裘千仞的鐵掌，傷重垂危，求見一燈大師又是極其艱難，郭靖就對黃蓉說：「你的傷若是當眞不治，陰世路上，總是有你靖哥哥陪著就是了。」話雖簡單樸實，但卻比任何甜言蜜語更動人。於是，郭靖的種種不足在他的眞心相待面前無不不堪一擊，於是黃蓉竭盡全力幫助郭靖去爭取雀屏中選。在郭靖和黃藥師互不相讓、劍拔弩張之時，她就軟聲柔氣地求那在她眼裡傻得可愛的靖哥哥說：「你向我爹爹賠個不是，向他磕幾個頭也不打緊，是不是？你若心中不服氣，我加倍磕還你就是了。」也就是說情到深處，黃蓉難以自已，她毅然決然地接受了郭靖的愛，並同時投入自己全部的眞情——而且準備以犧牲此生今後所有的日子裡的浪漫情趣和自由獨立爲前提。

不過，有道是江山易改，本性難移，黃蓉骨子裡由父親多年薰陶出來的雅致的生活格調，並不會因爲她選擇了一個莽漢子爲終身伴侶而在瞬息間就完全消失，在一定的時候，她的雅骨還會偶爾露一露崢嶸，比如對於洪七公，黃蓉自然是十二萬分的尊重，但是在郭靖面前，她卻曾說：「師父只是愛吃愛喝，未必懂得什麼才是好花好木，當眞俗氣得緊。」說明在她的眼裡，有雅趣的父親比師父洪七公更了不起。又比如還是在剛才提到過的那家小酒館中，黃蓉看到一架屏風上題著一首詞，調寄〈風入松〉，就很自然地上前細細賞鑒起來：

一春長費買花錢，日日醉湖邊。玉驄慣識西湖路，驕嘶過沽酒樓前。紅杏香中歌舞，綠楊影裡秋千。

暖風十里麗人天，花壓鬢雲偏。畫船載取香歸去，餘情付湖水湖烟。明日重扶殘醉，來尋陌上花鈿。

這首詞情景婉約，語言流美，據南宋人周密所著的《武林舊事》記載，它是南宋初年的一個太學生俞國寶的「醉筆」，那俞國寶還曾因此詞爲當時的太上皇趙構所稱賞而「解褐」，即得以脫下布衣獲得功名。黃蓉自然是能鑒賞佳作的，當時便脫口讚道：「詞倒是好詞。」但是隨即她又想到目下金甌殘缺，朝廷昏庸腐敗，不思直搗黃龍，眞是「西湖歌舞幾時休」啊！便又感嘆作者錯把杭州作汴州，徒有錦心繡口，卻無半點心肝。不意此話引起了旁邊一個腐儒的不滿，二人爭執起來，郭靖一怒之下將那腐儒頭上腳下地浸入了酒缸。黃蓉信口把那闋《風入松》的兩句改成：「今日端正殘酒，憑君入缸沉醉。」那腐儒仍兀自犯酸：『醉』字仄聲，押不上韻。」黃蓉反應奇快，立即反駁：「『風入松』便押不上，我這首『人入缸』卻押得！」——雖然只是一個小細節，但是卻透露出黃蓉較為深厚的文學修養，以及求雅致、求趣味的生活態度和生活情致。

可惜，和郭靖在一起，黃蓉的這種本可以隨處揮灑的雅趣常常不免有點兒對牛彈琴——比如他們第一次告別洪七公後盪槳於萬頃太湖之上，見一葉扁舟停在湖中，一個漁人坐在船頭垂釣，船尾有個小童。黃蓉指著那漁舟道：「煙波浩淼，一竿獨釣，眞像是一幅水墨山水一般。」郭靖沒有聽懂，就問道：「什麼叫水墨山水？」黃蓉便替他解釋：「那便是只用黑墨、不著顏色的圖畫。」那郭靖放眼但見山青水綠，天藍雲蒼，夕陽橙黃，晚霞桃紅，就只沒有黑墨般的顏色，就茫然地搖了搖頭，不知道黃蓉說的是什麼。試想，黃蓉激賞感嘆眼前美景，卻得不到身邊的郭靖任何回應，該是多麼的無趣而尷尬！所以，漸漸地，她除了家國大事和日常瑣事以外，很少再主動跟郭靖談論類似水墨畫的話題。這是她在接受了郭靖的愛以後，儘可能地克制和改變自己，並理解、體諒和容忍對方的一個重要表現，是很了不起的自我犧牲和奉獻精神的突出表現，頗值得令人敬佩。只不過，這種變化很容易被她周圍的人們和讀者們所忽視，甚至還很徹底地被她自己所忽視。

說到這裡，黃蓉的愛情觀就非常清楚了，那就是「易求無價寶，難得有情郎」！選擇終身伴侶的首要條件是對方必須真心相待，忠誠、誠懇、淳樸，並且絕對的可靠。只要符合這一條，其他方面則不妨忽略或從寬。也就是說，黃蓉擇偶最重對方的真情和品行，其他的一切則都在其次。無數少女夢中多才多藝、翩翩風流、溫言軟語，寶馬輕裘、年少而多金的「顧曲周郎」，黃蓉並非沒有悄悄地放在心坎上溫存過，但那都不過是兒時的夢幻泡影。同時她也知道那樣「完美」的愛情雖然轟轟烈烈，但它可以令人迷狂眩目於一時，卻很難花開不謝；那樣的

「完美」郎君不僅十分難覓，而且未必能夠用情專一，一旦陷了進去，自己也許難免有芳心破碎的一天。所以，黃蓉寧要一個並不瀟灑風流的「獃」女婿，也不要甜言蜜語的俏郎君——只要他能夠始終眞心相待，並且有一副寬厚堅實的肩膀可以讓妻子覺得即使天塌下來他也能擔當。於是，當郭靖驀然出現在黃蓉的生命中時，她便幾乎在一瞬間便認定了這個騎著一匹小紅馬的傻大個就是上蒼爲自己送來的另一半，是獨一無二的屬於她自己的「『紅』馬王子」！

從此，爲了這份愛，黃蓉付出了許多、許多——這就是她愛情觀的第二個重要內容，即她願意爲她愛也愛她的那個人做一切她所能夠做的事。在她和郭靖長長一生的相依相伴中，黃蓉爲郭靖作出的犧牲實在不可謂不少，其中最重要的就是黃蓉造就了一代大俠郭靖。沒有黃蓉就沒有武藝卓犖、名揚天下的大俠郭靖，沒有黃蓉就沒有郭靖一生的功業，沒有黃蓉就沒有郭靖一輩子的幸福喜樂！黃蓉造就郭靖的過程是漫長而艱巨的，從她以妙絕天下的菜餚「交換」洪七公傳授郭靖「降龍十八掌」開始，到牛家村的密室療傷，到冒險盜取《武穆遺書》，再到幫助郭靖立下赫赫軍功，再到助守襄陽……可以說，郭靖之所以能從一介武功低微、汲汲無名的傻小子成長爲一名武學造詣高深，能夠爲民造大福的大俠士，是因爲他幸運地得到了黃蓉的愛和不遺餘力的幫助。其實這也正應了一句俗話，那就是每一個成功男人的背後，都有一個默默奉獻的女人！男人的成功是女人支持和幫助的結果。不僅如此，黃蓉在大事小情上，也竭力使郭靖處處稱心如意。例如，黃蓉和父親黃藥師一樣，十分溺愛驕縱孩子，但小女兒郭襄犯了錯，當著郭靖的面，黃蓉只有在丈夫未曾責怪的前提下，她做母親的才把女兒摟在懷裡恣意地疼她。而在對待楊過的問題上，更可以見出黃蓉對丈夫的拳拳情意。她一開始就覺得楊過這孩子本性不好，並不十分願意撫養他，但她深知郭靖非常看重郭楊兩家的舊誼，就毫不猶豫地遵從夫命將楊過帶上了桃花島；不久，楊過和郭芙等吵架，躲了起來，郭靖遍尋不著，急得連飯也不吃。黃蓉見丈夫煩惱，知道勸他也不會有什麼效果，於是她自己也不用膳，陪郭靖默默地坐了一個晚上，次日天還未亮，就又雙雙出去尋找楊過。不久，楊過在桃花島無法立足，郭靖不得不送他到終南山重陽宮，拜在全眞教門下學藝。後來陰錯陽差，楊過終於在古墓派小龍女的教導下學成了絕世武功。在陸家莊英雄大會上，楊過出人意料地大顯身手，四座皆驚。郭靖與楊過暌違多年，忽然見故人之子劍法如此了得，甚至勝過了當年的自己，心中非常高興，又由此想起了郭家與楊家的累世交情，不由地悲喜交集。黃蓉瞥見丈夫眼眶微紅，嘴角卻帶笑容，就曉得了他的心意，但大庭廣眾之下不好表露什麼，就走過去握住丈夫的右手，暗暗表示理解和欣慰。同樣，她還是爲了郭靖而對楊過說了一番推心置腹的話：「我不傳你武功，本意是爲你好，哪知反累你吃了許多苦頭。你郭伯伯愛我惜我，這份恩情我自然要盡力報答。他對你有個極大的心願，望你將來成爲一個頂天立地的好男兒。我定當盡力助你學好，以成全他的心願。過兒，你也千萬別讓他灰心，好不好？」她感激郭靖對她好，爲了投桃報李，竟然能夠抑制自己固有的對楊過的惡感，如此溫柔誠懇地和楊過交流思想，雖然實際的效果並不甚佳，但黃蓉的自我犧牲精神依然可見一斑。

其實，從另一個角度講，黃蓉的聰明才智普天下罕有敵手，她若全身心地投入某一項事業，定然能夠大放異彩，建立不世的功業。但是，黃蓉對於「天下第一」之類的名號與功名富貴等普天下人頗難拒絕的誘惑都沒有什麼興趣，她只是冷眼旁觀，笑看歐陽鋒等聰明人、一代大宗師爲追求名利而誤盡終身，還有在郭靖眼裡德高望重的號稱天下武學正宗的全眞派諸道士，甚至她的父親黃藥師，一干人等亦不能完全勘破一個「名」字，掙不脫名韁利鎖的深層束縛，影響了生命的總體質量，亦難免「聰明反被聰明誤」之譏。而黃蓉知道自己最想要也最需要的是腳踏實地的現實而又眞切的幸福快樂，比如有情人終成眷屬，比如全家團聚，比如男歡女愛、父慈子孝，又比如快意恩仇，甚至一桌佳餚、一杯好酒、一件稱心的新衣服，還有鬢邊的一朵新樣式的珠花或是情郎採來的連枝鮮花……，都可以牽引起小小的快樂，成爲幸福人生的不可分割的有機組成部分。所以，當黃蓉深深地愛上郭靖以後，她所求的就只是和她的靖哥哥兩情相悅、兩相廝守，除此再無其他。他們的結合很不順利，有一段時間簡直是陷入了絕境，黃蓉心裡淒苦，又無法改變現狀，走出困境，所以她格外珍惜還能夠和郭靖在一起的短暫時光，甚至珍惜到了分秒必爭的地步！

在一燈大師那兒治好了傷以後，她引著郭靖故意涉險，和鐵掌幫的高手們惡鬥了一場……因爲「咱們此刻在一起多一些稀奇古怪的經歷，日後分開了，便多有點事情回想，豈不是好？」然後，黃蓉又整天整天地不睡覺，夜深了還抱膝坐在榻上，找一些無關緊要的話題，和郭靖有一搭沒一搭地閑扯，無論郭靖怎樣勸說，她也不肯休息。向晚投店，她也不吃店裡的飯菜，而是問店家借了菜籃，意欲到鎮上自己買菜做飯。郭靖擔心她的身體剛剛復原，仍然虛弱，受不得辛苦，就勸她：「你累了一天，將就吃些店裡的飯菜算啦。」黃蓉嗔道：「我是做給你吃的，難道你不愛我做的菜麼？」郭靖回答：「那自然愛吃，只是我要你多歇歇，待傷養好了，慢慢再做給我吃不遲。」黃蓉隨口重複郭靖的話：「待我將傷養好了，慢慢再做……」，腦子裡卻馬上想到等自己完全好了，郭靖就得履行諾言，離開她去和華箏成親了，哪裡還有吃他的蓉兒親手做的菜的機會，於是她手臂上挽著菜籃，一隻腳跨在門檻外面，竟然怔怔地獃住了。那郭靖從來不懂得女兒家的心事，自然不明白黃蓉爲什麼會這樣，他還以爲是自己的勸說奏了效，就上前輕輕替黃蓉除下菜籃，又添了一句更戳黃蓉心窩子的話：「是啊，待咱們找到師父，一起吃你做的好菜。」黃蓉獃獃地站立半晌，退回房間和衣躺下，不一會兒，郭靖就以爲她睡著了。其實，郭靖這個傻小子哪裡知道他的蓉兒這會兒芳心其亂如絲，眞是苦澀酸楚，不能訴，亦無從訴。她十分了解郭靖，也十分體諒郭靖，知道他大丈夫言出如山，絕不能反悔，他與華箏的婚事勢在必行，不可阻擋，埋怨他也沒有用。更何況她也不忍心埋怨他，不忍心給他增添任何壓力和痛苦，對她來講，只要知道郭靖心裡是眞正喜歡她的，就足夠了。所以，她唯有竭力作賤自己的身體、疲勞自己的身心，才能使自己暫時忘卻這種無邊的痛苦，從精神的極度壓抑和窒息之中把自己解脫出來。於是，等到店家開出飯來，郭靖來叫她吃飯，她卻從床上一躍而起，笑道：「靖哥哥，咱們不吃這個，你跟我來。」……她在鎮上隨便揀了一家白牆黑門的富裕大戶，闖進去大大胡鬧了一番。郭靖再三催促，她才盡興而歸。回到客店後，黃蓉意猶未盡，又對郭靖說：「我要出去逛逛，你去不去？」郭靖急忙勸止：「蓉兒，你已玩了這麼久，難道還不夠麼？」黃蓉不假思索地回答：「自然不夠。」她頓了一頓，又道：「要你陪著，我才玩得有興致。過幾天你就要離開我啦，去陪那華箏公主，她一定不許你再來見我。和你在一起的日子，過得一天，就少了一天。我一天要當兩天，當三天，當四天來使。這樣的日子我過不夠。靖哥哥，晚間我不肯安睡休息，卻要跟你胡扯瞎談，你現下懂了吧？你不會再勸我了吧？」一番話驚醒了郭靖這個懵懂人，他又是憐，又是愛，想要說些什麼，卻又笨嘴拙舌，囁嚅著說不出來。

其實，借酒澆愁愁更愁，黃蓉是個極聰明的人，何嘗不知道恣意的胡鬧玩笑只能消遣於一時，卻絕不能消愁於一世，她表面上肆意妄爲，但卻又有何人能夠眞正解得她的箇中眞意？又有何人能夠撫慰她的傷痛？……經過愛情路上的諸多磨難，小蓉兒長大了，成熟了，悟得了許多人生的哲理，使她在今後的生活道路上，步子將邁得更穩健、更堅定、更有力。所以，在這一刻，眼見月上柳梢頭，正應人約黃昏後，但黃蓉和心愛的人的分離卻已迫在眉睫。本來似乎應該號啕大哭、自悲遭際的黃蓉卻微微一笑，豁然道：「從前爹爹教了我許多詩詞，都是什麼愁啦、恨啦。我只道他念著我那去世了的媽媽，因此儘愛念這些話。今日才知在世上，歡喜快活原只一忽兒時光，愁苦煩惱才當眞是一輩子的事。」——從此，她將笑對人生所有的坎坷，更加珍視能夠擁有的幸福和快樂，哪怕這幸福和快樂只有一點點、一點點……。

也正因爲黃蓉有了這樣的一份深刻而眞切的人生體悟，她的愛情觀和幸福觀便更加成熟練達，散發著人間世的熱情而親切的氣息。於是，當郭靖終於衝破重重束縛，慨然決定不再恪守和華箏的婚約，願在桃花島陪蓉兒一輩子的時候，黃蓉喜極，兩行清淚爲之潸潸而下，叫道：「我還要什麼？什麼也不要啦！若是再要什麼，老天爺也不容我！」說著她就在花樹下面舞蹈起來。但見她轉頭時金環耀日，起臂處白衣凌風，越舞越急，還不時伸手搖動花樹，樹上花瓣亂落，紅花瓣、白花瓣、黃花瓣、紫花瓣，如一隻隻蝴蝶般繞著她身子飛舞，煞是好看。她舞了一回，又縱身上樹，舞蹈中夾雜著武功身法，眞是喜悅到了極點……。誠然黃蓉正是因爲覺得「若是再要什麼，老天爺也不容我」，所以，當她後來歷盡艱辛，終於嫁爲郭家婦後，她就完全滿足於成爲「郭夫人」的現狀了。作爲「郭夫人」，她竭盡全力相夫教子，無意亦無暇顧及其他。即使是丐幫幫主這個黃蓉的「本職工作」，她也只是掛了個虛銜。好在黃蓉馭下有方，魯有腳等部下忠心耿耿，替她操作了所有的巨細事務。於是在相當長的時間內，黃蓉得以在桃花島輕輕鬆鬆地遙領幫主之職，獨自安安心心地爲妻爲母，相夫教女。總之，黃蓉婚後事務繁雜，精力分散，無論文才武功，最後均沒能達到本來完全可以達到的高峰，令人扼腕嘆息。不過，她本人卻樂此不疲，對這一切甘之如飴。或者說是黃蓉自己心甘情願地選擇了普普通通的家庭人倫之樂，而放棄了本來對她來講唾手可得的不世之功業。因爲，在她看來，名利的顛峰未必是幸福的極至，相反，倒可能是痛苦的淵藪。所以，她輕而易舉地勘破了常人很難掙脫的名韁利鎖，而選擇了眞正雋永而且永恆的天倫之樂。關於自己的這種想法，黃蓉還曾經借用北宋愛國志士范仲淹的詞作將之委婉地告訴郭靖。

那是在丐幫軒轅臺大會前夕，黃蓉和郭靖到了岳州，慕名逕往岳陽樓而去。在岳陽樓上，他們但見洞庭湖一碧萬頃，浩浩蕩蕩，四周群山拱列，端的是縹緲崢嶸，巍巍乎大觀，比之於往日所見的太湖煙波，又是另一番景象。故而雖然湖南菜餚辣得不合他們的口味，但卻也豪氣頓生，心曠神怡。郭靖隨黃蓉環顧四壁題詠，他發現自己喜歡范仲淹的〈岳陽樓記〉，當看到「先天下之憂而憂，後天下之樂而樂」兩句時，不禁高聲讀了出來。於是黃蓉便告訴他：「做這篇文章的范文正公，當年威震西夏，文才武略，可說得上並世無雙。」郭靖聽她說范仲淹幼年家貧、父親早逝、母親改嫁的種種苦況，不禁頗有些感同身受；等聽到范仲淹發達富貴之後依然異常儉樸，處處爲百姓著想，又不禁肅然起敬，慨然道：「『先天下之憂而憂，後天下之樂而樂』，大英雄大豪傑固當如此胸懷！」言語之中對〈岳陽樓記〉激賞倍至。不過，黃蓉和郭靖不一樣，她更欣賞范仲淹的另二篇作品，其一是〈剔銀燈〉詞：

昨夜因看蜀志。笑曹操、孫權、劉備。用盡機關，徒勞心力，只得三分天地。屈指細尋思，爭如共、劉伶一醉。

人世都無百歲。少癡騃、老成尫悴，只有中間，些子少年，忍把浮名牽繫。一品與千金，問白髮、如何迴避？

黃蓉將該詞的下片念給郭靖聽，又解釋說詞句的意思是勸人別把大好時光盡用在求名、升官、發財上面，這實際上也是她的女兒自道，表明了她不慕名利的人生觀。緊接著，她又念了范仲淹另一首詞〈蘇幕遮〉的片段，詞作全文如下：

碧雲天，黃葉地，秋色連波，波上寒煙翠。山映斜陽天接水，芳草無情，更在斜陽外。

黯鄉魂，追旅思，夜夜除非，好夢留人睡。明月樓高休獨倚，酒入愁腸，化作相思淚。

當日在岳陽樓上，黃蓉低低吟道：「酒入愁腸，化作相思淚。」又隨之而發感慨：「大英雄、大豪傑，也不是無情之人呢！」可見，在黃蓉看來，無情未必眞豪傑，她希望郭靖能夠像范仲淹一樣，「胸中有十萬甲兵」，既爲國效力，建功立業，又有情有義，永遠是她的萬金不易的「有情郎」。

說到這裡，我們不妨稍稍回憶一下黃蓉最初當上丐幫幫主時的情景：當日，洪七公被歐陽鋒恩將仇報，中掌傷重，幾至不治，又被困在孤懸海上的無名小島之上，無法回歸中土。他作爲丐幫第十八代幫主，必須恪守職責，所以其當務之急就是指定繼承人。可是，那時他的身邊有且僅有新收的徒弟黃蓉一個人可以託付重任，於是他別無選擇地決定將幫主之位傳給黃蓉。洪七公是這樣對黃蓉說的：「孩子，師父迫不得已，想求你做一件十分艱難、大違你本性之事，你能不能擔當？」丐幫乃天下第一大幫，幫主之位自然十分尊崇，但是它同時也意味著肩上要挑一副事多且繁的千斤重擔，洪七公深知黃蓉生性跳蕩不羈，雖然從小的學習條件十分優越，但是也只是學了點父親黃藥師淵博學問中的皮毛。當黃藥師決定將傻姑帶在身邊，並將曲靈風想學而沒有能學到的所有學問傾囊相授的時候，黃蓉就伸了伸舌頭，心裡嘀咕：「爹爹這番苦頭可要吃得大了。」若是換了黃蓉自己，大概是不太會願意接手如此麻煩的事情的。而她之所以拜在洪七公門下，其主要原因也其實是由千方百計促成郭靖拜師而引起的，倒並不是她自己想學名聞天下的「北丐」的武功絕學。故而，洪七公即使以師父之尊，要求黃蓉做頗爲費力的「照顧我的徒子徒孫」之事，也還得用一個「求」字！可見黃蓉委實是不太樂意做十分費勁費力的事！別人若要讓黃蓉做這種事情，那就更難了。但是，對於郭靖來說，事情就完全不同了。郭靖當初在張家口解裘贈馬、悉心體惜「黃賢弟」的一番豪舉就是以一個「眞」字舉重若輕地贏得了黃蓉的芳心，令這個跳蕩不羈的小精靈心甘情願地從此做起了他的賢內助。在這之後，黃蓉便以一生的時間精力和所有的智慧耐心細緻地替郭靖打點一切，幫助他成才、成功，幫助他做一切事情，包括悉心教導兩個資質平平的徒弟武敦儒和武修文，其愛的奉獻不可謂不多、亦不可謂不深。其實，這也就說明黃蓉眼裡的人生是需要付出的，即需要犧牲和奉獻，而沒有犧牲和奉獻的人生是稱不上充實，也稱不上美麗的——自我犧牲和無私奉獻的精神是中華民族婦女的傳統美德，而黃蓉正是具有如此美德的一個傳統型的好女子！

當然，黃蓉絕不僅僅是一個只知兒女情長的小女子，她和郭靖等大俠士一樣，具有十分樸素而高尚的愛國情操和報國的胸懷。比如在杭州西湖邊的那個小酒館中，黃蓉和郭靖之所以會與素不相識的腐儒起了爭執，乃至大打出手，就是因爲他們二人都熱愛國家、熱愛民族，聽不得有人爲醉生夢死者歌功頌德。又比如在襄陽告急之時，大武和小武兩兄弟爲了郭芙擅闖蒙古軍營，害得郭靖爲救他們而身負重傷，然後他們二人又爲了郭芙而到襄陽城外自相殘殺。郭芙闖了大禍沒有法子解決，只得回來向母親求救。黃蓉聽了，恨恨地道：「眼前千頭萬緒，這些事我也理不了。他們愛鬧，由得他們鬧去罷。」郭芙不解，照例撒嬌，摟著母親的脖子又問：「媽，若是二人中間有了損傷，那怎生是好？」一向十分驕寵女兒的黃蓉這時候卻發怒道：「他們若是殺敵受傷，才要咱們牽掛。他們同胞手足，自己打自己，死了才是活該。」這說明黃蓉十分看重氣節，即使是自己從小一手養大的愛徒，若不識大體，在她眼裡一樣是得不到重視的。還有，十餘年後，她的小女兒郭襄不辭而別，黃蓉心急如焚，急著要出去尋找。不過，她是在確認蒙古大軍並無即行南攻的跡象的前提下才離開襄陽城的。也就是說，在愛女和國事之間，黃蓉和郭靖一樣，是毫不猶豫地選擇後者的。

不過，黃蓉的愛國情懷和郭靖等人在具體表現上卻有著些許的不同。在黃蓉看來，一個連祖國和民族大義都不顧的人是分文不值的，比如楊康，雖然才貌雙全，但是他認賊作父，出賣故國，為虎作倀，所以死有餘辜，根本不值得同情和憐憫，更不值得懷念；而且有其父則必有其子，他的兒子楊過自然本性不好，也不值得悉心教導。但是郭靖則忠厚待人，始終將郭楊兩家兩代人的結義之情放在心上，對楊康的早死亦懷著惋惜之情，還欲竭力栽培楊過，以彌補其父親的過失。又如裘千仞，他雖然武功奇高，但品行不端，乃披著人皮的賣國惡狼，所以，黃蓉覺得人人得而誅之，絕對沒有必要為他多費精神和唇舌，於是她直截了當地命令武藝更強的周伯通去殺裘千仞，以絕後患！而絕不像入了空門的一燈大師那樣，最後還勉力去除裘千仞的心魔，以極大的代價幫助裘千仞重新做人。

小說中有一個細節很能說明黃蓉和郭靖在愛國觀念上的細微差異：黃蓉曾與郭靖二人泛舟太湖，四望空闊，眞是莫知是天地之在湖海，抑或是湖海之在天地！黃蓉不禁大發思古之幽情，感慨道：「從前范大夫載西施泛於五湖，眞是聰明，老死在這裡，豈不強於做那勞什子的官麼？」郭靖不知道范大夫是何許人也，黃蓉就給他講了一遍范蠡襄助越王勾踐報仇復國，最後功成身退，偕愛侶西施退隱太湖的故事，又講了范蠡的同僚文種最終是怎麼樣被勾踐所殺，還有吳國忠心耿耿的老臣伍子胥又是怎麼樣死在吳王夫差的手裡。郭靖聽了這段歷史上著名的典故後，也發了一回議論：「范蠡當然聰明，但像伍子胥和文種那樣，到死還是爲國盡忠，那是更加不易了。」換言之，靖、蓉二人一個願做文種，以忠義說本，即使知其不可爲也必須爲之；一個則欣賞急流勇退的范蠡。黃蓉認爲郭靖的觀點可以用孔老夫子的一句話來概括：「國有道，不變塞焉，強者矯；國無道，至死不變，強者矯。」郭靖聽得頻頻點頭，只恨自己讀書太少，不能領會精深的聖賢之道。但是黃蓉卻用父親黃藥師的口頭禪含蓄地表明了她對郭靖看法的不敢苟同：「我爹爹常說，大聖人的話，有許多是全然不通的。我見爹爹讀書之時常說：『不對，不對，胡說八道，豈有此理！』有時說：『大聖人，放狗屁！』」也正因爲他們之間存在著這樣的差異，所以後來談論襄陽城是否守得住時，黃蓉最先的想法是若守得住則最好，若守不住的話則不妨騎上神駿無比的小紅馬全身而退，反正已經爲國爲民盡了全力了，於心無愧；但是郭靖卻認爲無論成功還是失敗，都必須與襄陽城共存亡！他們別無選擇！

在這一點上，郭靖對黃蓉的影響甚巨，或者說，在這個問題上，黃蓉爲了報答郭靖對自己的愛護與憐惜，作出了非常大的讓步，表現出極大的犧牲和奉獻精神。諸位看官一定記得，隨著戰事的推進，襄陽城的失陷逐漸成爲定局，只是時間問題而已。義守襄陽多年的郭靖和黃蓉自然免不了常常討論守城之事，到了最後其實已沒有實質性的東西可以談論，而只能從氣節方面考慮眼前之事了，於是他們想起了襄陽的兩位先哲——三國時的蜀國賢相諸葛亮和盛唐愛國大詩人杜甫。在小說裡，作者金庸巧妙地用側筆將黃蓉當時對於這個問題的看法告訴了讀者：

當時楊過也在襄陽，郭靖與他並騎出城，途中郭靖領著楊過豪邁地揚鞭吟誦杜甫的名作〈潼關吏〉中的名句，全詩如下：

士卒何草草，築城潼關道。
大城鐵不如，小城萬丈餘。
借問潼關吏，「修關還備胡？」
要我下馬行，為我指山隅：
「連雲列戰格，飛鳥不能踰。
胡來但自守，豈復憂西都？
丈人視要處，窄狹容單車。
艱難奮長戟，萬古用一夫。」
「哀哉桃林戰，百萬化為魚。
請囑防關將，慎勿學哥舒！」

這首作品是詩聖杜甫著名的組詩「三吏」、「三別」中的第三篇，表現了邊防將士的昂揚鬥志和對昏庸腐敗的朝政的揭露、指責，其題旨正好契合郭靖和黃蓉當時助守襄陽的形勢和心境，郭靖慷慨激昂地朗誦此詩，正是恰如其分地反映了他當時、當地的所思所想。尤其是「艱難奮長戟，萬古用一夫」一聯格外精謹突出，塑造了戰神式的英雄形象，反過來亦正好凸顯了郭靖的俠義風範和氣概。不過，郭靖乃一介莽夫，識字尚且有限，當日在鐵掌峰上朗讀岳飛的〈五嶽祠盟記〉雖說也讀得慷慨激昂，但卻讀錯了好幾個字，更遑論熟諳詩詞了，所以，這首詩自然是黃蓉特地選出來念給丈夫聽的……郭靖告訴楊過：「前幾日你郭伯母和我談論襄陽城守，想到了杜甫這首詩。她寫了出來給我看。我很愛這詩，只是記性不好，讀了幾十遍，也只記下這幾句。你想中國文士人人都會做詩，但千古只推杜甫第一，自是因爲他憂國愛民之故」「經書文章，我是一點也不懂，但想人生在世，便是做個販夫走卒，只要有爲國爲民之心，那就是眞好漢、眞豪傑了。」

楊過聞言，亦不由地激情澎湃，他又問道：「郭伯伯，你說襄陽守得住嗎？」

郭靖沉吟良久，答道：「襄陽古往今來最了不起的人物自然是諸葛亮……諸葛亮治國安民的才略，我們粗人也懂不了。他曾說只知道『鞠躬盡瘁，死而後已』，至於最後成功失敗，他也看不透了。我與你郭伯母談論襄陽守得住、守不住，談到後來，也總只是『鞠躬盡瘁，死而後已』這八個字。」

好一個「也總只是『鞠躬盡瘁，死而後已』這八個字」！這說明到了人生成熟的秋季，在愛國報國這件大事上，黃蓉與郭靖完全取得了一致的意見，二人同進退、共患難，最終雙雙成爲「俠之大者」！

這也就是說，這時候的黃蓉在思想上已經和丈夫取得完全的一致，準備「殺身成仁、捨生取義」，準備與襄陽城共存亡！而父親黃藥師所選擇的琴簫拳劍、浪跡天涯的生活方式雖然如同閑雲野鶴，自由閑適，富於詩意，但卻被作爲「郭夫人」的黃蓉所不取。而且不僅她自己準備和郭靖一樣捨生取義，對子姪輩她也是同樣的要求。例如對楊過，黃蓉本能地不願十分地親近他，但她卻仍然與郭靖一樣對楊過寄予厚望。敵人大舉來犯時，黃蓉懇求小龍女與楊過爲己方出力，還說：「此後你二人如能爲國效力，爲民禦敵，那自然最好，否則便在深山中避世隱居，我也是一般感激。」說明像小龍女那樣只知有己，不知有國的生活方式，黃蓉是頗有微詞，不甚贊成的。在人到中年的黃蓉的心目中，第一流的英雄豪傑應該是能夠「爲國效力，爲民禦敵」的，而隱居深山雖然是不願和裘千仞、楊康之流同流合污的明確表示，但置身事外卻未免有些自私，作爲一種生活方式，它並不足取。

也正因如此，當襄陽危急之時，郭靖愛惜即將臨盆的妻子，欲將她藏於自己的身後，但是黃蓉卻馬上低聲而又堅決地提醒他：「靖哥哥，是襄陽城要緊，還是你我的情愛要緊？是你的身子要緊，還是我的身子要緊？」她在關鍵時刻十分主動地把國事放在了家事之前，置自己的安危於不顧，及時提醒丈夫要以國事爲重！這說明她早就放棄了在大事不可爲之際乘小紅馬全身而退，後半生逍遙林下，置身事外的原有想法，自覺地按照丈夫的意願行事。這不僅感動了對少女時代的黃蓉十分了解的諸位讀者，而且還感動了書中的另一個重要人物——楊過。當時，楊過眼見他們夫妻倆相互情義深重，然而臨到危難之際，則處處以國事爲先。但是他自己卻不忘父仇私怨、念念不忘與小龍女兩人的兒女情愛，幾時有一分想到國家大事?有一分想到天下百姓的疾苦?相形之下，眞是卑鄙極了。於是楊過徹底放棄了殺害郭靖和黃蓉，報父仇、換解藥的固有念頭，反過來竭盡全力襄助郭靖守城。雖然，這主要是楊過血液中固有的愛國觀念在起作用，但是黃蓉從小對他「殺身成仁、捨生取義」的言教和當時當地「國事爲重」的身教，也是促成楊過行俠向善的重要因素。換言之，楊過之所以最終能夠成長爲一代大俠，得到眾百姓的愛戴，黃蓉不僅無過，而且還有功——雖然這份功勞並不是她有意爲之的結果。

在這裡，我們不妨再大略地從頭回憶一遍——郭靖和黃蓉兩人的愛國義舉大概最早是從在完顏洪烈的趙王府裡無意中聽到《武穆遺書》的秘密後開始的——從知道完顏洪烈盜書的陰謀，到臨安皇宮裡拼死阻止金狗盜書，再到牛家村密室得畫、江南西路界內長嶺遇雨揭開《武穆遺書》所藏方位之謎，然後勇闖鐵掌幫巢穴，取得寶書，終於未讓這民族至寶落入覬覦我大好河山的外邦侵略者之手，使金人的陰謀未能得逞!再到應用《武穆遺書》行軍打仗、鎭守城池，既告慰了岳飛的忠魂，又遂了宋國百姓的心願。圍繞一部《武穆遺書》，他們的愛國熱情得到了很好的表現，他們的愛國壯舉也得到了充分的展現，雖然他們最後沒有能夠如願以償地守住襄陽，結局慘烈，但其人卻是高山仰止，流芳後世。

在助守襄陽之前，郭靖和黃蓉對於國家和民族的觀念基本上是統一的，否則他們二人的愛情也就沒有了最根本的思想基礎。不過，因爲郭靖的迂拙，他們二人在決定具體的辦事方針和方法上總是由黃蓉拿主意的，有時候在行動上倒是黃蓉更顯得自覺和主動，比如他們在岳州戰勝了楊康之後，黃蓉將幫務交托給了魯有腳，自己逕往湘西鐵掌峰而去。到了鐵掌山下，黃蓉問清了上山路徑，就道：「靖哥哥，走罷。」郭靖見天色已晚，就阻止道：「此去不過六十餘里，小紅馬片刻即至，咱們白日上去拜山爲是。」黃蓉不由笑道：「拜什麼山？去盜書。」郭靖聽了，叫道：「是啊！我眞傻，想不到這節。」其實盜書本是郭靖的「固所願也」，其迫切程度只怕要大大強過黃蓉，但是他生性欠聰慧，對於如何具體地實施盜書，卻是不甚了了。而黃蓉深知他的心意，便刻意籌劃，幫助他得遂夙願。縱觀全書，這樣的例子不勝枚舉。事實上，久而久之，他們養成了習慣，郭靖用力，黃蓉用智，靖、蓉聯手取得成功已經成爲他們固定的行事模式。而且在這個過程中，絕大多數情況下是黃蓉為了郭靖能夠得遂所願而殫精竭慮地運籌帷幄，換言之也就是在黃蓉的人生詞典裡有一個必須遵循的八字詞條，即「投之以桃，報之以李」。無疑，對黃蓉來說，知恩圖報是人生在世的一條重要的處事原則，當年一燈大師以自己五年之內武功全失的巨大代價救了黃蓉一命，黃蓉感激莫名。她雖然平時在父親和師父面前從來沒有一點小輩的規矩，這時卻盈盈下拜，對一燈說：「伯伯救命之德，姪女不敢有一時一刻忘記。」拜別一燈下山後，黃蓉心中記念大師的深恩厚意，又一次情不自禁地躬身下拜，表達滿溢的謝意。所以，郭靖對黃蓉無與倫比的愛護和憐惜，黃蓉更是不可能不盡力圖報的。在他們舉案齊眉、相濡以沫的幾十載婚姻歷程中，黃蓉千方百計地幫助郭靖實現各種大大小小的願望，讓他生活得舒心適意、幸福快樂。同時，反過來，只要郭靖覺得幸福快樂了，黃蓉自己也就覺得同樣的幸福快樂了。因為，自從她愛上郭靖，更準確地講是自從她接受了郭靖的愛，她的幸福和快樂就等同並取決於郭靖了，有且僅有在郭靖感到幸福快樂的條件下，黃蓉才會感到幸福快樂，反之，黃蓉就無幸福快樂可言。所以，她就用她所有的智慧去為郭靖、同時也是為自己謀求人生的幸福！

這也就是說，在愛國的觀念上，黃蓉和郭靖雖然有著細微的區別，但一旦體現在行動上，就沒有什麼大的不同了。還是拿盜取《武穆遺書》的事來說吧：它對於郭靖來講，是必須做而且必須做成功的大事——只是爲國家和民族的利益而做；它對於黃蓉來講，也是必須做而且必須做成功的事——不僅爲國家和民族的利益而做，而且也是爲郭靖而做，爲自己而做。所以他們就同心協力地去做，而且做成功了。又如郭靖在成吉思汗軍中效力時，靠著黃蓉的幫助終於破城立功，他覺得自己爲正義事業做了一件漂亮事，心裡非常高興。不過黃蓉並不像郭靖那樣關心蒙古軍的成敗，她見到大功告成，雖然也不由地心花怒放，但她的高興與郭靖的高興具體內容卻是大大的不同。當時她尋思：「成吉思汗破城與否，原本與我無關。但若靖哥哥能聽我言語，倒可趁機了結一件大事。」於是她就教郭靖去向成吉思汗辭婚，以便去掉郭靖與華箏的婚約，這個他們愛情道路上的巨大障礙，最終得遂兒女心願。

當然，他們之間的區別也不是不會在行動上表現出來，不過，顯然這種細微的區別只有在危急關頭才會有明顯的表現，換言之，它在郭靖和黃蓉助守襄陽之前並不十分明顯。直到在助守襄陽的過程中，由於形勢的變化，他們之間的區別才較明顯地表現了出來。而衝突的結果自然又如上文所述，是黃蓉作出無條件的讓步——在愛與被愛的前提下。若換了黃藥師，襄陽失守之時是絕對不會選擇與城池共存亡的。亡國之時，黃藥師雖然肯定會仰天長嘯、涕淚長流，但是他絕對不會選擇殉國而死。他會留著有用之軀繼續自己豐富多彩的人生，同時也繼續爲老百姓做一些類似「路見不平，拔刀相助」的好事。所以，作爲父親，針對父女間的分歧，黃藥師曾這樣評價他的女兒：「我這寶貝女兒就只向著丈夫，嘿嘿，『出嫁從夫』，三從四德，好了不起！」

其實，黃蓉因爲「出嫁從夫」，在婚前婚後思想觀念上有所改變的還不只上述這些地方，比如她自己少女時代與郭靖自由戀愛，心裡對江南六怪和丘處機等人的正統觀念頗不以爲然。她和郭靖一起行走江湖，到晚來或投客店或向人家求宿，二人常常同居一室，兩小無猜，她從來都未曾覺得這樣做有什麼不妥。但是到了後來，黃蓉見到楊過和小龍女共居一室，雖然明知他們是熱戀中的情侶，和當年的郭靖與她自己並無二致，但是她卻不再覺得這樣做是自然的、正常的，相反，她感到十分的奇怪。而更令人覺得詫異的則是黃蓉自己擇偶的時候並不曾將禮義習俗放在心上，但是輪到她來對楊過和小龍女的戀情發表意見時，她卻和端凝方正、恪守禮義的郭靖持完全相同的看法，並十分用心地付諸行動，竭盡了拆散楊過和小龍女之能事。以至於後來楊過與黃藥師談論他和師父小龍女的婚事，當黃藥師慨然允諾：「你我肝膽相照，縱隔天涯，亦若比鄰。將來我若得知有人阻你婚事，便在萬里之外，亦必趕到助你。」楊過聞言馬上笑道：「只怕第一個出頭之人，就是令媛。」黃藥師便嘲諷女兒說：「她自己嫁得如意郎君，就不念別人相思之苦。」

不過，說黃蓉不懂得體諒別人其實眞是冤枉她了，平心而論，黃蓉是一個十分善解人意的溫良女子，凡是她身邊的人無不得到了她無微不至的體貼和照顧——郭靖自不必說了。就拿柯鎭惡來說吧，他脾氣暴躁，還曾竭力反對郭靖和黃蓉的婚事，與黃蓉之間頗有些嫌隙，但是因爲他是郭靖的大師父，郭靖對他十分尊重，黃蓉愛屋及烏，便也對柯鎭惡十分敬重照顧。柯鎭惡在嘉興賭輸了錢，到桃花島躲避債主，黃蓉慢慢套問出底細，就暗地派人替他還清了債務，又不說破，既保全了他的顏面，又令他安心地在桃花島養老，使郭靖放心。又比如魯有腳，他人雖然不錯，但是資質有限，武藝難臻上乘。黃蓉爲了將丐幫幫主之位傳給他，就事先教他打狗棒法，雖然教得甚爲吃力，亦毫無怨言。在英雄大會上，霍都以激將法逼黃蓉與他相鬥，魯有腳爲避免身懷六甲的黃蓉涉險出戰，就主動出擊。黃蓉早看出來魯有腳絕對不是霍都的對手，見他提著打狗棒出去應戰，不由地心中暗暗著急。但是魯有腳剛剛接任幫主，他既然已經出言挑戰，自己便不能再加攔阻，否則難免顯得自己的權勢仍在他之上，折了魯有腳的威風，所以她決定保全魯有腳的面子，順其自然，隨機應變

所以，在對待楊過和小龍女戀情的問題上，倒不是像黃藥師所說的那樣，是黃蓉不懂得體諒別人的相思之苦，而是她在嫁了郭靖之後，人生觀逐漸有所向郭靖靠攏，她確確實實是認爲師徒絕對不可以聯姻，所以才會自然而然地做出棒打鴛鴦的殺風景之事。這也就是說，「郭夫人」不再是「黃姑娘」，黃蓉婚後隨著年齡的增長和人生閱歷的增多，又一直與郭靖形影不離，較多地受到郭靖思想觀

念的薰染，於是她慢慢地不再像以前那樣毫無保留地贊成不拘禮法的行爲，尤其是在愛情方面。而這也正是黃蓉婚前婚後在許多事情上面往往判若兩人的癥結所在。換言之，從「黃姑娘」到「郭夫人」，黃蓉走過了一段十分尋常而又十分不尋常的心路歷程，少女黃蓉所做過的不少事情，少婦黃蓉是絕然不會再做的了。比如，在郭靖密室療傷前夕，黃蓉叮囑傻姑萬萬不可對人說他們住在裡面，不論有天大的事，也不得在外招呼叫喚。雖然傻姑答應了，但她又想：「這姑娘如此獃獃的，只怕逢人便道：『他兩個躲在櫥裡吃西瓜，傻姑不說』，只有殺了她，方無後患。」當時的黃蓉認識郭靖尚不長久，她自幼受父親薰陶，什麼仁義道德、正邪是非，全不當作一回事。雖然知道傻姑與師兄曲靈風頗有淵源，但若可能危及郭靖——這個世界上黃蓉最在乎的人，就顧不得了，再有十個傻姑也必須殺了，所以她拔出匕首就欲動手。這時，黃蓉只見郭靖眼光中露出懷疑的神色，知道是自己臉上的殺氣被他看破了，於是又想：「我殺傻姑不打緊，靖哥哥好了之後，定要跟我吵鬧一場。跟我吵鬧倒也罷了，說不定他終身不提這回事，心中卻老是記恨，那可無味得很了。罷罷罷，咱們冒上這個大險就是。」於是就打消了殺人滅口的念頭。若是換了少婦黃蓉，錯殺好人尚且不肯，更不必說要故意傷害無辜之人了，這樣曲折的一番心理鬥爭就更不會發生了。至於用巧計騙倒樵夫和農夫，使自己終於得見一燈大師之類典型的「非君子之所為」，在黃蓉婚後也是基本上看不到的。

黃蓉自己曾經說過：「我師父言出如山，他是從來不騙人的。這件事難學得緊，我也不想學他。我說，還是我爹爹教得對呢！」黃蓉的師父洪七公確實從來不打誑語，而且行俠仗義，一生之中做了無數的好事，卻未曾錯殺過一個好人。海上歷險時，歐陽鋒危在旦夕，黃蓉堅決反對救他。但是洪七公卻說濟人之急是丐幫的幫規，必須遵守，所以還是救了歐陽鋒。他熱心熱腸，卻忘了歐陽鋒這種人狂妄自大，是不願受人恩惠的。他救了歐陽鋒，對方不僅沒有知恩圖報，反是恩將仇報，洪七公因此陷入絕境。黃蓉雖然是洪七公的徒弟，但是她是不會做救人害己之事的。相反，她倒覺得父親黃藥師的處世觀念更為正確一些。不過，使計騙人雖然是黃蓉的拿手好戲，但她後來就很少用到好人身上了，只有在臨陣對敵的時候，例如；對付入侵的敵人霍都，或是對付惡貫滿盈的李莫愁，我們才能夠看到求見一燈時一路以騙人智取的小黃蓉的影子。襄陽告急時，霍都乘夜闖入城中下戰書。黃蓉警覺，聽到屋頂上「喀」的一聲輕響，馬上左掌一揮，滅了燭火。霍都諷刺道：「小可前來下書，難道南朝禮節是在暗中接見賓客麼？倘若有何見不得人之事，小可少待再來如何？」黃蓉針鋒相對，立刻回敬過去：「南朝禮節，因人而施，於光天化日之時，接待光明正大之貴客；於燭滅星沉之夜，會晤鬼鬼祟祟之惡客。」一句話堵得霍都登時語塞，只好把書信放下就走。黃蓉心想這襄陽城若讓你自由來去，豈非顯得城中無人？於是她順手拿起桌上的茶壺，手腕一抖，滾熱的茶水如一條線一樣射了出去，隨即又以高明的打狗棒法將霍都摔得鼻青臉腫。這時武氏兄弟聞聲趕來，他們本該可以輕而易舉地生擒霍都，但卻中了敵人的小計謀，被他僥倖逃脫。霍都臨走還嘲諷道：「黃幫主，好厲害的棒法，好膿包的徒弟！」黃蓉雖然氣惱二武沒用，但卻不能滅了己方的威風，就隨口騙他說：「你身上既中毒水，旁人豈能再伸手觸你？」「這毒水叫作子午見骨茶！」終於徹底打擊了霍都的囂張氣焰，長了己方的志氣和威風。

那麼，究竟是什麼原因使得黃蓉在結婚以後發生這樣大的變化呢？不必說，自然是因為郭靖！當然，更準確地講是因為愛情。黃蓉選擇郭靖，也就是選擇了郭靖的一切，包括郭靖的家庭、師父、朋友和郭靖所有的生活觀念和生活方式；同時，黃蓉選擇了郭靖，也就是選擇了改變自己，包括改變自己的生活觀念和生活方式。郭靖是黃蓉的一切，假如沒有了郭靖，黃蓉根本無法想像自己還可以用哪一種方式繼續活下去。她曾對郭靖說：「靖哥哥，我不理天下憂不憂、樂不樂，若是你不在我身邊，我是永遠不會快樂的。」所以，每每在危急關頭，郭靖出於愛，總是儘可能地將「生」的希望留給黃蓉，而黃蓉雖然十分地領他的情，但是在危機過去之後，她卻總是深深地埋怨郭靖，怨他心腸狠，竟然忍心將只屬於他的蓉兒孤零零地留在這個世界上——丐幫軒轅臺大會之後，她就嚴肅地說：「靖哥哥，你不好！」責備郭靖自私，因為郭靖捨命救黃蓉的結果將是黃蓉獨自過下半輩子，而「你若死了，難道我一個人能夠獨活？」後來黃蓉在盜取《武穆遺書》時受了重傷，好不容易才請一燈大師治癒。他們在離開一燈回桃花島的路上互相說笑，郭靖道：「不管怎樣，我可不能再讓你受傷啦。上次在臨安府自己受傷倒不怎樣，這幾天瞧著你挨痛受苦，唉！那當眞不好過。」黃蓉聽了其實心中甚是喜歡，但是卻也嗔道：「哼！你這人沒心肝的」「你寧可自己受傷，讓我心裡不好過。」

說起來，黃蓉這樣痴情是自有淵源的，因爲黃家的家風對愛情一向是忠貞不渝的。黃藥師對妻子馮阿衡情深愛重，阿衡不幸早逝，黃藥師傷心欲絕，當時就想以死相殉。他自知武功深湛，無論上弔服毒，一時都不得便死，死了之後，屍身又不免遭到島上啞僕的糟蹋，於是就去大陸捕拿造船巧匠打造了一艘花船，那船隻表面上看上去與普通船隻完全一樣，但其船底木板卻並非用鐵釘固定，而是用生膠和繩索膠纏在一起，只要一下水，浪濤一打，必定沉沒。黃藥師本擬將愛妻遺體放在船中，然後駕船出海，當波湧舟碎之際，自己輕按玉簫吹起〈碧海潮生曲〉，與心愛的阿衡一同葬身萬丈洪濤之中，如此瀟灑倜儻地終此一生，方不致辱沒了自己當世武學大宗師的身分。但是，每次臨到出海，總是既不忍攜女同行，又不忍將愛女蓉兒拋下不顧。最後終於修造了精美的墓室，又在墓前遍植奇花異卉，墓中則擺滿奇珍異寶，然後暫時先將妻子的棺木厝下，待等女兒長大，有了妥善歸宿，再了夙願。

黃藥師喪妻甚早，但卻始終未曾續娶，更不必說蓄養妾侍了，甚至連使喚的女傭人都沒有一個，其用情之專與深可見一斑。黃蓉在這方面亦酷肖其父，對所愛之人情深愛重，忠貞不渝。她最大的願望就是和郭靖在一起，永不分離，哪怕是死也要死在一起！所以，無論何時何地，郭靖都是她關心的焦點，尤其是郭靖的生死存亡，更是牽動黃蓉的芳心。

話說桃花島面試，郭、歐兩家爭娶黃家小姐的一番打鬥剛剛塵埃落定，郭靖在海上又遭遇了另一場兇險。黃蓉得訊趕去相救，但歐陽叔姪陰險狠毒，武功又高，郭靖終於落水，不見蹤影。黃蓉刹那間萬念俱灰，心想靖哥哥已經葬身海底，自己活著也沒有什麼意味了，於是頓萌死志。不久在那個無名小島上，郭靖突然重新出現在黃蓉面前，黃蓉喜出望外，一時間竟渾然忘卻大敵在側。那時黃蓉剛剛用巧計將歐陽克壓在了巨岩之下，歐陽鋒愛子情切，威逼靖、蓉二人幫助他救他的克兒。二人無奈，只得跟去。黃蓉悄悄對郭靖說：「靖哥哥，待會西毒用力推那巨岩，你冷不防在他背後一掌，結果了他。」但郭靖卻不肯，說道：「背後傷人太不光明。」黃蓉嗔道：「他傷害師父，難道光明正大麼？」郭靖回答：「咱們言而有信，先救出他姪兒，再想法給師父報仇。」黃蓉無奈，只好嘆了口氣，放棄了讓他暗箭傷人的打算。她當下溫柔地笑了一笑，道：「好，你是聖人，我聽你話。」其實以黃蓉的聰明好強和她所深知的郭靖對她的深情，她本不必這麼快就放棄的。但是她是那麼的愛郭靖，連他的缺點也愛，何況這時郭靖不肯偷襲歐陽鋒，雖然迂腐透頂，但終究算得上是光明磊落的大丈夫所爲，故而黃蓉依然爲此感到驕傲和自豪。同時，因爲郭靖失蹤了的這幾日，黃蓉只道他早已葬身魚腹，受了幾十個時辰的生離死別之苦，如今居然能夠重逢，她心中的歡喜實在難以用言語形容，所以即使郭靖有什麼十惡不赦、荒謬絕倫的言語舉動，她也不會有絲毫的不高興，更何況郭靖並沒有做錯什麼。於是，黃蓉就甘願和他一起繼續忍受歐陽鋒的威脅與牽制，而放棄了可以使自己及早脫困的妙計，因爲即使不幸爲歐陽鋒所害，她也是和她的靖哥哥死在一起的，死也就絕不足懼了。

後來，黃藥師後悔自己太過固執，覺得梅超風和陳玄風之所以下場慘酷，是因爲自己生平喜怒無常，倘若心愛的蓉兒也因父親怪僻的性子而落到如梅超風的那步田地，那就後悔莫及了，所以就明確表示，只要郭靖明明白白說一聲：「我要娶的是你的女兒，不是這番邦女子！」，就可以如願成爲他的門婿。可是郭靖因爲一貫恪守重然諾的做人原則，又受了拖雷欲斷絕結義之情的刺激，竟然當眾表態絕不背棄與華箏的婚約。黃蓉傷心欲絕，但她仍然沒有離開郭靖。不久他們在岳州軒轅台的丐幫大會上被楊康暗算，差一點雙雙橫死異鄉。黃蓉在這關頭，反倒笑著心想：「是我和靖哥哥死在一塊，不是那個華箏！這般死了，倒也乾淨。」

相反，倘若是只要犧牲自己就可以保全郭靖，黃蓉就會毫不遲疑！郭靖武功還未大成時，爲了阻止野心勃勃的完顏洪烈及其手下盜走《武穆遺書》，受了很嚴重的傷。好在他想起了《九陰眞經》裡載有療傷的法門，只不過需要有一個人助他運功七天七夜。郭靖很抱歉地說要辛苦蓉兒了。黃蓉自然認爲自己義不容辭，爲了自己的靖哥哥，別說是七天七夜，就是一輩子也不會覺得辛苦。

黃蓉對郭靖的這份愛始終不渝，後來她也將這份愛同樣地給了她和郭靖的孩子們。也就是說，在他們婚後不久，長女郭芙甫一出生，從此黃蓉的一顆心就分成了兩半，一半屬於丈夫，另一半則繫在女兒身上。

襄陽告急時，郭靖恰恰傷重，身邊又有個楊過敵友難分，形勢端的是萬分危急。黃蓉憂心如焚，決定找小龍女攤牌。她直截了當地問小龍女：「龍姑娘，你想殺我夫婦，是不是？」迫得小龍女將一切和盤托出。黃蓉聞言，悚然心驚，不禁繞室彷徨，苦思對策。但饒是她智計絕倫，在那種困境裡也苦無善策。雖說她曾安慰楊過說：「不能力敵，便當智取。」可是究竟如何才能智取呢？黃蓉心中計較再三，慨然作出決定，她對小龍女說：「明日你和過兒聯手保護郭大爺，待危機一過，我便將我首級給你，讓過兒騎了汗血寶馬，趕去換那絕情丹便是。」小龍女聞言大怔，問道：「你說什麼？」黃蓉柔聲解釋道：「你愛過兒，勝於自己的性命，是不是？只要他平安無恙，你自己便死了也是快樂的，是不是？」小龍女點頭道：「是啊！你怎知道？」黃蓉淡淡一笑，道：「只因我愛自己丈夫也是如你這般。你沒孩兒，不知做母親的心愛子女，不遜於夫妻情義。我只求你保護我丈夫、女兒平安，別的我還稀罕什麼？」

這以後沒多久，黃蓉帶著兩個女兒和楊過夫婦一起到了絕情谷，她自己屢屢涉險，卻是面不改色，從容鎮定，例如她主動提出接裘千尺三枚棗核釘，雖然極其危險，卻毫不畏懼。但是，一旦那厲害的棗核釘射向愛女郭芙，黃蓉竟然被嚇得花容失色！後來又過了十幾年，黃蓉的小女兒郭襄也長大了，偶遇楊過，從此芳心暗許，不能自已。黃蓉愛女心切，將楊過的用意猜測得頗為不堪，雖然有些過分，但可憐天下父母心，卻也情有可原。郭襄被金輪法王所扣後，黃蓉日夜懸心，當郭襄被縛高臺將施以火刑時，黃蓉縱然經歷過千難萬險，也不禁臉色慘白，搖搖欲墜。直到楊過將她的襄兒救了下來，她才喜極而泣。在那一刻，她心裡對楊過的感激之情眞是無以復加，就是為楊過死了都是心甘情願的。

綜上所述，作為妻子，黃蓉是賢妻；作為母親，黃蓉是慈母。總之，作為女人，黃蓉的一生應該說是成功的！那麼，總的來說，黃蓉的女性觀究竟是怎麼樣的呢？我們不妨讓她自己來告訴我們。

當年，黃蓉中了裘千仞的鐵掌後，得瑛姑指點，去找一燈大師療傷，不料由此聽聞了一段多年以前的「宮闈秘辛」，即當年的段皇爺段智興、劉貴妃劉瑛姑和周伯通三人之間的感情糾葛。當時，一燈剛剛救了黃蓉一命，而且他自己為此還差點付出生命的代價，黃蓉對他的感激眞是難以言表，而且對於一燈的宅心仁厚，她不僅印象深刻，還評價甚高，當一燈說王重陽「英風仁俠，並世無出其右」時，黃蓉就頗不以爲然，搶過話頭說：「王眞人的武功或許比伯伯高些，但說到英風仁俠，我看也就未必勝得過伯伯。他收的七個弟子就都平平無奇，差勁得很。」。可是，當一燈說到他發現自己的貴妃瑛姑和跟隨王重陽來大理做客的周伯通有了私情，雖然十分氣惱，但是「我們學武之人義氣爲重，女色爲輕，豈能爲一個女子傷了朋友交情？」所以不僅不責怪周伯通，還把劉貴妃贈予周伯通，命他們結爲夫婦的時候，若是尋常世俗之輩或是那些庸脂俗粉，勢不免要對一燈當年的「寬宏大量」、「不重色輕友」大加讚賞。但是，黃蓉聽了卻沒有什麼反應，倒只爲周伯通沒有被其師兄王重陽所殺而感到慶幸。不料，當年段皇爺雖然以愛妃相贈，但是周伯通卻無論如何都不肯娶劉貴妃爲妻！一燈繼續回憶道：「這一來我可氣了，說道：『周師兄，我確是甘願割愛相贈，豈有他意？自古道：兄弟如手足，夫妻如衣服。區區一個女子，又當什麼大事？』」

黃蓉聽到這兒，急急插話：「呸，呸，伯伯，你瞧不起女子！這幾句話簡直是胡說八道！」

試想，以黃蓉當時對一燈的敬仰有加，說出這番話來，確實是說明一燈「兄弟如手足，夫妻如衣服」的論點她委實十二萬分的聽不入耳，所以才如此「口出狂言」。而且當一燈的弟子怒斥她無禮時，她仍然堅持己見：「他說話不對，我自然要駁。」可見，黃蓉具有十分牢固的「男女平等」的思想和「女子是人而不是物」的觀念，她的女性觀確實非同凡俗！以一般人的俗見，劉氏瑛姑既然已經有幸嫁入帝王家，並且貴爲貴妃娘娘，況且段皇爺也比較寵愛她，那麼對於一個女人來說，人生還夫復何求呢？更何況即使受到皇帝丈夫的冷落，也該恪守婦道，老死深宮。古往今來不知有多少好女子的青春紅顏被活活圈禁在那高不可測的宮牆裡面、葬送在那長長的永巷之中。「爲人莫作婦人身，百年苦樂由他人」，唐代大詩人白居易的這兩句詩可以說是概括了千百年來中國婦女的既定命運。但是，金庸筆下，南宋末年大理國皇宮裡的一位普通的宮妃劉氏瑛姑卻不甘心在沒有愛情滋潤的情感枯井裡苦受煎熬，慢慢枯槁老死，就進行了大膽的反抗。她愛上了身邊出現的另一個男子周伯通，並且此情至老未渝。對於瑛姑的選擇，一般人都是持鄙薄的態度的，至多寄予一點同情罷了。但是，小黃蓉在瑛姑身上看到了愛的力量，看到了愛是最重要的，也看到了愛是不能忘記的！可憐的是瑛姑的這一份執著無比的愛，卻有明月空照之嘆，因爲她愛上的周伯通是一個胡塗的老頑童，根本不能給予她所希冀的愛的回報。相反，倒是黃蓉這個和瑛姑無甚淵源的小輩卻比較能夠理解她和她的感情，並或多或少地爲了瑛姑的感情最後得到圓滿的結局出過力。這也可以算是瑛姑不幸之中的一件幸事吧！同時，藉由這件事，我們也清楚地看到了黃蓉雖爲弱女子，卻是絕不妄自菲薄的。例如她曾經和郭靖談論大女兒的終身之事。郭靖認爲妻子的武功若比丈夫強，則夫妻難以和順。黃蓉笑著反駁：「也不怕羞！原來咱倆夫妻和順，是因爲你武功勝過我了。郭大俠，來，來，來，來，咱倆比劃比劃。」這雖然是戲謔說笑，卻也是她的眞心話。

也正由於黃蓉認爲男女平等，女人一樣應該做大事，也能夠做大事，所以她好勝心頗強，同時做事也非常有責任感。書中許多細節表明她做事很有責任心，而且不怕困難，膽大心細，往往知難而上，以解決難題爲快樂。例如她曾被困在無名的海島上，郭靖落水失蹤，看來難以生還，師父洪七公受了很重的傷，不僅保護不了她，而且還需要她的悉心照顧，身邊又有歐陽克那條色瞇瞇的豺狼對她虎視眈眈，情勢眞是十分險惡，只有十五歲的黃蓉實在很難經受這樣的打擊和考驗。假如是在平時，有父親黃藥師或是別的可以依靠的親人在旁，黃蓉早就放聲大哭了，但是，目下七公師父受傷垂危，起居全靠自己照料，好像自己是大人，而師父卻形同小孩似的，千斤重擔需要自己挑起來，所以她就硬生生忍住哭聲，以全副精神投入到抵禦強敵、保護師父中去。她臨危不亂，設巧計用千鈞巨岩制服了歐陽克，去除了大患。但是，一波剛平，一波又起，正在此時，歐陽鋒突然出現，以傷害洪七公相威脅，逼她救歐陽克。黃蓉無奈，只得答應。她尋思，荒島上根本不可能有人來支援，怎麼樣才能掀開那巨石呢？片刻之間，她已經想到了十幾種辦法，但卻沒有一條頂用的。好在她聰明絕頂，隨即想到用島上現成的樹幹和樹皮做成一架大大的絞盤，然後利用潮水上漲的浮力，成功地救出了歐陽克。黃蓉見救人成功，連連拍手，天眞爛漫，竟然忘卻了這機關本來是她自己親手佈下的！其好勝之心可見一斑。

還有，瑛姑曾利用黃蓉使一燈中毒，然後她自己趁機上山意欲報殺子之仇，因此，黃蓉和她有了一次短兵相接——黃蓉事先準備了許多油燈，每一盞燈旁邊都有一根削尖了的竹籤插在地上，以阻止瑛姑進去尋仇。本來黃蓉無論憑武功還是憑機智，對於擋瑛姑於前院之事是穩操勝劵的，但是瑛姑認爲自己受到了不平等的待遇：「竹籤是你所佈，又不知在這裡已經練了多少時候，別人一瞬之間，怎能記得這許多油燈的方位？」黃蓉被她一激，好勝之心大起，又自恃記憶力過人，就忍不住說：「這有何難？你點著油燈，將竹籤撥出來重新插過，你愛插在哪兒就插在哪兒，然後熄了燈再動手過招如何？」瑛姑聽她答應了，正中下懷，便暗中使勁，將重新插過的竹籤悄悄捏斷，然後甩開黃蓉逕直往一燈所在的後院奔去。黃蓉因爲過於好勝，沒有料到瑛姑會有這樣的一招，不由地大爲懊惱。

第二次華山論劍前夕，黃蓉和郭靖的婚事已成定局，她不禁暈生雙頰、喜透眉間。一燈大師四大皆空，不再參與比試，帶同弟子下山而去。他的第四個弟子書生朱子柳臨走前順便用《詩經》裡的句子開黃蓉的玩笑：「隰有萇楚，猗灘其枝！」黃蓉心想：「這位狀元公倒也聰明，猜到了我的心事。他引的那兩句詩經，下面是『樂子之無知，樂子之無家，樂子之無室』三句【注】，本是少女愛慕一個未婚男子的情歌，用在靖哥哥身上，倒也十分合適，是說他這冒冒失失的傻小子，還沒成家娶妻，我很是喜歡。」不過，以黃蓉的聰明好強，雖然明明知道那書生完全是善意的，但也不甘心任他奚落取笑，隨即也用《詩經》裡的句子巧妙地反擊道：「雞棲於塒，日之夕矣。」——這兩句摘自《詩經》的〈君子於役〉篇，作品裡還有「羊牛下來」，「羊牛下括」之句【注】，意思是日已黃昏，時候不早，牛和羊都被趕下山坡，回到牛欄羊圈裡去了。黃蓉引用它們，是暗中諷刺回大理去的朱子柳就像歸欄的牛羊一樣，乃是罵他爲畜生的意思。

可是，這樣一來，黃蓉其實是把所有回大理的人，包括她十分敬重的一燈大師也罵進去了。黃蓉好勝心切，只圖一時嘴上痛快，卻犯了淩上之罪，後悔莫及，卻是她始料所未及的。

注：

小說中此處引用的分別是《詩經》中的〈隰有萇楚〉和〈君子於役〉兩首作品裡的句子，詩歌全文見本書「附錄」的第三部分〈「射鵰」詩文譜〉。

黃菩的人生哲學

評語

很久很久以來，男尊女卑的傳統觀念束縛著女性的靈與肉，扼殺著女性的才和智。相對於男性來說，女性的天空是低矮的、女性的聲音是微弱的、女性的視野是狹窄的、女性的羽翼是稀薄的、女性的色調是單一的。調朱弄粉、炊爨針繡和相夫教子是她們爲之耗磨整個青春與生命的全部內容。她們的思維與靈魂的饑渴被歷史有意地忽略了很久、很久，混沌中，她們漠然地走過晨昏朔望、走過春夏秋冬，也走過漢唐宋元。女性，是弱者的代名詞。

當然，這並不是說在中國長達數千年的歷史長河裡，就沒有任何一朵屬於女性的浪花在歡樂地歌唱。回望清、明、元、宋、唐、晉、漢、秦，每朝每代都有傑出的女性所留下的芬芳的身影；展望當今社會，女人更是和男人一樣，共同擁有和主宰著這個世界。我們有女書法家、女繪畫家、女作家、女科學家、女演藝家、女慈善家、女將軍、女英雄、女政府首腦……等。有道是文學乃社會的一面鏡子，在文學的長廊裡，女性形象層出不窮，紀錄並反映著中國婦女所走過的漫長的歷程。她們是歷史的折射、是生活的實錄、是當代女性行爲的借鑒。早在《詩經》時代，先民們就在口頭歌唱的旋律裡刻劃了不少美好的婦女形象，比如

〈關雎〉裡那個「君子好逑」的「窈窕淑女」，以及〈氓〉裡那個對愛情忠貞不渝，不幸被丈夫拋棄但又十分自尊自愛的無名女子，多少年來都受到了讀者的喜愛。而金庸先生在他的「射鵰」三部曲裡所精心描畫的女主人翁黃蓉的形象，不僅初初問世就予人以一份驚艷的感覺，而且還歷久彌新，幾十年來越來越受到人們的喜愛和歡迎，上至學者高人，下至販夫走卒、賣漿者流，對郭靖、黃蓉無不津津樂道。作品一版再版，影視改編又改編，有了電子網際網路之後，網上的「金庸茶館」也是天天滿座，夜夜熱鬧，在有些網上聊天室裡，自稱「蓉兒」或「靖哥哥」的還眞不少呢！尤其是黃蓉，廣結人緣，人見人愛，簡直彷彿成了挑不出什麼毛病的完人了。相信作者金大俠也對小蓉兒憐惜有加，否則怎麼把她寫得那麼美——不僅容貌蓋世，德行芳馨，就連對陣殺敵時所用的武功招式都那麼地美——掌來時如落英繽紛，指拂處似春蘭葳蕤，招招淩厲，卻又風姿綽約。甚至，金庸先生爲了她還捨得違反常規，竟讓郭芙婚後多年都未生育……。我想，那是因爲不忍心叫讀者看到小黃蓉竟然會眞的成爲她少女時代曾自封過的雞皮鶴髮的老「外婆」吧！金庸先生是有意要讓黃蓉永遠年輕美麗、永遠俏生生地活在讀者的心中吧！

其實，正如本書前文所分析的，黃蓉不僅不是完人，而且有些毛病還挺嚴重的，比如小心眼兒、比如護短、比如有時候不堅持原則……等等，不一而足。但是，這就正是黃蓉的魅力所在！換言之，黃蓉的魅力就在於她是眞實的、是現實的，雖然她生活在虛構的武俠世界裡，但卻著著實實是人而不是神，更不是人們在聊齋式的傳說裡看慣了的存在於另一個世界的鬼狐或精怪。

簡而言之，黃蓉是中國傳統婦女的典型代表。她聰明、賢慧，才比諸葛，行事有相當的原則，又絕不認死理兒——這正是最能適應社會環境，最能取得成功，也最值得我們現代人借鑒的。例如歐陽叔姪與宋室爲敵，他們雖然可說對黃蓉還是蠻欣賞、蠻不錯的，但這份情黃蓉是絕不會領的，他們的東西，即使是小到一顆「通犀地龍丸」，她也是一定要還給他們的。但是在某些緊急關頭，則自己的柔荑小手也是不妨暫時讓歐陽克握一下的。

黃蓉的美是全方位的。是她，給了自己無上的幸福快樂，也給了所有她愛的人以無上的幸福快樂。和她相處過的人，大抵是不能不喜歡上她的——黃藥師是她的父親，郭靖是她的丈夫，洪七公是她的師父，自不必說。楊康和楊過父子倆都是聰明人，但楊康能騙倒親生母親包惜弱、騙倒郭靖，能把穆念慈騙得失身於他，楊過能橫行天下，無往而不利，但他們一碰到黃蓉就難免縛手縛腳，徒生才短之嘆；亂七八糟、任性胡爲的老頑童周伯通在黃蓉面前也立馬變得服服帖帖，讓幹啥就幹啥；歐陽叔姪陰險狠毒，但歐陽鋒枉負一身絕世武功，竟然爲了一部《九陰眞經》而被黃蓉耍得好不狼狽，而歐陽克在黃蓉面前也總是縱有滿肚子的壞水也不往外倒了，甚至還忍下斷腿之仇，在叔叔那兒替黃蓉遮掩！柯鎭惡、朱聰、韓寶駒等人曾視黃蓉如禍水，但不久以後也都喜歡上了這個明慧無匹的小姑娘。朱聰在歸雲莊上與黃蓉配合默契，共同揭穿了裘千丈的廬山眞面目；韓寶駒曾被黃蓉很無禮地罵爲「矮冬瓜」，但後來也不再生她的氣，還挺欣賞她的機靈調皮呢！魯有腳等丐幫中人論年齡和江湖閱歷都足以在黃蓉面前擺老資格，但他們卻也十分敬服這個小小女孩兒，對她言聽計從，甚至還不遺餘力地替她料理女兒家的幽微心事。後來，幾個徒弟兒女們自然也是更樂於親近慈愛的黃蓉，而對端方嚴肅的郭靖敬而遠之。她對郭靖的愛實在是太深太深了，所以連從不以家室爲念的洪七公都羨慕郭靖娶了個好媳婦，抱怨自己年輕的時候竟然沒有碰到這樣的好姑娘呢。

不太爲人注意的是，黃蓉還具有哲學家的稟賦！她極善於安排自己的生活，有時候即景生情，所思所慮不僅邏輯縝密，而且還富有哲學的意味——那是在郭靖當眾表示不毀棄與華箏的婚約之後，他們二人同赴岳州，路上遇到狂風暴雨，連傘都被吹壞了，郭靖說：「咱們快跑。」但黃蓉卻想起一個故事，故事裡的人在遇雨時不和別人一樣地飛奔走避，而是仍然緩緩而行。旁人不解其意，他則反問道：「前面也在下大雨，跑過去還不是一樣地淋濕？」於是黃蓉心中就勾起了華箏之事，她想：「前途既已注定了是憂患傷心，不論怎生走法，終究避不了，躲不開，便如是咱們在長嶺上遇雨一般。」於是她就和郭靖在大雨之中攜手緩步而行。是啊！該承受的就都得承受，也都該承受，這是人生最根本的道理。黃蓉以雨爲喻，語帶禪機，說得淺顯明瞭又透徹，言淺意深，端的發人沉思。

可是，黃蓉在人際關係方面並不是十全十美的；首先，她幾乎沒有朋友，尤其是沒有女性的好朋友，這個事實是無法迴避的。黃蓉所交往的，除了自己的家人，就是師父或徒弟部下，還有就是敵人，眞正稱得上朋友的簡直找不出一個來。至於女朋友就更難找了。黃蓉十五歲以前生活在桃花島，沒有閨中密友還可以理解，但她開始闖蕩江湖後，也沒有交上朋友，甚至連一個女朋友也沒有，就難免顯得有些不正常了。男人們就不必說了，女人們也一樣，從穆念慈、程瑤迦等同齡的姑娘，到孫不二、劉瑛姑等前輩女子，和黃蓉都只是道義之交，而絕非可以聯床夜話、無話不談的知交，或是可以視之如母，無論何時何事皆可倚恃的同性長輩。師妹程英與她個性不同，年齡又相差較多，雖曾並肩對敵，但也算不上知交。而她和小龍女的關係就更微妙了，總是介於敵友之間的；究其原因，男女授受不親的社會觀念是其一，黃蓉從小的生活環境是其一，她及笄之年就陷入愛河也是其一，而她的對於「我」——包括她的丈夫、女兒和兒子等家人的頗爲過份的關注這種行爲模式和處事習慣其實也難辭其咎！她婚後對父親黃藥師的冷落更是欠妥當的。

黃蓉最令人感動的就是她對於愛情的執著和對於親人無微不至的體貼愛護，在這方面她表現出極大的自我犧牲和奉獻精神。長期以來，這種犧牲和奉獻的精神被認爲是中華民族婦女的美德，是被竭盡了肯定和讚揚之能事的。但是，卻爲什麼從未提倡男人對女人的犧牲和奉獻精神呢？而女人又爲什麼總是非常自覺、非常情願地去犧牲、去奉獻呢？說到底，就是按照整個社會對女人的要求，女人們全心全意地爲男人服務，以損害自己的事業爲代價換取男人的成功，究其實，她們中的絕大多數人根本連女人應該有自己的事業的概念也不具備。一位現代女作家曾經講過，中國女人的自我犧牲和奉獻精神其實是一種因襲的惰性的表現，是一種依附於男性的心理狀態的表現，也是一種歷史的慣性的表現。中國婦女總是被要求做到「三從四德」，總是被要求爲她們的丈夫、父親或兄弟作出犧牲。久而久之，她們習慣了，麻木了，就經常會下意識地去犧牲，去奉獻，受了損害還自以爲偉大和了不起，自以爲那是符合自己生命發展的眞正需要，是應該的、是必須的、也是必然的。黃蓉雖然聰明絕頂，但卻也無法超然於中國幾千年的傳統文化傳承之外！她的犧牲和奉獻確實很了不起，郭靖在她的幫助下所成就的事業也確實很偉大，但是，黃蓉爲之付出的代價也未免太大了一點——當然，作者金庸先生本人就是一個具有相當傳統觀念的中國男人，他安排他筆下的黃蓉不遺餘力地犧牲和奉獻是很自然的，他在多部小說中歌頌女性的犧牲和奉獻也是很自然的，無可非議的。不過，相信還是會有一些讀者會忍不住去設想，假如黃蓉分一點精力和時間到完全屬於她自己的某一份事業上去，或曰黃蓉在爲妻爲母的同時，認識到自己還可以是一個獨立於丈夫、孩子和家庭的，具有完全獨立人格的個體，那麼，以她的聰明智慧，其一生對於國家、民族和社會、歷史的貢獻就會多得多，也大得多吧！也許，黃蓉的女讀者們在欣賞她、敬佩她的同時，不妨從她身上吸取一些經驗和教訓。那樣的話，我們的人生觀就有可能比黃蓉的人生觀更成熟，我們的人生就有可能比黃蓉的人生更美好，不是嗎！

黃蓉，就像她的名字一樣，清新美麗如芙蓉出水，渾然天成。讀黃蓉是一件美麗的事情，也是一件非常有意思的事情。黃蓉是可以一讀再讀的，每一次讀，都會讓我們收獲愉悅，各種各樣的愉悅：愛美的，可以欣賞黃蓉的絕世容顏；愛抒情的，可以沉浸於黃蓉既平凡而又不同凡響的愛與被愛的故事；愛豪情壯志的，則不妨在黃蓉幫助丈夫竭盡全力守衛襄陽的義舉中得到無窮的鼓舞和激勵；愛食古考證但又沒時間查閱大量古書資料的，可以透過黃蓉所借鑒依賴的如許聰明人和聰明事，學到不少訣竅法門，甚至還可以看到像「西山一窟鬼」之類的前人作品的影子，看到古人和今人思維的交叉融合，聽到金庸大俠與古代賢哲的對話與交流；愛鬥智的，可以選一個閒閒的夜晚，斜倚床頭，放鬆身心，任自己在小黃蓉的機變百出中從揪心到心頭的大石落地，然後再揪心，再大石落地……假如說你倦於現代生活的激烈競爭，意欲找一個臨時的休憩之地，那麼，讀「射鵰」三部曲也是極好的選擇，因爲在俏黃蓉的身上，人間煙火氣很濃——有男歡女愛、有夫妻爭執、有貪嗔痴妄、還有爲兒女那操不完的心，甚至有囉哩囉唆婆婆媽媽……。

黃蓉還是一所學校，是一個全能的好老師。只要你願意，可以向她學習怎樣最妥善地處理人際關係，學習怎樣最清晰地了解自己，學習怎樣最準確地判斷事態，學習怎樣最妥當地解決人生路上不可避免的各種各樣的難題。閒下來，我們還不妨跟隨她去周遊名山大川——從東海之濱到漠北草原，從西子湖的時時晴晴秀秀到太湖和洞庭的浩瀚縹緲，從湘西的神奇詭秘到襄陽古戰場殘留的硝煙再到西嶽華山的壁立千仞清奇險峻再到花剌子模的異域風情……雖然只是紙上神遊，卻也可大開眼界，大增見聞；若再閒下來，那麼就不妨向小黃蓉學習學習她的「家政」技藝，相信小黃蓉的針黹女紅、插花堆果和茶道等，都一定是手藝一流，意境也一流；尤其是俏蓉兒的烹飪手藝更是超一流的，她打理的那些菜餚，如「二十四橋明月夜」、「玉笛誰家聽落梅」、「好逑湯」等等，光聽聽名字就讓人食指大動，垂涎三尺了。即使是最平常的一碗炒白菜，她也是匠心獨運——不用菜油用雞油，還要配上適量的鴨掌末，既精緻講究，又不麻煩昂貴，是一道極易模仿的家常菜。若拿它與《紅樓夢》裡王熙鳳餵劉姥姥吃的那一碟子「茄鯗」相比，同樣是以最普通的蔬菜爲主料的菜式，後者就顯得既過於奢侈、繁瑣而不易模仿了，更何況它還失去了茄子的本味！所以，待巧手的小蓉兒燒的菜餚上桌，我們就不妨留下美食家洪七公獨自饕餮，自己則到家中廚下也照模照樣的來上幾款，豈不大妙！

還有，興致勃勃時，還不妨專挑黃蓉朗讀過的，鑒賞過的，或是寫過的佳文妙章和風格各異的許多詩詞曲，或朗讀、或默誦，甚或將它們的時代、作者、體例、出處和本事一一考證一番，倒也別有情調、別具樂趣呢！比如黃蓉到桃源求見一燈大師時與一燈的三徒弟樵夫對唱的四五首〈山坡羊〉散曲是元代曲家張養浩等人的作品，乃金庸先生故意將之提前「挪」到宋代的。【注】書中還交代，黃蓉曾經模仿瑛姑的〈四張機〉寫了〈七張機〉和〈九張機〉兩首小詞，其實這些乃宋代無名氏的聯章體詞〈九張機〉中的三首，是金大俠借來給黃蓉她們一用的。假如把〈一張機〉等其他幾首也找來看看，也一定頗有意趣的。【注】

黃蓉，可以白天讀，可以夜晚讀；可以坐著讀，可以躺著讀；可以在家裡讀，也可以在旅途上讀；可以順著讀，可以倒著讀，也可以挑著讀。高興時可以讀，不高興時也可以讀。情竇初開時，不妨讀少女黃蓉；將為父母時，則不妨讀少婦黃蓉。而垂老的黃蓉，也依然是那樣的美、那樣的魅力不減……。

注

《射鵰英雄傳》第二十九回〈黑沼隱女〉裡共提到五首〈山坡羊〉，〈四張機〉則有多處提及。這些作品的全文和作者名字、年代等請見本書「附錄」的第三部分〈「射鵰」詩文譜〉。

黃蓉的人生哲學

附錄部分

附錄一　黃蓉年譜

附錄二　黃蓉菜譜

附錄三　射鵰詩文譜

附錄一 黃蓉年譜

零歲（從在母親腹中八個月到出生）

黃蓉之母馮氏，小字阿衡，秀外慧中，雖然不會武藝，但冰雪聰明，有過目不忘之驚人記憶力。在新婚燕爾之際，她和丈夫黃藥師一起偶遇前往雁蕩山收藏《九陰眞經》下卷的周伯通——在這之前的第一次華山論劍時，黃藥師曾因技差一籌，輸在王重陽手裡而未能得到《九陰眞經》，故而多年來對這本武學奇書可謂是夢寐以求，這時在旅途中巧遇身懷至寶的周伯通，大好良機自然不願錯過。於是，夫婦倆設下巧計，意欲謀奪《九陰眞經》。

首先，阿衡假裝好奇心切，向周伯通要求借《九陰眞經》一觀。周伯通被他倆用激將法騙倒，答應以打石彈的方式比輸贏。結果黃藥師以智取勝，周伯通只得將《九陰眞經》下卷拿出來給阿衡看。阿衡只花了一個多一點時辰的時間，就把《九陰眞經》下卷看了兩遍，且奇蹟般地全部默記在心中。然後，她向周伯通謊稱：「這是一本江南到處流傳的占卜之書，不值半文！」「這部書我五歲時就讀著玩，從頭至尾背得出，我們江南的孩童，十之八九都曾熟讀。你若不信，我背給你聽。」

周伯通自然不會輕易相信阿衡，便從書中隨便抽出幾段考她，她卻當眞背得滾瓜爛熟，並無半點窒礙。這時，黃藥師在一旁趁機發出令周伯通十分難堪的笑聲。周伯通受激不過，誤以爲這本經書是假的，而眞的《九陰眞經》已經在師兄王重陽臨終之際被西毒歐陽鋒掉包。於是，他一怒之下竟將《九陰眞經》下卷撕得粉碎，繼而又燒成灰燼。

等到上了當的周伯通怒沖沖地離開，阿衡就趕緊將剛剛背誦下來的《九陰眞經》下卷默寫了出來，然後帶著勝利的喜悅，微笑著將它交給了在一旁等得已十分焦急的丈夫黃藥師。就這樣，黃藥師終於如願以償，做了《九陰眞經》的主人——而且還是普天下唯一的一本《九陰眞經》下卷抄本的主人。毫無疑問，阿衡在這裡爲她心愛的丈夫立下了莫大的功勞，因爲黃馮伉儷奇計得售的根本原因是黃夫人阿衡具有驚人的、甚至令人難以置信的記憶力！

不過，眞經的上卷無從得來，黃藥師發誓自創上卷，不練成眞經上的功夫就絕不離開桃花島。當然，他們絕對沒有想到，這謀取武學寶典的巨大成功的背後卻是一場日後家庭悲劇的起因，導致了他們的愛女——本書女主人翁黃蓉幼年喪母的淒慘命運。

幾年後，這卷《九陰眞經》被黃藥師的徒弟陳玄風和梅超風盜走。武林至寶的得而復失，使黃藥師心中十分不快；而門徒的背叛，更使他顏面大失，鬱鬱寡歡。這時，阿衡已懷孕八個月了。爲了安慰丈夫，她決定不畏辛苦，把經文再次默寫出來。可是，她本是一個絲毫不懂武功的女子，對《九陰眞經》經文的含義一點也不明白，當時是憑著超人的記憶力硬生生地將經文默記下來。事隔數年之後，自然不可能像當年那樣一字不差地默寫出來了。她苦苦思索了幾天幾夜，只默寫出七、八千字，而且還是前後不能連貫的。最後心智耗盡，竟至早產，生下一個女嬰。她自己則油盡燈滅，竟爾香消玉隕。

這個提前降臨人世的女嬰自然就是本書的女主人翁黃蓉！阿衡留給女兒黃蓉的不僅是秀麗無匹的容貌，還有絕頂的聰明伶俐；阿衡對丈夫的一往情深，也留給了她沒有來得及好好看一眼的女兒。

黃蓉就這樣開始了她多姿多彩的傳奇人生。【注一】

一歲

黃蓉的父親黃藥師人稱「東邪」，平時的行事風格頗爲與眾不同，比如他所用的僕人均爲啞子——但卻不是天生聾啞，而是被黃藥師刺啞的，因爲他們以前無一不是大奸大惡之徒，罪該致死，在黃藥師看來，將他們刺啞，令他們在桃花島上作僕人，既能體現「惡有惡報」的社會道德準則，也算是一種「廢物利用」，可謂兩全其美。

黃藥師選擇徒弟的標準則與選擇僕人截然相反，體現的是「善有善報」的道德原則。比如他的女徒弟梅超風原名梅若華，本是普通人家的一個天真爛漫的小姑娘，不幸父母雙亡，成了受盡惡人欺凌折磨的孤女。黃藥師將她救到桃花島上，收她爲徒，教她武藝，並按門下弟子名字中都有一個「風」的習慣，替她改名梅超風。

粗眉大眼的陳玄風是梅超風的師兄，他們二人情愫暗生，私下裡偷偷地結為夫妻，但又十分懼怕師父責罰，遂決定離島逃走。陳玄風一不做二不休，逃走時還順手盜走了黃藥師視為至寶的那半部《九陰眞經》，意欲據之練成絕世神功。但半年之後陳玄風便發現由於經文只有下卷，上卷中所載的扎根基、練內功的秘訣無從知曉，而眞經上的武功屬於道家，和黃藥師平時所教的又完全不同，功夫便再也練不下去了。他想當然地以為《九陰眞經》的上卷也在黃藥師的手中，於是決定挺而走險，再去桃花島盜取經文。

陳玄風和梅超風回到桃花島，發現其他師兄妹如陸乘風、曲靈風、武眠風和馮默風等已受他們夫妻的連累，均被挑斷腳筋，並趕出桃花島。平素待眾徒兒十分不錯的師母黃門馮氏夫人也已然故去，只留下一個大約一歲的小女孩——那自然就是黃蓉。

黃藥師很快察覺了這兩個逆徒的行藏，欲置他們於死地。恰在此時，一歲的黃蓉坐在椅子上，一邊笑著叫道：「爸爸，爸爸，抱！」一邊張開了一雙小手向父親撲去。黃藥師怕愛女跌下來受傷，趕忙伸手抱住了她，陳玄風和梅超風這才有機會活著離開桃花島。

陳玄風和梅超風後來對黃蓉的前半生產生了較大的影響。

二至十四、五歲(從幼兒到少女)

黃蓉在桃花島上與父親黃藥師相依爲命。向父親學習武功以及琴棋書畫、算術韜略、醫卜星相和奇門五行等，雖然她活潑頑皮，學什麼、做什麼都不十分用心，但仗著聰明伶俐，又是家學淵源，又有父親黃藥師這樣的明師指點，倒也事半功倍，各方面皆有小成。比如，桃花島上的花草樹木、大小路徑都是按照奇門八卦之術安排的，未經主人同意，旁人很難擅自進入。黃蓉從小到大生活在島上，對一草一木皆十分熟悉，又有黃藥師的悉心指點，她的五行八卦知識已非泛泛。所以，後來當黃蓉和郭靖初到歸雲莊時，黃蓉就能輕輕鬆鬆，頗爲得意地說：「這莊子是按照伏義六十四卦方位造的」「陸莊主難得倒旁人，可難不了我。」而當她和郭靖從鐵掌峰脫險後誤入瑛姑隱居的黑沼時，她在黑暗之中亦能十分準確無誤地指點郭靖順利通過瑛姑家門前以奇門五行之術布置的道路。

在武林人士尤其看重的武學方面，黃蓉經父親教授，掌握了「彈指神通」、「碧波掌法」、「落英神劍掌」、「蘭花拂穴手」、「旋風掃葉腿」和「劈空掌」等桃花島絕技，雖然功力遠遠及不上父親，如其「劈空掌」只練到可以凌空熄滅燭火的地步，若用以臨陣對敵則全無用處，但和一般的江湖人相比，她的身手已臻相當的境界。同時，又因桃花島上除了他們父女二人以外，只有一班啞僕，黃蓉作爲當然的女主人，練就了一手絕妙的廚藝，順便還在兩歲時就學會了啞語——這啞語後來在與假裝啞巴的鐵掌幫高手交鋒時大派用場；另外，因爲桃花島是位於東海上的一座小島，臨海而居的黃蓉亦自然而然地練就了一身極好的水性，經常在東海的波濤之中與魚鱉爲戲，整日不上岸也不算一回事。

黃藥師爲人向來特立獨行，又念獨生愛女自幼喪母，故而對黃蓉十分寵愛驕縱，使她在充分享受了父愛的同時，也養成了任性、愛耍小性兒的脾氣。但黃蓉沒有兄弟姐妹，沒有小玩伴，只能獨自一人在沙灘上、礁石間撿拾貝殼，或與水中的魚蝦嬉戲，雖有父親的萬般溺愛，但只有父親一人可以對話的童年畢竟仍是寂寞無聊的，而這後來間接導致了少年黃蓉的離家出走。

十五歲左右

有一天，黃蓉經過一個山洞門口，偶然發現桃花島上除了自己父女二人和早已見慣了的啞僕們以外，居然還有一個言語有趣之極的人——被她父親囚禁了十餘年的周伯通！寂寞孤獨的少年蓉兒喜出望外，於是自然而然地經常去與之說話解悶，還送去美酒佳餚。不料，黃藥師得知女兒未經允許就和自己的囚徒對手周伯通來往，勃然大怒，狠狠地將她責備了一頓。黃蓉從未受過父親如此嚴厲的責罵，心中氣苦，在夜裡偷偷地乘小船逃出了桃花島。

離島時蓉兒隨身攜帶了桃花島至寶——護身寶衣「軟蝟甲」，還有一根峨嵋鋼刺用來防身。小黃蓉這一離家出走，便揭開了她曲折人生的第一頁。

十五、六歲（少女階段）

離家出走以後，黃蓉有心與父親賭氣，決定向著與桃花島相反的方向流浪，即一路往北，一直到了河北的張家口。

張家口是南北交通要道和塞外皮毛集散地，亦為十八歲的郭靖首次離開大漠前往嘉興赴煙雨樓比武之約的必經之地。於是，黃蓉與郭靖邂逅於張家口的一家大酒店。此時的黃蓉女扮男裝，「頭上歪戴著一頂黑黝黝的破皮帽，臉上手上全是黑煤，早已瞧不出本來面目」，是一個「衣衫襤褸，身材瘦削的少年」，當時黃蓉正因搶酒店的饅頭而與兩名店伙計發生爭執。郭靖憐「他」饑寒，主動請「他」吃喝。

黃蓉由於生活在封閉的桃花島，從小到大雖然有父親的百般溺愛，但除了父愛之外，她從來沒有機會感受到人世間其他的感情，如母女之情、姐妹之情、師徒之情和朋友之情等等。而且在從浙江東部的桃花島流浪到位於河北省西北部的張家口的漫漫長途當中，與父親賭著氣的黃蓉有意假扮成一個小乞丐，一路行來她已切切實實地感受到了人世間的人情冷暖，像剛才被店伙計欺負之類的事已不知遇到過多少。所以這時候萍水相逢的郭靖「無緣無故」地對她如此熱情和慷慨，她內心深處自然而然地如「風乍起，吹皺一池春水」，小小的芳心之中不免蕩起了些許漣漪。但黃蓉一慣的任性又不容她直接地表達她對郭靖的好感，而少女的調皮心性又使她不自覺地想試探一下郭靖，看看這個她流浪以來碰到的第一個這樣對她好的人，究竟是不是眞的對她好，如果好的話，又能好到什麼程度。於是她就大點果子酒菜，花了郭靖不少的銀子，而且這飯菜絕大部分都浪費了。但郭靖渾不在意，黃蓉心中暗喜。飯後，郭靖還慷慨贈與她黃金和貂裘，二人互通姓名。

然後，黃蓉帶郭靖到張家口最大的酒樓長慶樓，品茗細談，遂成莫逆之交。其後郭靖又在黃蓉假意兒的要求下，毫不猶豫地將自己的坐騎——千載難逢的汗血寶馬送給黃蓉，黃蓉感動莫名，為之泣下。是為郭、黃二人一生痴愛苦戀的開始。同時在這裡，黃蓉初步顯露出其豐富的飲食知識。【注二】

黃蓉與郭靖在張家口分手後，一直暗中跟蹤郭靖。「黃河四鬼」——斷魂刀沈青剛、追命槍吳青烈、奪魄鞭馬青雄和喪門斧錢青健曾與郭靖在土山頂上惡鬥一場，雙方結下樑子，這時見郭靖落了單，就搬出師叔三頭蛟侯通海來與郭靖作對。黃蓉暗中替郭靖引開了侯通海，又在黑松林中把「黃河四鬼」弔在了樹上。之後黃蓉又跟著郭靖到了金國的首都——中都北京，繼續以捉弄「黃河四鬼」為戲。

在穆念慈和楊康「比武招親」之後，黃蓉主動向郭靖現出身爲女兒身的眞面目！從此以後黃蓉稱郭靖爲「靖哥哥」，郭靖則稱她爲「蓉兒」。然後，她又主動提出幫助郭靖爲受了靈智上人「毒沙掌」之毒的玉陽子王處一去尋找療傷所必需的田七、血竭、熊膽和沒藥等四味中藥——黃蓉和郭靖一起涉險進入完顏洪烈的趙王府盜藥，與千手人屠彭連虎、三頭蛟侯通海、鬼門龍王沙通天、白駝山少主歐陽克以及靈智上人等作了好一番周旋。

在王府後花園黃蓉巧遇師姐梅超風，並利用梅超風對黃藥師的敬畏和其陰毒的「九陰白骨爪」武功使郭靖和自己免於受害，直到「江南六怪」趕來相救他們才完全脫險。這是黃蓉第一次和郭靖一起「闖江湖」，二人互相關心、互相照應，同生共死，心心相印，初識時的「知音」感得到了極大的加強和昇華！同時，也定下了他們二人今後聯袂闖蕩江湖的行事模式——即在日常生活中，郭靖對黃蓉言聽計從；而在大節、大事的取捨上，在關鍵時刻則黃蓉唯郭靖馬首是瞻！

穆易巧遇髮妻包惜弱，揭開了他即楊鐵心的眞實身分。因爲他有個義女穆念慈，當年郭、楊兩家的「指腹爲婚」便被理所當然地「理解」爲讓郭靖和穆念慈定親——郭靖的師父「江南六怪」和全眞教重要人物長春子丘處機等尊長無不如此認爲，而且十分熱心、認眞地照此執行。對於郭靖與黃蓉的「私訂終身」，他們都很不以爲然，甚至十分地不屑。更何況黃蓉是黃藥師的女兒、「黑風雙煞」銅屍陳玄風和鐵屍梅超風的師妹——江湖上黃藥師的名聲在邪正之間，而梅超風更是邪惡的典型，故而作爲天下武學正宗的全眞教和桃花島素無來往，而與「黑風雙煞」有血仇的「江南六怪」更是恨屋及烏，將黃藥師恨之入骨。他們見了黃蓉幾乎是不假思索地就稱之爲「小妖女」，對愛徒郭靖和黃蓉私訂終身自然十分的不滿，並竭盡反對之能事。郭靖雖深愛蓉兒，但一向只知唯師命是從，根本不敢說半個不字。這是黃蓉和郭靖的愛情遭到的第一次重大挫折！

　　爲了使郭靖能和自己在一起，黃蓉來了個釜底抽薪，突然將郭靖拉上小紅馬，二人並騎逃之夭夭，遠遠地離開了以大道理逼郭靖娶穆念慈的「江南六怪」和「全眞三子」。這時離煙雨樓比武還有半年時間，黃蓉決定和郭靖到處去玩耍，以盡情享受能夠兩相廝守的短暫時光。他們在長江岸邊巧遇丐幫幫主洪七公，然後同到姜廟鎭投店。黃蓉施展絕頂廚藝，贏得洪七公的歡喜，磨得七公破例花了一個多月將平生絕技「降龍十八掌」中的十五掌教給了郭靖，而在此之前洪七公最多教人三天，如穆念慈就是在蒙他教授的三天之中受益匪淺的。黃蓉自己也順便跟洪七公學會了三十六招「逍遙遊」拳法和「滿天花雨擲金針」。這是黃蓉第一次展現其高妙的廚藝。

不過黃蓉想讓洪七公收郭靖爲徒的願望暫時未能實現，但是，她得到了洪七公對她與郭靖之間的戀情的肯定，說他們沒有父母之命和媒妁之言不要緊，「那不用擔心，我老叫化來做大媒。你爹爹要是不答應，老叫化再跟他鬥他媽的七天七夜，拼個你死我活。」這是黃蓉和郭靖相愛以來，第一次得到尊長在道義上的支持。而洪七公後來也確實在黃蓉和郭靖這對有情人終成眷屬的過程中起到了十分重要的作用。

一天，黃蓉在買菜途中偶遇獨行的穆念慈，意欲打她一頓出出氣；但隨即聽穆念慈表明心跡，知道她心中愛的是楊康，絕對不願也不會按照江南六怪和丘處機的意思嫁給郭靖，而且又把刻有「郭靖」二字的那把匕首送還給郭靖。黃蓉心中大喜，馬上反過來與穆念慈訂下姐妹之交，還主動提出將父親的某項武藝轉授穆念慈，算作是對她的報答。

此後，他們繼續浪跡天涯，一日偶然進入太湖「歸雲莊」，結識了陸乘風、陸冠英父子，發現陸乘風和梅超風一樣，其實是父親黃藥師以前的弟子，並仍對黃藥師懷有敬畏和熱愛之心，盼望被師父重新收歸門下。在這裡，黃蓉第一次表現出對繪畫藝術的高妙鑒賞力。

然後，他們又在「歸雲莊」遇到假冒裘千仞的裘千丈，短時間內為其「高超無比的武功所震驚，且誤信其所宣布的「黃藥師被王重陽門下全眞七子圍攻而死」的驚人消息，哀傷欲絕。但隨即在「江南六怪」，尤其是「妙手書生」朱聰的幫助下揭穿了裘千丈的廬山眞面目，其時黃藥師也現身「歸雲莊」，將陸乘風重新收歸門下，黃蓉見父親安然無恙，不禁破涕為笑。但黃藥師仍不同意女兒和郭靖在一起，黃蓉只得以斷絕父女關係相威脅；黃藥師為此要殺「江南六怪」，郭靖挺身抵擋，慨允一個月之後自己到桃花島領死。

幾天後，郭靖和黃蓉露宿溪邊柳下，偶然聞得程家大小姐有難，便出手相救

——被救之人是全眞教淸淨散人孫不二的徒弟程瑤迦。在救人的過程中，他們倚仗了洪七公的力量才成功地迫走了對手歐陽克，而且雙雙拜洪七公爲師，幸運地成爲以前從來不收徒弟的九指神丐洪七公的入門弟子。

從此，黃蓉不僅是名門之女，又是名師之徒，不僅武功大進，而且還在劫富濟貧、俠義心腸的洪七公，和以天下爲己任的郭靖的共同影響下，開始將國家、民族和蒼生黎民放在心上。換言之，從此以後，黃蓉身上從父親東邪黃藥師那兒繼承來的「邪」氣漸漸淡化，而在洪七公和郭靖的影響下，父親所給予的愛國思想則得到了強化，最終成爲「俠之大者」。

一個月後，黃蓉和郭靖回到桃花島。郭靖與歐陽克爭做黃藥師之婿，歐陽叔姪武功十分厲害，父親黃藥師又明顯地偏袒歐陽克，雖然有師父洪七公竭力相助，似乎也是毫無勝算。在「三道試題」中，黃蓉受盡驚嚇，最終陰錯陽差，郭靖險勝歐陽克，靖、蓉二人總算如願以償！但好景不長，黃蓉隨即得知郭靖所坐的居然是一艘「死亡之船」，她急忙趕去相救，在海上，與歐陽叔姪鬥智鬥勇，險象環生。船隻沉沒後，他們僥倖登上一座無名的荒島。在荒島上，洪七公傷重垂危，無奈之餘，只得從權，將丐幫幫主之位傳於身邊唯一可以信賴的黃蓉；黃蓉臨危受命，學會了絕世武功「打狗棒法」，武藝更上一層樓。荒島歷險使黃蓉武功大大增強，而且還成爲了天下第一大幫的幫主繼承人。

然後，洪七公、郭靖和黃蓉一行歷盡艱險，終於平安回到江南，而且在無意中發現了牛家村曲靈風故居裡的那間密室。這時洪七公傷勢沉重，對郭靖和黃蓉兩個愛徒說：「我只剩下一個心願，趁著老叫花還有一口氣在，你們去給我辦了吧！」於是，他們陪同洪七公深入臨安的皇宮內院，偷吃洪七公夢寐以求的御廚做的名菜「鴛鴦五珍膾」，卻不料巧遇前來盜取兵法寶典《武穆遺書》的完顏洪烈一行，他們自然馬上出手阻攔，衆人大鬧禁宮，最後郭靖被歐陽鋒和楊康打成重傷。

黃蓉將郭靖救出皇宮大內，趕回牛家村，躲進密室用《九陰眞經》上的辦法療傷——在療傷的七天七夜之中，二人目睹了陸冠英和程瑤迦在黃藥師的主持下成親、楊康殺死歐陽克、歐陽鋒殺死全眞七子中的長眞子譚處端後又嫁禍於黃藥師，以及全眞七子和歐陽鋒合攻黃藥師，梅超風捨命救師等大事，最後終於功德圓滿，郭靖的重傷得以痊癒。在這七天中，黃蓉還知道了郭靖居然是成吉思汗的駙馬，他除了穆念慈以外，還有一個更「合法」的未婚妻華箏公主。他們的愛情之路充滿了荊棘。

與此同時，黃蓉所持的丐幫幫主信物——打狗棒落在了楊康的手中，釀成了後來楊康與黃蓉爭奪丐幫幫主之位的大禍。這是二人第一次經歷生死的考驗，此後兩情更篤。

郭靖傷癒後不久，與拖雷、華箏重逢，爲恪守曾經許下的諾言，慨然向黃藥師表示自己不能背棄和華箏之間的婚約，黃藥師勃然大怒，欲殺華箏，黃蓉以身相救，並表示即使郭靖娶了別人，自己心中也只有他一個人。黃藥師見女兒情根深種，仰天長嘯，黯然離去。緊接著黃蓉在郭靖的陪同下重新上路，按照洪七公的吩咐去岳州赴丐幫大會，並接任幫主之位。途中遇雨，無意中在曲靈風的遺物中發現了《武穆遺書》的眞正所在。

二人到了岳州，了解到丐幫內部有污衣派和淨衣派之爭；而且風雲突變，在軒轅台丐幫大會上，楊康突然現身，還手持「打狗棒」，謊稱老幫主洪七公已經仙逝，並遺命將幫主之位傳給他！丐幫眾弟子受了楊康的矇騙，而淨衣派的簡、彭、梁三位長老見自己三人都沒有做幫主的可能，也便只求污衣派的魯有腳長老不繼承幫主之位就心滿意足了，於是率眾將楊康奉為丐幫第十九代幫主。楊康見詭計得售，得意忘形，立刻以幫主身分發號施令，毫不猶豫地答應金國趙王完顏洪烈派來的使者裘千仞提出的要求，下令：「八月初一起，我幫撤過大江。」將北方半壁河山拱手讓給了金人。

黃蓉在這緊急關頭，臨危不亂，以精妙的打狗棒法向眾人昭示她才是洪七公眞正的繼承人，而且告訴眾丐幫弟子他們衷心愛戴的洪七公仍健在，揭穿了楊康假傳七公遺命的罪惡行徑，奪回了打狗棒和幫主之位。黃蓉生性跳脫，當時在「明霞島」上接受洪七公的傳位之命實在是有些勉為其難，這時見幫中大局已定，便將幫務交給魯有腳權宜處理，自己則和郭靖前往鐵掌峰。

在鐵掌峰下，他們想明白了《武穆遺書》的確切所在，隨即上山盜書。在鐵掌峰頂，黃蓉和郭靖見到了鐵掌幫幫主——眞正的裘千仞。二人不知眞相，黃蓉一時大意，被裘千仞的鐵掌擊成重傷，生命垂危。他們在奔逃中誤入鐵掌幫聖地

——歷代幫主埋骨的石室，取到了兵法寶典《武穆遺書》，然後冒險乘白鵰離開鐵掌峰，到了神算子瑛姑隱居的黑沼。瑛姑深愛周伯通，一心想去桃花島救出被黃藥師囚禁多年的情郎，故而潛心研究奇門五行之術。黃蓉進門後，輕輕鬆鬆地幫瑛姑解決了好幾個困擾了她多年的大難題，於是瑛姑為他們指點了世上求治鐵掌之傷的唯一路徑。這是黃蓉第一次十分具體地顯露她在奇門數術方面的學養。

黃蓉在郭靖的保護和陪同下，前往求見一燈大師。一路上，他們連續遇到了漁、樵、耕、讀四大高手的攔截，黃蓉均憑機智善變和淵博的知識闖了過去，順利地見到了當年的「南帝」段皇爺段智興，即如今的一燈大師。一燈用「一陽指」治癒了黃蓉的重症，黃蓉轉危為安，但他自己卻元氣大傷。黃蓉趕緊取出桃花島療傷聖藥「九花玉露丸」給一燈大師服下。不料藥丸已被瑛姑做了手腳，一燈因此中毒甚深。黃蓉悔之莫及……。

◇在這裡，黃蓉表現出了豐富的散曲、對子知識，以及舌辯的捷才。

◇這也是黃蓉和郭靖第二次經歷生死的考驗，此後兩情更堅。

◇但這也是向來料事如神的黃蓉的第一次重大失誤。

黃蓉和郭靖在返回桃花島的路上，遇到鐵掌幫的人暗中對他們下殺手。黃蓉慧眼識破了假扮啞巴的鐵掌幫高手，本來完全可以避開和他們的正面較量。但黃蓉覺得自己和郭靖兩相廝守的時日無多，一心想要和「靖哥哥」一起多做一些事情，以便日後分離時多一些回憶，故而她不聽郭靖的勸說，決定知難而上，又與裘千仞等鐵掌幫的陰險小人惡鬥了一場。

靖、蓉二人並肩戰鬥良久，心心相印，早已是誰也離不開誰了。郭靖此時心神激蕩，決定自破誓言，不再堅守與華箏的婚約，發誓從今以後與黃蓉廝守終身！黃蓉聞言，心中無比歡暢。但人生不如意事十常八九，黃蓉剛剛得到郭靖的許諾，芳心大慰，但是隨即便發生了「江南六怪」除了老大飛天蝙蝠柯鎮惡以外盡皆喪生桃花島的血案！郭靖被假象所蒙蔽，堅信兇手是東邪黃藥師。爲此，他竟然連心愛的蓉兒也不再理睬。黃蓉的人生頓時黯然失色，陷入了絕境！

緊接著是八月十五的煙雨樓比武，正邪雙方短兵相接，完顏洪烈和歐陽鋒一方以毒蛇逼退黃藥師、洪七公、郭靖、黃蓉、柯鎮惡和全眞諸子等衆英雄，黃蓉在亂軍之中救出受了傷的柯鎮惡，暫時匿身於鐵槍廟內。不一會兒，完顏洪烈父子和歐陽鋒、傻姑等人也來到鐵槍廟內，黃蓉從他們的言談中聽出破綻，毅然現身，向傻姑等套明了桃花島上「五怪」喋血的眞相——這讓躲在神像背後的柯鎮惡恍然大悟，原來殺害他的五個結義弟妹的兇手是歐陽鋒和楊康等人，而不是黃藥師！

楊康惱羞成怒，意欲殺人滅口，他以「九陰白骨爪」擊中黃蓉的肩頭，不料，黃蓉身穿「軟蝟甲」，他不僅沒有能夠傷她分毫，反而被「軟蝟甲」的尖刺刺傷了手掌。由於郭靖的四師父南山樵子南希仁臨終前在黃蓉左肩上打了一拳，使「軟蝟甲」帶上了歐陽鋒杖頭怪蛇的毒液，楊康終於惡貫滿盈，得到了應有的下場，死後屍體被群鴉啄食殆盡。

就這樣，黃蓉冒著生命危險終於弄清楚了桃花島血案的眞相，但也給自己帶來了不小的麻煩——眼前的麻煩是她自己被歐陽鋒所拘，不得自由；長遠地看，因爲黃蓉深愛郭靖，而楊康是郭靖的結義兄弟，郭靖對他始終心存手足之情。雖然其慘死完全是咎由自取，但「我雖不殺伯仁，伯仁因我而死」，楊康的死因從此成爲黃蓉的一塊去不掉的心病，對她的後半生頗有影響。當然，這一點即使是聰穎絕倫的小蓉兒自己也是始料未及的。

黃蓉被歐陽鋒所拘之後，千方百計找機會脫身，但好幾次都功虧一簣。最後，她躲進了西征花剌子模的蒙古大軍之中，歐陽鋒雖然武功蓋世，一時倒也奈何不了她。這時，郭靖也在蒙古大軍之中，先爲「那顏」，統帥一個萬人隊；後又因戰功升爲右軍統帥。但作戰成功的喜悅和封侯拜相的榮耀並不能使他感到些許人生的快樂，黃蓉的生死未卜令他寢食難安。他遍尋黃蓉不著，心中思念萬分，於是立下誓言，在得到黃蓉的消息之前絕不履行與華箏完婚的諾言——只有在得知黃蓉平安無恙後，他才會如約地與華箏成親。黃蓉知道後，心中惱他，便有心避而不見。但心中的愛卻忘不了。她躲在蒙古大軍之中，暗中透過她的部下、丐幫長老魯有腳等人幫助郭靖，使郭靖設下奇謀妙策，成功地對狡猾陰毒的歐陽鋒實施了三擒三縱。最後，她終於被郭靖的深情所感動，現身相見。同時，她又獻上了一個攻城的絕妙計策，令蒙古大軍終於攻破了久戰不克的撒麻爾罕城，幫助郭靖立下了大大的軍功。

此時的郭靖功勳赫赫，終於有了一個向成吉思汗辭去婚約、成全自己與黃蓉的愛情的機會。黃蓉對此滿懷著期待。但是，成吉思汗惱恨撒麻爾罕城軍民的頑強抵抗，得勝後竟下令屠城。郭靖見狀，不得已放棄辭婚，改向成吉思汗要求赦免這些無辜的百姓。

黃蓉見郭靖累次背棄自己，鴛盟締結已完全無望，不禁心灰意冷，遂不辭而別。她萬里歸家，形單影隻，回憶前塵，只覺盡是恨事，不由地氣急攻心，竟在異地他鄉大病一場，這般淒涼光景眞是難以消受。好不容易從病榻上掙扎起來後，卻不愼又落入了歐陽鋒的掌握之中。好在歐陽鋒只是逼她解釋《九陰眞經》，她又是天下機變無雙，除了不得自由以外，其他一時倒也無妨。同時，她又有意誤導歐陽鋒，令老毒物倒練《九陰眞經》，漸漸使歐陽鋒心智不清。

這時，第二次華山論劍的日期臨近，歐陽鋒一心欲奪天下武功第一的尊號，早早地上了山，黃蓉自然也被他帶上了山。在華山上，黃蓉遇到了她未曾片刻忘記的情郎「靖哥哥」，但她恨極了郭靖的薄情寡義，乃對他不理不睬，輕嗔薄怒，盡現女兒情態。最後終於言歸於好。經過這樣一番變故，黃蓉郭靖之間的情意又大大轉深了一層。

華山論劍之日，黃藥師和洪七公等高手紛紛展露絕妙武藝，但卻均敵不過倒練《九陰眞經》的歐陽鋒。眼看天下武功第一的尊號要落入劣跡斑斑的西毒頭上，衆人心裡焦急，一時之間卻又是一籌莫展。在這緊要關頭，黃蓉急中生智，以言語激瘋歐陽鋒，避過了一場大尷尬，爲武林又建了一功。黃藥師這時欣然同意女兒和郭靖的婚事，黃蓉的夙願終於得償！恰正是悲喜交集，頓覺人生夫復何求！

他們正欲回轉桃花島完婚，郭靖接到華箏的飛鵰傳書，得知成吉思汗即將南攻襄陽、意欲滅宋的重要軍情，遂馬上決定趕赴襄陽報警，爲國分憂。在去襄陽的途中，路過江西上饒，他們巧遇久違了的穆念慈，得知她已產下楊康的遺腹子。郭靖念及和楊康的結義之情，替孩子取名「楊過」，字「改之」，以寓有過必改的深意：

◇這時候，黃蓉不知道，這個小小的孩童「楊過」若干年後將對她、對她的女兒、對她的家庭產生極爲重大的影響。

◇這時候，黃蓉也不知道，襄陽這個目前對她來講還非常陌生的城市亦將在她的後半生裡扮演極其重要的角色。

約十七歲（新嫁娘階段）

在父親黃藥師和郭靖的大師父柯鎮惡的主持下，黃蓉與郭靖完成花燭，夙願終於得償。多年來一直冷冷清清的桃花島因他們的聚居而變得熱鬧起來。黃藥師不習慣熱鬧的生活，飄然離島，杳無音訊。黃蓉雖思念父親，但四處尋找不著，又深知父親的脾氣，只得順其自然了。

一年多後，黃蓉身懷有孕，後產下一女，取名「郭芙」。郭芙容貌頗像母親，但心智卻和父親小時候差不多。黃蓉和父親黃藥師一樣，對女兒十分驕縱，她後半生的許多事便將由此女而起。

二十六、七歲（以下爲少婦階段）

郭芙九歲時，黃蓉思念久別的父親，與郭靖離開桃花島，出外尋訪，在嘉興巧遇已成爲孤兒的楊過，同時，一燈大師的弟子武三通的兩個兒子武敦儒和武修文也因母親的逝世而失恃。郭靖和黃蓉念在故人之情，將三個孩子帶回桃花島撫養。

郭靖要收武氏兄弟、楊過及郭芙爲徒，授以武藝，並向妻子提出要把女兒郭芙許配給楊過，因爲當年郭靖的父親郭嘯天和楊康的父親楊鐵心曾有指腹爲婚的約定，可惜兩家生的都是兒子，心願未能得償。後來郭靖自己與黃蓉情深意篤，又不願與楊鐵心的義女穆念慈成親，故「郭楊聯姻」一直未能成爲現實，此事成了郭靖的一塊心病。現在若能在小一輩身上兌現，倒可以了卻多年的心願。

黃蓉聽丈夫這樣說，心中頗有些猶豫——她見楊過頗與其父楊康相像，又尋思：「他父親雖非我親手所殺，但也可說是死在我的手裡，莫養虎爲患，將來成爲一個大大的禍胎。」故而堅決不同意將獨生愛女許配給楊過。那郭靖在小事上一向對妻子言聽計從，許婚之事便作了罷論，黃蓉如願以償。但是，郭靖要教楊過武功的事黃蓉卻不便公開表示反對，於是她耍了一個小小的花招，把教楊過的任務攬到了自己頭上，然後瞞著郭靖，私下裡只教楊過讀書，教完了《論語》又教《孟子》，卻絲毫不授武藝。雖然習文和習武一樣有好處，但楊過小小年紀不可能明瞭其中的奧妙。於是黃蓉的這種做法很快導致了楊過無法在桃花島生活，郭靖只得將他送到全眞教去學藝，同時也導致了楊過在這之後對她這位「郭伯母」長時間的仇視。

三十歲左右

這一階段，黃蓉的主要工作是和丈夫郭靖一起助守襄陽。她既要生兒育女、伴夫課徒，又要處理幫務，十分繁忙。這時，黃蓉第二次也是最後一次懷孕，她希望這次能生個男孩，以使郭家有後。十餘年來，魯有腳一直代替黃蓉處理幫務，公平正直、敢作敢爲，丐幫中的污衣和淨衣兩派俱都心悅誠服。黃蓉身懷有孕，需要保養，便決定以丐幫幫主的身分和郭靖一起主持召開英雄大會，並在大會上將幫主之位傳給魯有腳。

在英雄大會上，眾豪傑商定推舉一人為天下武林盟主，領導大家抵禦外侮，保衛祖國。不料，西藏高僧金輪法王師徒三人突然出現，出手爭奪武林盟主之位。黃蓉沉著應戰，師孫臏之故智，定下必勝之策。不料對方詭計多端，己方竟轉勝為敗。在這危急時刻，楊過挺身而出，為國家和民族的尊嚴而拼死力戰。黃蓉雖然對楊過的出場和所表現出來的高超武功感到十分的意外，但隨即迅速作出了正確的反應，從旁竭力襄助，幫楊過戰勝了金輪法王師徒一方，使對方的陰謀未能得逞。

楊過立了大功，天下英雄皆為之傾倒，郭靖更是喜出望外，又一次提出要將郭芙許配給楊過，以完成郭嘯天和楊鐵心的未了之願。黃蓉這時對楊過的看法已有所改變，於是欣然同意。但是，與此同時，她也觀察到並證實了楊過和小龍女師徒相戀，不禁大吃一驚！這時的黃蓉十分愛惜和欣賞楊過和小龍女的絕世才華，為了對他們負責，她一方面誠懇地動之以情，另一方面又嚴肅地向二人曉以禮教大義，竭盡破壞楊龍戀情之能事，但是，她完完全全地失敗了！而且還進一步惡化了她和楊過之間的關係。這是黃蓉一生中極少數的幾次失敗之一。

蒙古皇弟忽必烈親自率領蒙古大軍猛烈攻城，襄陽告急。在這危急之時，十月二十四日，黃蓉產下了第二個女兒郭襄和兒子郭破虜。

郭襄出生時由小龍女、楊過抱著，被李莫愁誤以為是師妹小龍女的私生女而搶走，小小嬰孩歷盡磨難。黃蓉為救女兒，帶領長女郭芙和武家兄弟，還有周伯通的弟子耶律齊等人輾轉古墓和絕情谷等地，與李莫愁、慈恩（即裘千仞）等鬥智鬥勇，幾經周折和劫難，終告成功。在這期間，郭芙無理指責楊過抱走她的小妹妹是為了去絕情谷以郭靖和黃蓉的女兒向裘千尺換取「絕情丹」，以挽救自己的性命，並冒冒失失地砍斷了楊過的一條手臂，釀成大錯！她雖然是名門之後，家學淵源，但卻只有外貌酷肖其母黃蓉，而文才和武功則均不及母親的十分之一，加上又鹵莽成性，一路上成事不足敗事卻有餘，不僅對救郭襄無甚作用，還屢屢闖禍——又如，在進入古墓小龍女的臥室時，她看到李莫愁遺留的幾枚冰魄銀針，就撿了起來，然後還沒有看清楚躲在石棺裡的是什麼人，就認定是李莫愁，不假思索地發出冰魄銀針，使正在運功療傷的小龍女身上毒液倒流，侵入周身諸處大穴，陷入了無法醫治的絕境！有道是「知女莫若母」，黃蓉深知自己這個寶貝女兒過於莽撞，故而在救郭襄的關鍵時刻，她將襁褓中的小女兒踢向耶律齊，而不是郭芙——雖然她無疑是眾人中和自己最親近的人。同時，這件事使得爲人母已有多年的黃蓉反躬自問，自己對郭芙的教育方法是否失之於過分的溺愛和縱容？因此，她和郭靖商定對郭襄和郭破虜須得管束嚴厲，以期彌補從前的失誤。

救回小女兒以後，黃蓉在幫助丈夫郭靖守城，爲國盡忠的同時，忙中偷閒，處理了一下家務大事——將大女兒郭芙嫁給了耶律齊，又分別替武家兩兄弟完了婚。從此，黃蓉的身邊有了三對小夫妻，即耶律齊和郭芙、武敦儒和耶律燕、武修文和完顏萍。這三樁婚事標誌著黃蓉進入中年階段。從此，不再有豆蔻少女如詩的情懷，亦不再有青春少婦的小鳥依人和對將來夢幻般的憧憬，有的只是濃如醇酒的心事——國事、家事、天下事，人到中年，黃蓉要操心的事可實在不少。

四十五歲左右（從中年到晚年）

光陰如白駒過隙，一轉眼，黃蓉的長女郭芙已是年過三十的少婦，容顏如昔，但稟性未移，雖然父母和丈夫都是一流的武學名家，但她心浮氣躁，十餘年來功夫雖有很大的進步，但仍只有二、三流的水平；而黃蓉在襄陽鏖兵之際誕育的雙胞胎孩子郭襄和郭破虜也已經十五、六歲，到了當年黃蓉初遇郭靖的年齡了——獨子郭破虜沉靜莊重，頗有乃父之風；二女兒郭襄正好和大女兒相反，雖然不似郭芙那樣顏若春花，但卻具有極好的練武資質，而且心地善良，性情豪爽、豁達，喜和江湖豪俠之士爲伍，還從不避男女之嫌，什麼市井酒徒、兵卒廝役都愛結交。她平日裡伶牙俐齒，最愛與大姊姊鬥嘴，但卻能與粗豪的魯有腳結成忘年之交。還頗令人匪夷所思地將服侍自己的小丫頭命名爲「小棒頭」，故而被父親郭靖評價爲「從小便古古怪怪，令人莫測高深」。也正因如此，小郭襄雖然從未見過外公黃藥師，但性格脾氣倒頗具「東邪」之風，還得了個「小東邪」的外號。

大宋理宗開慶元年，即公元一二五九年，南方的大理國已被蒙古滅了五年，兩路蒙古大軍分別由皇帝蒙哥和皇弟忽必烈率領南下，準備一舉滅宋。義守襄陽的郭靖和黃蓉見事態危急，在年前就已撒下英雄帖，遍請天下英雄齊集襄陽，會商抗敵禦侮大計——英雄大宴的日期定在這一年的三月十五日至二十五日，將爲期十天。

初春二月，郭芙和郭襄、郭破虜三姊弟受父母派遣，前往終南山恭送邀請長春眞人丘處機參加英雄大宴的請帖。他們途經黃河北岸的風陵渡口時，在鎭上「安渡老店」的大廳裡休息打尖，小郭襄聽眾客官紛紛議論「神鵰大俠」，稱頌其不僅行俠仗義，好打不平，而且還至情至性，對十餘年不能相見的妻子情深愛重，不禁悠然神往，不顧大姊的堅決反對，執意跟隨素不相識的大頭鬼去求見「神鵰大俠」——這神鵰大俠就是與郭靖黃蓉夫婦暌違一十餘載的楊過！郭襄這一去，被楊過的氣質風度所迷，對他十分傾倒，於是作爲母親的黃蓉從此又添了一樁心事，爲小女兒的意亂情迷而愁思萬端。

三月十三日，英雄大宴召開前夕，丐幫幫主魯有腳被霍都暗殺身亡，深夜裡郭襄悄悄地到城外的羊太傅廟去祭奠魯老伯亡靈，差點被尼摩星所擒，幸而有不知名的高人相救，方得脫離險境。

三月十五日，英雄大宴如期開始，大家都興高采烈，出席觀禮，但小郭襄竟然不願出來躬逢其盛，說道是自己在閨房裡開「英雄小宴」！而且確實有一批江湖奇士專程來與她飲酒聊天，還送了她很多珍貴的禮物。黃蓉對此心中大驚，雖然一向智計百出，此時卻是一籌莫展。

郭襄生日那天，楊過送來十分隆重的賀禮，小姑娘芳心可可，從此再也無法將這位「大哥哥」的身影從心頭抹去。爲了勸楊過不要殉情自盡，郭襄離開了家，不愼落入金輪法王的魔爪。黃蓉又一次踏上了救女之路！但是，郭襄後來雖然得救，但她對楊過情根深種，難以自譴，黃蓉束手無策，只得任憑愛女同師妹程英、以及程英的表妹陸無雙一樣，寂寞自守，孤獨地繼續往後的日子。當然，郭襄日後成爲峨嵋派的開山祖師，躋身武學宗師之列，取得了從某種角度講比父母還高的成就，卻是黃蓉所始料未及的。

古稀之年（老年階段）

南宋度宗咸淳九年，即公元一二七三年，三月，安撫使呂文煥（在金庸筆下是呂文德）向元軍投降，襄陽城陷落。此時距南宋滅亡僅三年。黃蓉和丈夫郭靖、兒子郭破虜等人一起殉城而亡，享年約在七十歲以上。【注三】

在此之前，郭靖和黃蓉爲了在自己殉國後寶貴的《武穆遺書》和《九陰眞經》還能繼續爲民造福，事先鑄造了屠龍刀和倚天劍，並將《武穆遺書》和《九陰眞經》藏於刀劍之中，以期後世有識有爲者得之。從此，江湖上人人皆知「武林至尊，寶刀屠龍，號令天下，莫敢不從！倚天不出，誰與爭鋒？」另外，黃蓉的小女兒郭襄在父母殉國後創立了峨嵋派，在江湖上頗有名望。

注一：

黃蓉的具體出生年份金庸在「射鵰」三部曲中並未著意提及，不過，《射鵰英雄傳》第一回〈風雪驚變〉中說，當時郭靖之母李萍剛剛懷孕，而那一年是：「……高宗傳孝宗，孝宗傳光宗，金人占定了我大半江山。光宗傳到當今天子慶元皇帝手裡，他在臨安已坐了五年龍廷」，也就是說應該是南宋寧宗皇帝趙擴在位的慶元五年，即公元一一九九年，歲次己未。郭靖出生於次年，即公元一二〇〇年，歲次庚申，其生肖為猴；而在《神鵰俠侶》的第三十二回〈情是何物〉的最後有一小段注釋：「問世間，情是何物，直叫生死相許」一詞，調寄〈邁陂塘〉，作者是金人元好問，作於金泰和五年，其時楊過之父楊康五歲。

「泰和」是金章宗完顏璟的年號，泰和五年即宋寧宗（趙擴）開禧元年，亦即公元一二〇五年，歲次乙丑。據此推算，若假定這裡「楊康五歲」是指江南人習慣上說的虛歲，那麼楊康應出生於金泰和元年，即公元一二〇一年，亦即宋寧宗嘉泰元年，歲次辛酉，也就是說，他是屬雞的；而若假定這裡「楊康五歲」是指北方人習慣上說的足歲，那麼楊康應該出生於金章宗（完顏璟）承安五年，即公元一二〇〇年，他是屬猴的。

金庸在書中多次提到，郭靖和楊康是同一年出生的，那麼，按照上述結論，郭靖自然也應是出生於公元一二〇一年，屬雞的；或是出生於公元一二〇〇年，屬猴的

——這與《射鵰英雄傳》第一回的敘述正好一致。不過，若根據《射鵰英雄傳》第四十回〈華山論劍〉所述的：「黃蓉笑道：『不是要用十二頭牛？你生肖屬牛，是不是？』……」屬牛的人應該出生在「丑」年，所以，按照這個說法，郭靖的出生年份還應該比「辛酉」年早八年或晚四年，即是「癸丑」年（公元一一九三年）或「乙丑」年（公元一二〇五年）。

當然，郭靖畢竟只是一個武俠小說中的人物，其生卒年月沒有深究詳查的必要，作爲讀者，我們只要知道郭靖是出生在南宋末年，即大致是公元十二世紀末或十三世紀初，也就可以了。知道了郭靖的出生年份，黃蓉的出生年份也就可以很容易地推算出來了，因爲在《射鵰英雄傳》和《神鵰俠侶》中，有許多場景提到了郭靖和黃蓉二人之間的年齡差距。

不過，作品中所敘述的郭靖和黃蓉二人之間的年齡差距前後很不一致，可以有多種結論，故而黃蓉的具體出生年份亦可以有多種推算結果，無法確切論定。

當然，黃蓉和郭靖一樣，也是出生於十二世紀末或十三世紀初，對於這一點，我們還是完全可以肯定的。

注二：

黃蓉與郭靖初會時她的年齡在金庸的「射鵰」三部曲中沒有十分確定、前後一致的交代：

若按照《射鵰英雄傳》第七回〈比武招親〉所述，是大約十五、六歲。

若按照《射鵰英雄傳》第一回〈風雪驚變〉所述，在郭靖之母李萍懷孕之初，跛子曲三即黃藥師的徒弟曲靈風已隱居在臨安府牛家村好幾年了，還在家中建了一個密室。換言之，這時距離陳玄風和梅超風叛師盜經已有數年，而據《射鵰英雄傳》第十回〈冤家聚頭〉所敘述，黃蓉是在陳玄風和梅超風離島不久以後出世的。等到陳玄風和梅超風半年後重返桃花島時，黃蓉已經一歲了。據此推算，黃蓉至少比郭靖大二、三歲，那麼，她和十八歲的郭靖在張家口初次會面時應是二十一、二歲年紀。

若按照《射鵰英雄傳》第三回〈大漠風沙〉所述，在郭靖六歲時，陳玄風和梅超風根據《九陰眞經》下卷修習「九陰白骨爪」已經有「十餘年」了。又據上面所述的第十回的內容，黃蓉應出生於陳玄風和梅超風盜經離開桃花島後不久。據此推算，則黃蓉至少比郭靖大五歲。

若按照《射鵰英雄傳》第十四回〈桃花島主〉所述，郭靖和黃蓉在張家口初會後不久，梅超風和陸乘風師姐弟倆在陸家莊重逢，陸乘風說二人分別已經有「二十年」了，再據上述的第十回內容推算，則黃蓉應比郭靖大一到二歲。

若按照《射鵰英雄傳》第二十一回〈千鈞巨岩〉所述，在那個後來被洪七公戲稱爲「壓鬼島」和「吃屎島」、又被黃蓉命名爲「明霞島」的無名小島上，與「年過三旬」的歐陽克鬥智鬥勇的黃蓉還只是一個剛剛及笄的少女，「盈盈十五」，稚氣猶存。據此推算，黃蓉與郭靖初會時的年齡則似應比十五歲還要略略小一些。

若按照《神鵰俠侶》第二回〈故人之子〉所述，在赤練仙子李莫愁去找陸展元全家尋仇的時候，郭靖是「三十來歲年紀」，黃蓉是「約莫二十六、七歲」，黃蓉比郭靖小四、五歲的樣子，那麼，黃蓉在張家口初會十八歲的郭靖時應是十三、四歲。

若按照《神鵰俠侶》第十二回〈英雄大宴〉所述，則是「黃蓉自十五歲上與郭靖相識」。

當然，小說中人物的年齡並沒有過分深究的必要，作爲讀者，我們只要知道，黃蓉在與郭靖初會時應該正是情竇初開的豆蔻年華，這一點在「射鵰」三部曲中是肯定的，也就可以了。

注二：

黃蓉去世時她的年齡和她的出生年份一樣，在「射鵰」三部曲中並沒有明確的交代，而且根據不同的回目，可以得出不同的結論。好在黃蓉去世的時間交代得十分肯定，是南宋末年襄陽城陷落的那一年，即公元一二七三年，故而我們不妨也用上文推斷黃蓉的出生年份的方法，來推算黃蓉的卒年。

按照上文所析，假定郭靖確實出生於公元一二〇〇年，那麼，不論黃蓉是比丈夫年紀略大還是略小，當她在公元一二七三年隨死守襄陽的丈夫郭靖壯烈殉城時，都已是七十歲左右的老人了。而作者在書中提供的信息較多的是支持黃蓉比郭靖年齡大的，故而我們不妨暫且認定黃蓉享年在七十歲以上。

附錄II　黃蓉菜譜

第一品　玉笛誰家聽落梅

主料：羊羔坐臀、小豬耳朵、小牛腰子、獐腿肉、兔肉各若干，具體數量視各人食量而定。

配料：各色調味品若干，不妨視各人口味加以增刪。

製作工藝：

（一）將各色肉類切成長條狀，以形如玉笛者最佳。

（二）將五種不同的肉類分別配對，每一條大肉條均由四條小肉條拼成——小肉條可以是單獨的羊羔坐臀肉、小豬耳朵或小牛腰子，也可以由兩種不同的肉揉在一起，如獐腿肉和兔肉相揉。每條大肉條由三條單純的小肉條和一條混合肉條組成。這樣排列組合以後共有二十五種不同的大肉條。

（三）加以配料炙烤，至色澤金黃，香味大溢，起鍋盛盤。並視各人愛好和季節不同，飾以鮮花果蔬。

特色：香氣濃郁，味道鮮美。雖然肉只有五種，但豬羊混咬是一般滋味，獐牛同咬又是另一般滋味，故每咀嚼一次就有不同的滋味，或膏腴滑嫩，或甘脆爽口，諸味紛呈，變化多端，直如武學高手招式之層出不窮，人所莫測。

名稱立意：若次序不計，則炙肉條共有二十五種變化，合五五梅花之數；又因肉條形如笛子，而「誰家」二字暗存考較食客辨味能力之意，故名「玉笛誰家聽落梅」。

名稱出處：此名化用了唐代大詩人李白的兩聯名句：

誰家玉笛暗飛聲，散入春風滿洛城。

——〈春夜洛城聞笛〉

黃鶴樓中吹玉笛，江城五月落梅花。

——〈與史郎中欽聽黃鶴樓上吹笛〉

第二品　好逑湯

主料：櫻桃數十顆，笋尖、斑鳩肉各若干，荷葉兩張，時令花瓣七八片——以粉色的爲佳。

配料：清水、調味品若干。

製作工藝：

（一）剜出櫻桃的小核，代以斑鳩肉嵌之；

（二）以荷葉熬湯，瀝渣；以鮮笋丁鋪底，紅櫻桃爲體，粉色花瓣爲神。

特色：紅白綠三色輝映，鮮艷奪目，荷葉熬湯使湯色碧綠，湯氣清香，湯味馥郁。荷葉之清、笋尖之鮮、櫻桃之甜無可言表，更有那一點斑鳩肉收到了畫龍點睛之效果。

據吃遍天下美食的第一食客洪七公品評，就連皇宮大內御廚的櫻桃湯也比不上這一碗。

名稱立意：蓋如花容顏，櫻桃小嘴，便是美人；且竹節心虛，乃是君子，而蓮花又是君子中的君子，故笋丁與荷葉說的都是君子。又取意於「關關雎鳩，在河之洲。窈窕淑女，君子好逑」，是以名爲「好逑湯」。

名稱出處：此名隱括了《詩經》第一篇〈關雎〉：

關關雎鳩，在河之洲。窈窕淑女，君子好逑。

參差荇菜，左右流之。窈窕淑女，寤寐求之。求之不得，寤寐思服。悠哉悠哉，輾轉反側。

參差荇菜，左右采之。窈窕淑之，琴瑟友之。

參差荇菜，左右芼之。窈窕淑女，鐘鼓樂之。

第三品　二十四橋明月夜

主料：火腿一隻，嫩豆腐一方。

配料：無。

製作工藝：

（一）將火腿剖開，挖二十四個大小均勻的圓孔。

（二）將豆腐削成二十四個大小均勻的小球，使小球比火腿的圓孔略小。

（三）將豆腐小球一一放入火腿的孔中，用繩子紮住火腿，然後上蒸架以高火隔水蒸。及至蒸熟，棄去火腿，只取那豆腐圓球食用。盛器四緣應飾以時令鮮花或果蔬。

特色：火腿的鮮味全在二十四顆豆腐圓球中，其滋味令人大爲傾倒；且入口即化，雖有火腿之味美而無火腿之瘦硬，即便是六旬老翁亦能食之。此道菜難點在於嫩豆腐觸手即爛，將之削成球之舉難度不亞於米粒刻字，雕核爲舟，非黃蓉家傳的「蘭花拂穴手」所不能爲之。

名稱立意：蓋豆腐色白形圓，又略暈染火腿的紅意，有如夜空中皎潔的明月。又正好爲二十四數，故名「二十四橋明月夜」。

名稱出處：此名引用了唐代大詩人杜牧的名句：

「二十四橋明月夜，玉人何處教吹簫。」

——〈寄揚州韓綽判官〉

第四品　歲寒三友

主料：松仁、酸梅、竹笙。

配料：不詳。

製作工藝：煎炒烹炸均可，具體不詳。以燉煮成湯最爲可能。

特色：不詳。

名稱立意：松、竹經冬不凋，梅則耐寒開花，故有「歲寒三友」之稱，爲中國傳統的藝術。創作題材，常見於繪畫、刺繡以及詩歌文章題詠。如明代的程敏政有〈歲寒三友圖賦〉。

註：其時歐陽克攜蛇奴驅青蛇經過松林，引發人蛇大戰，此菜遂胎死腹中。各位美食家不妨發揮自己的聰明才智，以補闕如，使之成為完璧。

第五品　叫化雞

主料：肥公雞一隻。

配料：調味品若干。

製作工藝：

（一）剖開雞肚，將內臟洗剝乾淨，不必拔毛。

（二）用一團糅入調料的濕泥裹住雞體，生火烤至濕泥乾透。

（三）剝去乾泥，雞毛隨泥而落。

特色：雞肉白嫩，濃香撲鼻。因製作和食用均十分方便，故特別適合野炊。

第六品　炒白菜

主料：白菜菜心若干，鴨掌末少許。

配料：雞油少許。

製作工藝：洗淨，瀝水；直接下鍋，生炒。

第七品　八寶鴨

主料：肥鴨一隻，以北京鴨爲上選。

配料：共八樣，具體不詳。

製作工藝：不詳。以烤炙或文火燉煮最爲可能。

第八品　燻田雞腿

主料：田雞腿若干。

配料：無。

製作工藝：燻炙。

第九品　銀絲捲

主料：不詳。

製作工藝：不詳。

特色：不詳。

第十品　燉雞蛋

主料：雞蛋數隻。

配料：不詳。

製作工藝：清燉煨煮。

特色：不詳，

第十一品　白切肉

主料：肉若干。具體何種肉不詳。

配料：不詳。

製作工藝：燉煮至熟，直接切片裝盤。

特色：不詳。

其它

以上是黃蓉在書中做過或提到過的菜式。其中前四品資料較詳細；後七品則語焉不詳，筆者不可妄加猜測，故有些內容不得不付之闕如，還望眾位看官勿怪。

另外，黃蓉還在酒樓飯館點過一些菜餚。因爲黃蓉乃天下第一名廚，故而她點的菜必定是自己愛吃的、會做的，甚或是她的拿手好菜。筆者不敢略去，以免遺珠之嘆，現姑錄如下：

1. 花炊鵪子。
2. 炒鴨掌。
3. 雞舌羹。
4. 鹿肚釀江瑤。
5. 鴛鴦煎牛筋。

6. 菊花兔絲。

7. 爆獐腿。

8. 薑醋金銀蹄子。

後記

一、黃蓉主食譜

鍋貼	燒賣	蒸餃	水餃	炒飯
湯飯	年糕	花捲	米粉	豆絲

製作工藝：略。

特色：花樣變化無窮，可以餐餐不同。

二、黃蓉果子譜

黃蓉曾在張家口的酒樓上點過一些果子，也因上述原因，筆者不敢忽略，姑錄如下：

1.乾果：荔枝、桂圓、蒸棗、銀杏。
2.鮮果：視時令而定。
3.鹹酸：砌香櫻桃、薑絲梅兒。
4.蜜餞：玫瑰金橘、香藥葡萄、糖霜桃條、梨肉好郎君。

三、洪七公菜譜一則

主料：大蜈蚣百來條。以取之於華山之陰的爲上選。
配料：雪水大量，油鹽醬醋若干。
製作工藝：
（一）前一天在華山之陰的雪地裡埋下生猛的大公雞一隻，蓋蜈蚣與公雞生性相剋，能把四下裡的蜈蚣引來。
（二）煮雪水至沸騰，放入蜈蚣在沸水裡燙死。
（三）斬去蜈蚣的頭尾，捏去殼，露出肉來，雪白透明，形如大蝦。蜈蚣肉十分細嫩，故此時手勢拿捏，輕重必須恰到好處。

（四）煮雪水洗滌蜈蚣肉多遍，直至毒性去除乾淨；然後起油鍋炸至色澤微黃，撈出，加上醬料拌勻，立即食用。

特色：其味鮮美，又脆又香，清甜甘濃，是天下少見的異味也；且蜈蚣毒名昭著，非膽大者不能食用。

嚴正聲明：

（一）因爲蜈蚣在臨死前將毒液毒尿盡數吐了出來，所以第一鍋雪水劇毒無比，切記要謹慎處理。

（二）華山之陰，是天下極陰寒之處，所產蜈蚣最爲肥嫩。而其他地方，尤其是廣東，因天時炎熱，百物快生快長，蜈蚣肉就相形粗糙。若其味與本菜譜記載有別，亦乃物種之別，與本菜譜無關。

（三）若烹飪者的操作不當導致出現食物中毒現象，本菜譜概不負責。

三、作者的話

從黃蓉的這些菜式來看，雖然看起來有些匪夷所思、驚世駭俗，其實用料相當普通，所用蔬菜、水產、禽畜肉、豆製品等主配料無不為常見之物，其烹飪方式也不外乎烹炒煮炸蒸，但卻吃得天下第一大食客洪七公連看家本領也都拿來換菜吃了，原因何在呢？

有道是天下之事，不怕做不到，只怕想不到！黃蓉的烹調本事之所以能夠天下無雙，就在於她的奇思妙想。而且也說明一個道理：眞正的烹調高手，越是在最平常的菜餚之中，越能夠顯出其功夫之奇妙。就像武學一樣，能在平淡之中現神奇，才稱得上是大宗匠的手段！而且，眞正的功夫還在烹調之外，也就是說除了紅案白案上的刀功、火候等廚下的基本技能以外，還必須具有非凡的文化素養，以及不拘一格的思維方式和超凡脫俗的想像力。

相對於黃蓉所處的時代，我們現在的烹飪硬件已經好了不知多少倍了，微波爐、烤爐、燜燒鍋等現代烹飪器具的廣泛使用以及令人眼花撩亂的各種調料的上市，使我們普通人也能一圓大廚之夢。況且，黃蓉菜譜乃燦爛之極所歸的那一份平淡，或曰是平淡之極而臻於的那一種燦爛，比較平民化，容易模仿和學習。不似《紅樓夢》裡姑娘太太們吃的菜，步驟繁複，製作麻煩，成本也高，普普通通的一味茄子倒要十多隻雞去配，喝茶則要用梅花上積雪所化的水，雖均是人間至味，但卻如王謝堂前燕，難入尋常百姓家。而黃蓉菜譜就不同了，雖然黃蓉的文才武功不是人人都能望其項背的，但黃蓉的烹飪技術中，除了「蘭花拂穴手」外，別的都還是可以模仿的。那麼，我們何妨做一下黃蓉隔代的私淑弟子，說不定還能夠青出於藍呢！

附錄三 「射鵰」詩文譜

中國傳統小說有一個很大的特點，那就是「文備眾體」——即將詩、詞、曲、賦、散文、民歌、俗語、謎語、笑話、偈子、青詞……等等各種文學體裁包容於小說之中，使作品手法富有變化，內容精彩多變，大有可觀。金庸先生扎根於傳統文學的沃土，作品大都採納了「文備眾體」的藝術筆法，「射鵰」三部曲也不例外。

有很多讀者喜歡「射鵰」三部曲裡的詩文，不過，小說中所用的一部分詩文出於設置情節、表現人物等需要，並未曾交代其具體出處，或是只引用了幾句。本書正文裡已經將杜甫的〈潼關吏〉等幾首小說中沒有引用全文的詩詞補充完整。下面，就將沒有提到的另外一部分詩文照錄於此，小說裡未引全的就錄上全文，然後附上其朝代、作者等，以饗同好……。

隰有萇楚

隰有萇楚，猗儺其枝。夭之沃沃，樂子之無知。
隰有萇楚，猗儺其華。夭之沃沃，樂子之無家。
隰有萇楚，猗儺其實。夭之沃沃，樂子之無室。

——《詩經・檜風》，相關情節見《射鵰英雄傳》

君子于役

君子于役，不知其期。曷至哉？雞棲于塒，日之夕矣，羊牛下來。
君子于役，如之何勿思！
君子于役，不日不月。曷有其佸？雞棲于桀，日之夕矣，羊牛下括。
君子于役，苟無饑渴。

（注：君子于役，指的是女人想念在前線的丈夫。）

——《詩經・王風》，相關情節見《射鵰英雄傳》

風雨

風雨淒淒，雞鳴喈喈。既見君子，云胡不夷！
風雨瀟瀟，雞鳴膠膠。既見君子，云胡不瘳！
風雨如晦，雞鳴不已。既見君子，云胡不喜！

——《詩經・鄭風》，相關情節見《神鵰俠侶》

贈秀才入軍（二首）

良馬既閑，麗服有暉。
左攬繁弱，右接忘歸。
風馳電逝，躡景追飛。
凌厲中原，顧盼生姿。
息徒蘭圃，秣馬華山。
流磻平皋，垂綸長川。

目送歸鴻，手揮五弦。
俯仰自得，遊心太玄。
嘉彼釣叟，得魚忘筌。
郢人逝矣，誰與盡言？

——晉・嵇康，相關情節見《神鵰俠侶》

秋風清

秋風清，秋月明；落葉聚還散，寒鴉棲復驚。相思相見知何日，此時此夜難為情。

——（又名〈三五七言〉）唐・李白，相關情節見《神鵰俠侶》

蝶戀花

畫閣歸來春又晚，燕子雙飛，柳輭桃花淺，細雨滿天風滿院，愁眉斂盡無人見。

獨倚欄干心緒亂，芳草芊綿，尚憶江南岸。風月無情人暗換，舊遊如夢空腸斷。

——宋・歐陽修，相關情節見《神鵰俠侶》

水龍吟

放船千里凌波去，略為吳山留顧。雲屯水府，濤隨神女，九江東注。北客翩然，壯心偏惑，年華將暮。念伊嵩舊隱，巢由故友，南柯夢，遽如許。

回首妖氛未掃，問人間、英雄何處？奇謀報國，可憐無用，塵昏白羽。鐵鎖橫江，錦帆衝浪，孫郎良苦。但愁敲桂棹，悲吟梁父，淚流如雨。

——宋・朱敦儒，相關情節見《射鵰英雄傳》

滿江紅　寫懷

怒髮衝冠，憑欄處、瀟瀟雨歇。抬望眼、仰天長嘯，壯懷激烈。三十功名塵與土，八千里路雲和月。莫等閒，白了少年頭，空悲切。

靖康恥，猶未雪；臣子恨，何時滅？駕長車，踏破賀蘭山缺。壯志飢餐胡虜肉，笑談渴飲匈奴血。待從頭，收拾舊山河，朝天闕。

滿江紅　登黃鶴樓有感

遙望中原，荒煙外、許多城郭。想當年、花遮柳護，鳳樓龍閣。萬歲山前珠翠繞，蓬壺殿裡笙歌作。到而今、鐵騎滿郊畿，風塵惡。兵安在？膏鋒鍔；民安在？填溝壑。嘆江山如故，千村寥落。何日請纓提銳旅，一鞭直渡清河洛！卻歸來、再續漢陽遊，騎黃鶴。

——宋・岳飛，相關情節見《射鵰英雄傳》

題臨安邸

山外青山樓外樓，西湖歌舞幾時休？
暖風吹得遊人醉，直把杭州作汴州。

——宋・林升，相關情節見《射鵰英雄傳》

六州歌頭

長淮望斷，關塞莽然平。征塵暗，霜風勁，悄邊聲，黯銷凝。追想當年事，殆天數，非人力。洙泗上，弦歌地，亦羶腥！隔水氈鄉，落日牛羊下，區脫縱橫。看名王宵獵，騎火一川明。笳鼓悲鳴，遣人驚。

念腰間箭，匣中劍，空埃蠹，竟何成！時易失，心徒壯，歲將零。渺神京。干羽方懷遠，靜烽燧，且休兵。冠蓋使，紛馳鶩，若為情！聞道中原遺老，常南望，翠葆霓旌。使行人到此，忠憤氣填膺，有淚如傾。

——宋・張孝祥，相關情節見《射鵰英雄傳》

岳陽樓記

慶歷四年春，滕子京謫守巴陵郡。越明年，政通人和，百廢具興。乃重修岳陽樓，增其舊制，刻唐賢今人詩賦於其上。屬予作文以記之。

予觀夫巴陵勝狀，在洞庭一湖。銜遠山，吞長江，浩浩湯湯，橫無際涯；朝暉夕陰，氣象萬千。此則岳陽樓之大觀也。前人之述備矣。然則北通巫峽，南極瀟湘，遷客騷人，多會於此；覽物之情，得無異乎？

若夫淫雨霏霏，連月不開，陰風怒號，濁浪排空；日星隱耀，山岳潛形；商旅不行，檣傾楫摧；薄暮冥冥，虎嘯猿啼。登斯樓也，則有去國懷鄉，憂讒畏譏，滿目蕭然，感極而悲者矣。

至若春和景明，波瀾不驚，上下天光，一碧萬頃；沙鷗翔集，錦鱗游泳；岸芷汀蘭，郁郁青青。而或長煙一空，皓月千里，浮光耀金，靜影沉璧；漁歌互答，此樂何極！登斯樓也，則有心曠神怡，寵辱偕忘，把酒臨風，其喜洋洋者矣。

嗟夫！予嘗求古仁人之心，或異二者之為。何哉？不以物喜，不以己悲。居廟堂之高，則憂其民；處江湖之遠，則憂其君。是進亦憂，退亦憂。然則何時而樂耶？其必曰：「先天下之憂而憂，後天下之樂而樂」歟！噫！微斯人，吾誰與歸！

時六年九月十五日。

——宋・范仲淹，相關情節見《射鵰英雄傳》

九張機

「醉留客」者，樂府之舊名；「九張機」者，才子之心詞。憑戞玉之清歌，寫擲梭隻春怨。章章寄恨，句句言情。恭對華筵，敢陳口號。

一擲梭心一縷絲，連連織就九張機。從來巧思知多少，苦恨春風久不歸。

一張機，織梭光景去如飛。蘭房夜永愁無寐，嘔嘔軋軋，織成春恨，留著待郎歸。

兩張機，月明人靜漏聲稀。千絲萬縷相縈繫，織成一段，回文錦字，將去寄呈伊。

三張機，中心有朵耍花兒。嬌紅嫩綠春明媚，君須早折，一枝濃艷，莫待過芳菲。

四張機，鴛鴦織就欲雙飛。可憐未老頭先白，春波碧草，曉寒深處，相對浴紅衣。

五張機，芳心密與巧心期。合歡樹上連枝理，雙頭花下，兩同心處，一對化生兒。

六張機，雕花鋪錦半離披。蘭房別有留春計，爐添小篆，日長一線，相對繡工遲。

七張機，春蠶吐盡一生絲。莫教容易裁羅綺，無端剪破，仙鸞彩鳳，分作兩邊衣。

八張機，纖纖玉手住無時。蜀江濯盡春波媚，香遺囊麝。花房繡被，歸去意遲遲。

九張機，一心長在百花枝。百花共作紅堆被，都將春色，藏頭裏面，不怕睡多時。

輕絲，像床玉手出新奇，千花萬草光凝碧。裁縫衣著，春天歌舞，飛蝶語黃鸝。

春衣，素絲染就已堪悲，塵世昏污無顏色。應同秋扇，從茲永棄，無復奉君時。

歌聲飛落畫梁塵，舞罷香風卷繡茵。更欲繡成機上恨，尊前忽有斷腸人。斂袂而歸，相將好去。

——宋・無名氏，相關情節見《射鵰英雄傳》

咸陽懷古

城池俱壞，英雄安在？雲龍幾度相交代。想興衰，若為懷，唐家才起隋家敗，世態有如雲變改。疾，也是天地差；遲，也是天地差。

——元・張養浩，相關情節見《射鵰英雄傳》

洛陽懷古

天津橋上，憑欄遙望，舂陵王氣都凋喪。樹蒼蒼，水茫茫，雲臺不見中興將，千古轉頭歸滅亡。功，也不久長；名，也不久長。

——元・張養浩，相關情節見《射鵰英雄傳》

潼關懷古

峰巒如聚，波濤如怒，山河表裡潼關路。望西都，意躊躇，傷心秦漢經行處，宮闕萬間都做了土。

興，百姓苦；亡，百姓苦。

——元・張養浩，相關情節見《射鵰英雄傳》

驪山懷古

驪山四顧，阿房一炬，當時奢侈今何處？只見草蕭疏，水縈紆，至今遺恨迷煙樹，列國周齊秦漢楚。贏，都變做了土；輸，都變做了土。

——元・張養浩，相關情節見《射鵰英雄傳》

道情

青山相待，白雲相愛，夢不到紫羅袍共黃金帶。一茅齋，野花開，管甚誰家興廢誰成敗？陋巷簞瓢亦樂哉。貧，氣不改；達，志不改。

——元・宋方壺，相關情節見《射鵰英雄傳》

摸魚兒

乙丑歲，赴試并州，道逢捕鴈者，云：「今旦獲一鴈，殺之矣。其脫網者，悲鳴不能去，竟自投於地而死。」予因買得之，葬之汾水之上，累石為識，號曰鴈邱。時同行者多為賦詩，予亦有〈鴈邱辭〉。舊所作無宮商，今改定之。

問世間情是何物，直教生死相許？天南地北雙飛客，老翅幾回寒暑！歡樂趣，離別苦、就中更有痴兒女。君應有語：渺萬里層雲，千山暮雪，隻影為誰去！

橫汾路，寂寞當年簫鼓，荒煙依舊平楚。招魂楚些何嗟及？山鬼自啼風雨。天也妒，未信與、鶯兒燕子俱黃土。千秋萬古，為留待騷人，狂歌痛飲，來訪鴈邱處。

——又名〈邁陂塘〉，金‧元好問，相關情節見《神鵰俠侶》

注：以上詩詞文按時代先後排列。